CIVIL SERVICES में सफल कैसे हों

IAS-IPS कैसे बनें?

दीपक आनंद, IAS

संपादन सहयोग

श्री सुमन चंद्र

प्रकाशक

प्रभात प्रकाशन

4/19 आसफ अली रोड, नई दिल्ली-110002

फोन : 23289777 • हेल्पलाइन नं. : 7827007777

इ-मेल : prabhatbooks@gmail.com ❖ वेब ठिकाना : www.prabhatbooks.com

संस्करण

2026

मूल्य

चार सौ रुपए

अ.मा.पु.स. 978-93-5488-591-4

मुद्रक

सीता फाईन आर्टस प्रा. लि., नई दिल्ली

CIVIL SERVICES MEIN SAFAL KAISE HON

by Deepak Anand, IAS

₹400.00

मेरे पिता स्व. पद्म शंकर चौधरी, माता श्रीमती मालती देवी, पत्नी डॉ. शिखा रानी, पुत्री इमी-इशी, पुत्र इयान एवं उन लाखों युवा प्रतिभागियों को,

जो सिविल सेवा परीक्षा रूपी

चक्रव्यूह को भेदने के लिए

कर्मठता से अहर्निश तपस्यारत हैं।

यह पुस्तक क्यों?

जीवन में जवाबदेही, जिम्मेदारी और अनुशासन का बहुत महत्त्व है। मैंने जब से होश सँभाला, अपने आपको इन तीन नैतिक दायित्वों में बँधा पाया। इसका परिणाम यह हुआ कि पढ़ाई-लिखाई के प्रति मैं बचपन से ही समर्पित रहा और अच्छे अंकों से उत्तीर्ण होता रहा। स्नातक की पढ़ाई के दौरान हर युवा जीवन में कुछ कर गुजरने का सपना देखता है; मेरा युवा मन भी देश के प्रति कर्त्तव्य और जज्बे से ओतप्रोत था, अतएव स्वाभाविक रूप से मेरा रुझान सिविल सर्विस की ओर हुआ। मैंने जानकारी जुटाई तो ज्ञात हुआ कि यह सेवा देश और देशवासियों की एक अनन्य सेवा रही है, जो सीधे-सीधे जन-सामान्य की मूलभूत सुविधाओं, समस्याओं से जुड़ी हुई है। यह व्यक्ति को न केवल जवाबदेह बनाती है, बल्कि जिम्मेदार भी बनाती है।

सिविल सेवा की इन्हीं खूबियों की वजह से मैं इसकी ओर आकृष्ट हुआ और इसमें उत्तीर्ण होने की तैयारी में जुट गया। इसकी तैयारी किसी अनुष्ठान से कम नहीं है। यदि एक बार आप अनुष्ठान आरंभ कर देते हैं, तो फिर उसे निरंतर जारी रखना होता है तभी सफलता निश्चित है, अवश्यंभावी है, उसे आपसे कोई छीन नहीं सकता है। इसके लिए, जैसा कि मैंने ऊपर बताया है, वे सब गुण अनिवार्य हैं। उन गुणों को अपनाकर कोई भी सिविल सेवक बन सकता है।

मैंने जी-जान से तैयारी आरंभ की। मुझे 'अर्जुन को दिखाई पड़नेवाली चिड़िया की आँख' की भाँति 'आँख' के केंद्र में अपना लक्ष्य नजर आ रहा था। 'आरंभिक' लक्ष्य भेदने के बाद मैंने पूरे आत्मविश्वास के साथ 'मुख्य' लक्ष्य का भेदन किया और 'साक्षात्कार' में बैठे बड़े-बड़े महारथियों के ब्रह्मास्त्रों जैसे सवालों का साहस के साथ मुकाबला करते हुए अभिमन्यु की तरह उनके चक्रव्यूह को भेदने में सफल हुआ।

मुझे साक्षात्कार के कुल 300 अंक में से 225 अंक प्राप्त हुए, जो हिंदी माध्यम में अधिकतम अंक थे।

इन उक्तियों को आप न तो अन्यथा लें, न अतिशयोक्तिपूर्ण समझें। दरअसल प्रारंभिक परीक्षा और मुख्य परीक्षा में ज्यादातर लोग उत्तीर्ण हो जाते हैं, किंतु साक्षात्कार में टॉपर भी मैदान से बाहर हो जाते हैं। इसलिए साक्षात्कार को आप एक चक्रव्यूह जैसा ही समझें, जैसा कि मैंने समझा। अत: पूरी तैयारी, धैर्य, विवेक, मुसकान और समझदारी से सभी जवाबों के उत्तर देकर वहाँ से विजयश्री लेकर निकलें।

प्रस्तुत पुस्तक में मैंने अपने अनुभवों को आपके साथ बाँटने की कोशिश की है। सिविल सेवा की तैयारी के लिए यह बानगी भर है। वैसे मेरा दावा है कि अगर आप ईमानदारी से कक्षा एक से स्नातक तक का अध्ययन करें और अच्छे अंकों से उत्तीर्ण हों; साथ ही करंट अफेयर्स से अपने को आरंभ से ही जोड़े रखें, तो आपको सिविल सेवा के लिए किसी विशेष तैयारी की जरूरत ही न पड़े। याद रखें, सिविल सेवक हम-आप जैसे ही और हम-आप जैसों में से ही बनते हैं और बनते रहे हैं, अत: आप भी बनें और देश-सेवा के इस सबसे बड़े उत्तरदायी पद पर आरूढ़ होकर सम्मान के साथ जिएँ।

मेरी शुभकामनाएँ आपके साथ हैं। आपको सिविल सेवा मुबारक हो!

आपका

—दीपक आनंद, IAS

भूमिका

सिविल सर्विस हमारे देश की एक प्रतिष्ठित और गरिमापूर्ण सेवा है। देश के लाखों युवाओं की आकांक्षा होती है कि वे सिविल सेवक बनकर देश-सेवा करें, साथ ही अपने समाज और परिवार का नाम रोशन करें। लाखों प्रतिभागी हर साल जी-तोड़ मेहनत के बाद सिविल सेवा की परीक्षा में बैठते हैं और उनमें से कुछ भाग्यशाली और होनहार अभ्यर्थी ही सफल हो पाते हैं। कुछ प्रतिभागी तो एक-दो नंबरों से चूक जाते हैं और अगली बार भाग्य आजमाते हैं।

दरअसल, यदि बच्चों को सही मार्गदर्शन मिले तो उनकी सफलता की प्रत्याशा काफी हद तक बढ़ सकती है। ज्यादातर प्रतिभागी सिविल सेवा की तैयारी के लिए कतिपय संस्थानों पर आश्रित होते हैं, जो प्रवेश के समय सफलता की 'गारंटी' देते हैं। मेरा विचार है कि कतिपय संस्थानों के पीछे भागने की अपेक्षा प्रतिभागियों को अच्छी और विश्वसनीय पाठ्य-सामग्री का अध्ययन करना चाहिए, जो कदम-दर-कदम उनका सही मार्गदर्शन कर सकती है। इसी क्रम में मुझे दीपक आनंद जी की पुस्तक 'Civil Services में सफल कैसे हों' की पांडुलिपि देखने को मिली। मैं आनंद जी को बधाई देना चाहूँगा कि उन्होंने इतने साल के सिविल सेवक के अपने अनुभवों का पूरा निचोड़ इस पुस्तक में भर दिया और इसे 'गागर में सागर' सरीखा बना दिया है।

आनंद जी स्वयं जिलाधिकारी के पद पर रह चुके हैं, वर्तमान में अपर सचिव, कला, संस्कृति एवं युवा विभाग, बिहार-पटना हैं। वह एक मध्यमवर्गीय परिवार से संबद्ध हैं और अपनी मेहनत और लगन से सिविल सेवा में चुने गए। वे सिविल सेवक बनने के रास्ते में आनेवाली प्रत्येक छोटी-बड़ी रुकावट से बेहतर ढंग से परिचित हैं, इसलिए अपनी इस पुस्तक में उन्होंने इन रुकावटों से जूझने

और पार पाने की आसान तरकीबें बताई हैं। मुझे लगता है कि सिविल सेवा की तैयारी करने में यह पुस्तक एक मील का पत्थर साबित होगी।

प्रस्तुत पुस्तक में सिविल सेवा की प्रारंभिक परीक्षा से लेकर मुख्य परीक्षा और साक्षात्कार तक की कठिन यात्रा को आपके लिए सरल और रोचक बना दिया गया है। आप एक बार पुस्तक आरंभ करेंगे तो फिर बिना किसी अवरोध के अपनी यात्रा को सिविल सेवक बनकर पूरी कर सकते हैं।

मैं एक बार पुनः आनंद जी को बधाई देता हूँ और आशा करता हूँ कि इस पुस्तक की मदद से सालोसाल सिविल सेवा के सैकड़ों उम्मीदवारों को मार्गदर्शन और उजाले की नई किरण मिलती रहेगी।

शुभाकांक्षी

—**आनंद कुमार,** सुपर 30

विषय-सूची

1

भारतीय प्रशासनिक सेवा : परिचय

मेरे प्रशासनिक निर्णयों की कद्र अब से 50 वर्ष बाद होगी,
और उस समय मैं इसको देखने के लिए जीवित नहीं रहूँगा।

—जॉर्ज बुश (पूर्व अमेरिकी राष्ट्रपति)

भारतीय शासन-तंत्र की रीढ़ कही जानेवाली सिविल सर्विस ग्लैमर और प्रतिष्ठा से परिपूर्ण सेवा है, जिसमें शामिल होने का स्वप्न अधिकतर युवाओं की आँखों में रहता है।

कोई भी शिक्षित युवा जब अपने कैरियर के बारे में सोचता है तो वह तीन बातों को सबसे अधिक महत्त्व देता है—पद, प्रतिष्ठा और जॉब सुरक्षा। ये तीनों इच्छाएँ किसी कैरियर में पूरी हो सकती हैं तो वह है सिविल सेवा। भारतीय सिविल सेवा देश की सर्वाधिक प्रतिष्ठित सेवा है, जो हमेशा से किसी भी महत्त्वाकांक्षी, योग्य एवं चुनौती स्वीकार करनेवाले युवा को आकर्षित करती रही है। इस नजर से सिविल सेवा एकमात्र ऐसा कैरियर है, जो व्यक्तिगत महत्त्वाकांक्षा और सामाजिक दायित्व, दोनों के बीच संतुलन स्थापित करता है। यही वजह है कि मेडिकल, इंजीनियरिंग और प्रबंधन जैसे रोजगारोन्मुखी क्षेत्रों को छोड़कर देश के लाखों युवा सिविल सेवा में जाने के लिए भाग्य आजमाते हैं।

सिविल सेवक अपने कैरियर की शुरुआत में कई तरह के अहम और जिम्मेदार पदों पर कार्य करने का अवसर प्राप्त करता है, जो कैरियर के अन्य क्षेत्रों में देखने को नहीं मिलता। कार्य की विविधता इस क्षेत्र की विशेषता है।

प्रशासनिक ढाँचा

भारतीय शासन व्यवस्था में सिविल सेवा के अंतर्गत सरकार के सभी असैन्य सरकारी विभाग आते हैं, जिनके कार्यों को केंद्रीय सिविल सेवा तथा प्रांतीय सिविल सेवा में बाँटा जाता है। केंद्रीय सिविल सेवा के अधिकारियों का चयन संघ लोक सेवा आयोग करता है और राज्य के अधिकारियों का चयन प्रांतीय लोक सेवा आयोग। केंद्रीय सिविल सेवा दो वर्गों में विभाजित है—अखिल भारतीय सेवाएँ और केंद्रीय सेवाएँ। भारतीय प्रशासनिक सेवा और पुलिस सेवा, भारतीय वन सेवा अखिल भारतीय सेवाएँ हैं, जो केंद्र व राज्य, दोनों सरकारों के अंतर्गत आती हैं।

चयन प्रक्रिया

संघ लोक सेवा आयोग हर साल एक अखिल भारतीय परीक्षा का आयोजन करता है, जिसे 'सिविल सेवा परीक्षा' के नाम से जाना जाता है। यह परीक्षा तीन चरणों में होती है—प्रारंभिक परीक्षा, मुख्य परीक्षा और साक्षात्कार। प्रारंभिक परीक्षा एक स्क्रीनिंग टेस्ट है, जिसकी प्रकृति वस्तुनिष्ठ एवं वैकल्पिक प्रकार की होती है। मुख्य परीक्षा लिखित परीक्षा है, जिसमें अध्ययन की गहराई तथा विश्लेषण क्षमता का परीक्षण होता है। परीक्षा के अंतिम चरण में साक्षात्कार के जरिए परीक्षार्थी के व्यक्तित्व के गुणों और समसामयिक जागरूकता की जाँच की जाती है।

1. प्रारंभिक परीक्षा—इस परीक्षा का पहला और महत्त्वपूर्ण चरण प्रारंभिक परीक्षा है। यह स्क्रीनिंग टेस्ट होता है, जिसका मूल उद्देश्य ऐसे उम्मीदवारों की छँटनी करना होता है, जो गंभीर नहीं होते। पहले पेपर के स्थान पर अब परीक्षा के पैटर्न में बदलाव किया गया है। अब वैकल्पिक विषयों का पेपर नहीं होता।

वर्तमान परीक्षा प्रणाली में प्रारंभिक परीक्षा के अंतर्गत दो वस्तुनिष्ठ(Multiple) प्रश्न-पत्र होते हैं, जिनका अंकीय भार समान (200-200 अंकों के) होता है, यानी कुल 400 अंक। दोनों वस्तुनिष्ठ प्रश्न-पत्र सभी छात्रों के लिए एक समान होंगे।

> कष्ट ही तो वह प्रेरक शक्ति है, जो मनुष्य को कसौटी पर परखती है और आगे बढ़ाती है।
>
> *—दामोदर विनायक सावरकर*

जहाँ पहले वाली प्रणाली में छात्रों के विषयगत ज्ञान पर अधिक बल दिया जाता था, वहीं अब नई प्रणाली में छात्रों की अभियोग्यता का परीक्षण होगा।

प्रश्न-पत्र-I सामान्य अध्ययन का होगा, जिसमें राष्ट्रीय और अंतरराष्ट्रीय महत्त्व की घटनाएँ, भारत का इतिहास और भारतीय राष्ट्रीय आंदोलन, भारत एवं विश्व का भूगोल, भारतीय राजतंत्र और शासन, आर्थिक व सामाजिक विकास, पर्यावरणीय पारिस्थितिकी जैव-विविधता तथा सामान्य विज्ञान पर प्रश्न होंगे। **प्रश्न-पत्र-II** यानी **सी-सैट** ''सिविल सर्विसेज एप्टियूड टेस्ट'' होता है, जिसके अंतर्गत बोध क्षमता, संचार-कौशल, अंतरवैयक्तिक व तार्किक क्षमता, सामान्य मानसिक योग्यता, आँकड़ों का निर्वचन, (चार्ट, ग्राफ, तालिका-दसवीं कक्षा का स्तर) आदि पर प्रश्न होते हैं। प्रारंभिक परीक्षा का पेपर-II (सी-सैट) क्वालिफाइंग होता है, जिसके लिए न्यूनतम अंक 33% निर्धारित किए गए हैं। निर्धारित 33% अंक प्राप्त होने के बाद ही प्रारंभिक परीक्षा की योग्यता शर्तें पूरी होंगी। निर्धारित 33% अंक या इससे कम प्राप्त होने की स्थिति में अभ्यर्थी प्रारंभिक परीक्षा से बाहर हो जाएँगे। प्रथम प्रश्न-पत्र (सामान्य अध्ययन) में प्राप्त अंक और संघ लोक सेवा आयोग द्वारा निर्धारित कट ऑफ को हासिल करने के पश्चात् मुख्य परीक्षा के लिए चयन होता है। प्रश्न-पत्र II यानी सी-सैट के अंक प्रथम प्रश्न-पत्र (सामान्य अध्ययन) के साथ नहीं जोड़े जाते हैं।

प्रारंभिक परीक्षा के दोनों प्रश्न-प्रत्र हिंदी और अंग्रेजी दोनों में तैयार किए जाते हैं। प्रत्येक प्रश्न-पत्र दो घंटे की अवधि का होता है और यह परीक्षा आज भी 'ऑफ लाइन' मोड में होती है। मुख्य परीक्षा (Mains) में प्रवेश हेतु अर्हता प्राप्त करनेवाले उम्मीदवार द्वारा प्रारंभिक परीक्षा में प्राप्त किए गए अंकों को उनके अंतिम योग्यता क्रम को निर्धारित करने के लिए नहीं गिना जाएगा।

मुख्य परीक्षा में प्रवेश दिए जानेवाले उम्मीदवारों की संख्या उक्त वर्ष में विभिन्न सेवाओं तथा पदों में भरी जानेवाली रिक्तियों की कुल संख्या का लगभग बारह से तेरह गुना होती है।

निगेटिव मार्किंग–सिविल सेवा की प्रारंभिक परीक्षा में निगेटिव मार्किंग पद्धति को लागू किया गया है। गलत उत्तर पर प्रश्न के लिए निर्धारित अंक का एक

> बाधाएँ व्यक्ति की परीक्षा होती हैं। उनसे उत्साह बढ़ना चाहिए, मंद नहीं पड़ना चाहिए।
>
> *—यशपाल*

तिहाई दंडस्वरूप काटा जाएगा। उम्मीदवार अगर एक से अधिक उत्तर देता है, तो भी उत्तर गलत माना जाएगा। निगेटिव मार्किंग प्रारंभिक परीक्षा के दोनों प्रश्न–पत्रों पर लागू होती है।

2. मुख्य परीक्षा–यह परीक्षा बेहद महत्त्वपूर्ण है, क्योंकि यह कुल 2025 अंकों की परीक्षा है, जो सफलता में महत्त्वपूर्ण भूमिका निभाती है। लिखित परीक्षा में मुख्य परीक्षा और साक्षात्कार दोनों के अंकों को जोड़कर अंतिम परिणाम जारी किया जाता है, जिसके आधार पर उम्मीदवार के अखिल भारतीय स्थान (All India Rank) का निर्धारण होता है। लिखित परीक्षा (मुख्य परीक्षा) में निम्नलिखित प्रश्न–पत्र होते हैं—

क्वालिफाइंग पेपर(क) 300 अंक–यह पेपर, संविधान की आठवीं अनुसूची में सम्मिलित भाषाओं में से उम्मीदवारों द्वारा चुनी गई कोई एक भारतीय भाषा का होगा। उदाहरण के लिए, अगर किसी उम्मीदवार की मातृभाषा हिंदी है, तो वह हिंदी भाषा का चयन कर सकता है। इसी प्रकार उम्मीदवार बंगाली, पंजाबी, गुजराती, आदि भाषाओं का चयन अपने अनुसार कर सकते हैं। भारतीय भाषा का यह प्रश्न–पत्र उन उम्मीदवारों के लिए लागू नहीं होगा जो अरुणाचल प्रदेश, मणिपुर, मेघालय, मिजोरम, नागालैंड तथा सिक्किम राज्य से हैं।

क्वालिफाइंग पेपर (ख) अंग्रेजी। यह पेपर सभी के लिए अनिवार्य होगा और पेपर अंग्रेजी में ही देना होगा। यह भी 300 अंक का पेपर होगा।

भारतीय भाषाओं और अंग्रेजी का उपर्युक्त क्वालिफाइंग प्रश्न–पत्र (क) एवं (ख) मैट्रिकुलेशन या समकक्ष स्तर का होगा, जिसमें 300 अंकों में से प्रत्येक क्वालिफाइंग पेपर (क) एवं (ख) में 75 अंक लाना अनिवार्य है।

इन दोनों प्रश्न–पत्रों में प्राप्त अंकों को मुख्य परीक्षा का योग्यता क्रम निर्धारित करने में नहीं गिना जाएगा।

सभी उम्मीदवारों के निबंध, सामान्य अध्ययन तथा वैकल्पिक विषयों के प्रश्न–पत्रों का मूल्यांकन भारतीय भाषा तथा अंग्रेजी के उनके अर्हक प्रश्न–पत्र के

> अपने विषय में कुछ कहना प्राय: बहुत कठिन हो जाता है, क्योंकि अपने दोष देखना आपको अप्रिय लगता है और उनको अनदेखा करना औरों को।
>
> *—महादेवी वर्मा*

साथ ही किया जाएगा। परंतु निबंध, सामान्य अध्ययन तथा वैकल्पिक विषयों के प्रश्न-पत्रों पर केवल ऐसे उम्मीदवारों के मामले में विचार किया जाएगा, जो इन अर्हक प्रश्न-पत्रों (भारतीय भाषा एवं अंग्रेजी) में न्यूनतम अर्हता मानकों के रूप में भारतीय भाषा में 25% अंक तथा अंग्रेजी में 25% अंक प्राप्त करते हैं।

उम्मीदवारों द्वारा केवल प्रश्न-पत्र I-VII में प्राप्त अंकों का परिगणन मेरिट स्थान सूची के लिए किया जाएगा। आयोग को परीक्षा के किसी भी अथवा सभी प्रश्न-पत्रों में अर्हता (Qualifying) अंक निर्धारित करने का विशेषाधिकार होगा।

अर्हक प्रश्न-पत्र

प्रश्न-पत्र (क) **300 अंक**

संविधान की आठवीं अनुसूची में (सम्मिलित भाषाओं में उम्मीदवार द्वारा चुनी गई कोई एक भारतीय भाषा) उत्तर-पूर्वी राज्यों के लिए यह प्रश्न-पत्र देना अनिवार्य नहीं होगा।

प्रश्न-पत्र (ख) **300 अंक**

अंग्रेजी

यह सभी अभ्यर्थियों के लिए अनिवार्य होगा।

प्रश्न-पत्र I

खंड-1

निबंध **250 अंक**

प्रश्न-पत्र II

सामान्य अध्ययन-I **250 अंक**

(भारतीय विरासत और संस्कृति, विश्व का इतिहास एवं भूगोल और समाज)

> जैसे अंधे के लिए जगत् अंधकारमय है और आँखोंवाले के लिए प्रकाशमय; वैसे ही अज्ञानी के लिए जगत् दुखदायक है और ज्ञानी के लिए आनंदमय।
>
> *—संपूर्णानंद*

प्रश्न-पत्र III

सामान्य अध्ययन-II **250 अंक**

(शासन व्यवस्था, संविधान, शासन-प्रणाली, सामाजिक न्याय तथा अंतरराष्ट्रीय संबंध)

प्रश्न-पत्र IV

सामान्य अध्ययन-III **250 अंक**

(विज्ञान एवं प्रौद्योगिकी, आर्थिक विकास, जैव विविधता, पर्यावरण सुरक्षा तथा आपदा प्रबंधन)

प्रश्न-पत्र V

सामान्य अध्ययन-IV **250 अंक**

(नीतिशास्त्र, सत्यनिष्ठा और अभिरुचि)

प्रश्न-पत्र VI

वैकल्पिक विषय प्रश्न-पत्र I **250 अंक**

प्रश्न-पत्र VII

वैकल्पिक विषय प्रश्न-पत्र II **250 अंक**

कुल योग (लिखित परीक्षा) **1750 अंक**

व्यक्तित्व परीक्षण **275 अंक**

कुल योग **2025 अंक**

3. साक्षात्कार—सिविल सेवा का अंतिम, किंतु महत्त्वपूर्ण पड़ाव साक्षात्कार है। इसका उद्‌देश्य अभ्यर्थी के ज्ञान का आकलन करने से अधिक उसके व्यक्तित्व की मौलिकता, विशिष्टता तथा उसके परिवेश के प्रति उसकी सजगता को जाँचना-परखना है। साक्षात्कार के लिए 275 अंक निर्धारित हैं। साक्षात्कार के लिए जरूरी है कि आपका व्यक्तित्व व दृष्टिकोण संतुलित एवं व्यावहारिक हो। अभ्यर्थी की ईमानदारी, सहजता, जागरूकता तथा अभिव्यक्ति शैली आदि साक्षात्कार बोर्ड को प्रभावित करते हैं।

सेवा के अवसर

एक सक्षम एवं सुदृढ़ सिविल सेवा प्रणाली देश के विकास के लिए अनिवार्य है, क्योंकि सिविल चुनौतियाँ, जो एक सिविल सेवक के सम्मुख सेवाकाल में आती ही रहती हैं, इस सेवा को भारत की सर्वोच्च एवं प्रतिष्ठित सेवा बनाती हैं।

भारत की सर्वोच्च सेवा होने के कारण इससे जुड़ी प्रतिष्ठा व विविध चुनौतियाँ इस सेवा को और अधिक आकर्षक, सुरक्षित और चुनौतीपूर्ण बनाती हैं। यह संवैधानिक ढाँचे के अंतर्गत पावरफुल और सामाजिक सेवा से जुड़ी हुई नौकरी है। यहाँ स्थिरता है और खतरे भी कम हैं।

कोचिंग की भूमिका

कोचिंग की भूमिका सपोर्टिंग है। कोचिंग आपके व्यक्तित्व में निखार ला सकती है, लेकिन केवल कोचिंग ही सिविल सेवा की तैयारी के लिए पर्याप्त नहीं है कोचिंग के माध्यम से इस परीक्षा के पाठ्यक्रम को निर्धारित समय में पूरा करा दिया जाता है। उचित अध्ययन सामग्री के साथ अच्छे मार्गदर्शन से कम समय में अपने लक्ष्य को पाया जा सकता है। पढ़ने के लिए उपलब्ध पुस्तकों की भरमार से तैयारी के दौरान एक भटकाव की भी स्थिति उत्पन्न हो सकती है।

कोविड-19 के बाद की स्थिति

कोविड-19 के बाद शिक्षा के क्षेत्र में ऑनलाइन क्लासेस की एक नई परिकल्पना अभ्यर्थियों के सामने आ गई है। करीब दो वर्षों के इस संकट के बीच शिक्षा जगत् की विभिन्न संस्थाएँ फिर से हाइब्रिड मोड (ऑनलाइन/ऑफलाइन) पर अपनी कक्षाओं का संचालन कर रही हैं। ऑनलाइन कक्षाओं के अपने नकारात्मक और सकारात्मक पक्ष हैं, लेकिन वर्तमान में संघ लोक सेवा आयोग की परीक्षा पद्धति अभी भी ऑफलाइन है। इसलिए अभ्यर्थियों के लिए ऑफलाइन माध्यम से तैयारी वर्तमान परिस्थितियों के अनुरूप ज्यादा तर्कसंगत लगती है। अगर देखा जाए तो मुख्य परीक्षा पूर्णत: लिखित परीक्षा है, जहाँ आपके उत्तर का मूल्यांकन करने के लिए किसी मागदर्शक या शिक्षक की आवश्यकता पड़ती है।

परीक्षा का माध्यम

जब से सी-सैट का कॉन्सेप्ट आया है, हिंदी व स्थानीय भाषी विद्यार्थियों की चुनौती बढ़ गई है। लेकिन अंग्रेजी पढ़ने और लिखनेवाले उच्च वर्गीय लोग ही

सिविल सेवा में सफलता पा सकते हैं, ऐसा भी नहीं है। खासकर साक्षात्कार को लेकर ऐसा ज्यादा कहा जाता है, क्योंकि परीक्षा की तैयारी के लिए अधिकतर सामग्री अंग्रेजी में ही उपलब्ध है। हालाँकि हिंदी और स्थानीय भाषा माध्यम के अभ्यर्थी भी समान रूप से सफल हो रहे हैं। हाल के वर्षों में हिंदी माध्यम के परिणाम में अंग्रेजी के मुकाबले गिरावट आई है। हालाँकि 2021 के परीक्षा परिणाम में हिंदी माध्यम से कुछ अच्छी रैंक भी प्राप्त हुई हैं। हिंदी माध्यम के अभ्यर्थियों का परीक्षा परिणाम कम होने का मुख्य कारण सी-सैट पेपर में उत्तीर्ण नहीं होना है। विगत दो-तीन वर्षों से सी-सैट के प्रश्न-पत्र की प्रकृति काफी विस्तृत हो गई है।

प्रथम प्रश्न-पत्र (सामान्य अध्ययन) में अच्छे अंक आने के बावजूद भी सी-सैट के प्रश्न-पत्र में अपेक्षा के अनुरूप हिंदी माध्यम के छात्रों का प्रदर्शन अच्छा नहीं हो पाता है, जिसके कारण वह मुख्य परीक्षा के लिए अर्हता प्राप्त नहीं कर पाते हैं।

योग्यता

भारतीय प्रशासनिक सेवा व पुलिस सेवा के लिए केवल भारतीय नागरिक ही आवेदन कर सकते हैं। अन्य सेवाओं के लिए नेपाल की प्रजा, भूटान की प्रजा, तिब्बती शरणार्थी, जो 1962 से पूर्व भारत में स्थायी रूप से रहते आए हों, भी आवेदन कर सकते हैं। इसके अलावा भारतीय मूल का व्यक्ति जो भारत में स्थायी रूप से रहने के इरादे से पाकिस्तान, बर्मा, श्रीलंका, पूर्वी अफ्रीकी देशों, कीनिया, युगांडा, तंजानिया, जांबिया, मलावी, जायरे, इथियोपिया तथा वियतनाम से प्रव्रजन करके आया हो। उपर्युक्त सभी बाहरी देशों के अभ्यर्थियों के पास भारत सरकार द्वारा जारी किया गया पात्रता (Eligibility) प्रमाण-पत्र होना चाहिए।

आवेदन करने के लिए न्यूनतम शैक्षणिक योग्यता

उम्मीदवार के पास भारत की केंद्र सरकार या राज्य विधानमंडल द्वारा राज्य सरकार या विश्वविद्यालय अनुदान आयोग(University Grants Commission) के द्वारा मान्यता प्राप्त विश्वविद्यालय से स्नातक (Graduate) की डिग्री अथवा समकक्ष योग्यता होनी चाहिए। अंतिम वर्ष की स्नातक या समकक्ष परीक्षा में बैठ रहा उम्मीदवार भी आवेदन कर सकता है। लेकिन उसे मुख्य परीक्षा में बैठने से पूर्व स्नातक या समकक्ष परीक्षा उत्तीर्ण करने का प्रमाण-पत्र प्रस्तुत करना होगा।

आयु सीमा/परीक्षा के अवसर

उम्मीदवार की आयु 1 अगस्त, जिस वर्ष वह परीक्षा में सम्मिलित होना चाहते हैं, 21 वर्ष होनी चाहिए। उदाहरण के लिए, उम्मीदवार की आयु 1 अगस्त 2022 को 21 वर्ष होनी चाहिए।

वर्ग	आयु सीमा	अवसर
सामान्य	21 वर्ष - 32 वर्ष	6
अन्य पिछड़ा वर्ग	21 वर्ष - 35 वर्ष	9
अनुसूचित जाति/जनजाति	21 वर्ष - 37 वर्ष	कोई सीमा नहीं

प्रारंभिक परीक्षा में बैठने को सिविल सेवा परीक्षा में बैठने का एक अवसर माना जाएगा।

आवेदन कैसे करें

उम्मीदवार https://upsconline.nic.in बेबसाइट का इस्तेमाल करके ऑनलाइन आवेदन कर सकते हैं। ऑनलाइन आवेदन करने संबंधी विस्तृत अनुदेश उपर्युक्त वेबसाइट पर उपलब्ध हैं।

उम्मीदवार के पास किसी एक फोटो पहचान-पत्र जैसे आधार कार्ड, मतदाता पहचान-पत्र, पैन कार्ड, पासपोर्ट, ड्राइविंग लाइसेंस अथवा राज्य/केंद्र सरकार द्वारा जारी किसी अन्य फोटो पहचान-पत्र का विवरण होना चाहिए, जो उम्मीदवार द्वारा अपना ऑनलाइन आवेदन फॉर्म भरते समय उपलब्ध कराना होगा। उम्मीदवार को अपनी फोटो पहचान-पत्र की स्कैन की गई कॉपी भी अपलोड करनी होगी, जिसका विवरण उनके द्वारा ऑनलाइन आवेदन में दिया गया है। इस फोटो पहचान-पत्र का उपयोग भविष्य के सभी संदर्भ के लिए किया जाएगा।

परीक्षा शुल्कः उम्मीदवारों को ₹ 100 (सौ रुपए मात्र) फीस के रूप में (अनुसूचित जाति, अनुसूचित जनजाति/ महिला/ बेंचमार्क दिव्यांग व्यक्तियों की श्रेणी के उम्मीदवारों को छोड़कर, जिन्हें कोई शुल्क नहीं देना होगा) स्टेट बैंक ऑफ इंडिया की किसी भी शाखा में नकद या स्टेट बैंक ऑफ इंडिया की नेट बैंकिंग सेवा का उपयोग करके या क्रेडिट/डेबिट कार्ड का उपयोग करके भुगतान करना होगा।

सिविल सेवा में जाने के इच्छुक प्रतिभागी को अपनी स्नातक अथवा कोई अन्य डिग्री हासिल करने के बाद पूरी गंभीरता से इस परीक्षा की तैयारी में लग जाना चाहिए। संघ लोक सेवा आयोग अमूमन फरवरी में प्रारंभिक परीक्षा के लिए सूचना जारी करता है।

□

2

पद और पदाधिकार

दूसरे के अंदर प्रवेश करने की शक्ति और अन्य को संपूर्ण रूप से अपना बना लेने का जादू ही प्रतिभा का सर्वस्व एवं वैशिष्ट्य है।

—रवींद्रनाथ टैगोर

सिविल सेवाएँ विश्व को फ्रांस की देन हैं। भारत में इसकी शुरुआत ब्रिटिश शासन के दौरान सन् 1885 में हुई। ब्रिटिश शासन में सिविल सेवा के अधिकारियों को व्यापक अधिकार प्राप्त थे तथा उनका मुख्य कार्य कानून-व्यवस्था बनाए रखना, न्याय करना एवं करों को एकत्र करना था। आज का सिविल सेवक एक प्रजातांत्रिक ढाँचे में कार्य करता है, जिसका मुख्य कार्य विकास तथा प्रगति है।

यदि हम पदों की बात करें तो भारत में सर्वोच्च पद राजनीतिज्ञों के द्वारा धारित किए जाते हैं। उनके पश्चात् सचिवों का स्थान आता है जो कि आई.ए.एस. अधिकारी होते हैं। यदि शिखर पर प्रधानमंत्री या मंत्री हैं तो दूसरा स्थान सिविल सेवकों का होता है।

भारतीय प्रशासनिक सेवा (आई.ए.एस.) भारतीय सिविल सेवा (आई.सी.एस.) की समरूप उत्तराधिकारी है। सरकार ने पुरानी औपनिवेशिक सेवाओं आई.सी.एस.

और आई.पी. की स्मृति को जीवित रखने हेतु उनके ही समानांतर भारतीय प्रशासनिक सेवा (आई.ए.एस.) और भारतीय पुलिस सेवा (आई.पी.एस.) को लागू किया, जिसने आई.सी.एस. और आई.पी. की जगह ली। दोनों के बीच फर्क सिर्फ इतना था कि आई.सी.एस. और आई.पी. को साम्राज्यवादी ताकत ने लागू किया था और आई.ए.एस. तथा आई.पी.एस. को लागू करनेवाली स्वतंत्र भारत की पहली सरकारथी।

जैसे ही भारत में प्रजातांत्रिक राजनीतिक व्यवस्था प्रगतिशील और सुदृढ़ होने लगी, जिसका मंत्र हस्तांतरण और विकेंद्रीकरण था, तो सिविल सेवाओं की संरक्षण देनेवाली भूमिका में भी बदलाव आया। नीतियों का निर्माण और निर्णय लेने का दायित्व धीरे-धीरे चुने हुए प्रतिनिधियों पर जाने लगा। यद्यपि सिविल सेवा का निडर होकर सलाह देने का कार्य जारी रहा, किंतु उनके द्वारा राजनीतिक रूप से तटस्थ होने और प्रशासनिक रूप से नीतियों के भलीभाँति कार्यान्वयन के कारण जनता के कल्याण में वृद्धि हुई और वे अधिक सुरक्षित हुए। सिविल सेवा के अधिकारियों और राजनेताओं के बीच नए समीकरणों को गढ़ा जाना था और 1967 तक यह संपन्न हो गया था।

प्रत्येक नीतिगत मामले में एक आई.ए.एस. अधिकारी की महत्त्वपूर्ण भूमिका होती है। उदाहरणार्थ, संविधान के अनुच्छेद 77 के अंतर्गत केंद्र के तथा अनुच्छेद 166 के अंतर्गत राज्यों के कार्यकारी शासन के लिए उल्लिखित कार्य नियमों में मंत्रालय या विभाग के सचिव का यह कर्तव्य है कि वे उन नियमों का पालन सुनिश्चित करें। यदि मंत्री भी किसी नियम के विरुद्ध कोई आदेश देता है तो यह सचिव का कर्त्तव्य है कि वह मंत्री को यह बताए। फिर भी यदि मंत्री नियम विरुद्ध कार्य के लिए जोर डालता है तो फाइल मंत्री के माध्यम से प्रधानमंत्री या मुख्यमंत्री, जो भी स्थिति हो, के पास भेजी जाए।

संविधान का भाग 14 सिविल सेवाओं को उनके खिलाफ मनमानी कार्रवाई से संरक्षण प्रदान करता है, जो दुनिया में किसी भी सिविल सेवा में नहीं है। यहाँ तक कि हमारे अपने सशस्त्र बलों में भी नहीं। संविधान का अनुच्छेद 312 अखिल भारतीय सेवाओं को व्यापक संरक्षण प्रदान करता है। बदले में राष्ट्र उनसे भ्रष्टाचारमुक्त होने,

> जय उन्हीं की होती है, जो अपने आपको संकट में डालकर कार्य संपन्न करते हैं। कायरों की जय कभी नहीं होती।
>
> *—जवाहरलाल नेहरू*

चुने हुए जन प्रतिनिधियों को निडर होकर स्वतंत्र और सही सलाह देने, कर्मठता और निष्पक्षता से अपना कर्त्तव्य पूरा करने की दृढ़ता रखने, अपनी पेशेवर क्षमता को विकसित करने (आई.ए.एस. के कोट की भुजा पर 'योग: कर्मसु कौशलम्' शब्द लिखे रहते हैं) और भारत के लोगों की सेवा करने की अपेक्षा करता है।

सिविल सेवक के विभिन्न स्वरूप

आई.ए.एस. अधिकारी देश के नीति-निर्माता तथा कार्यान्वयनकर्ता होते हैं। वे विभिन्न देशों या अंतरराष्ट्रीय मंचों पर सरकार का प्रतिनिधित्व करते हैं। वे सरकार के बदले संधियों पर हस्ताक्षर के लिए अधिकृत होते हैं। जब वे जिला स्तर पर कार्य करते हैं तो डी.एम., कलेक्टर, जिलाधिकारी, जिला मजिस्ट्रेट इत्यादि लोकप्रिय नामों से पुकारे जाते हैं। वे जिला स्तर के सभी कार्यों के लिए सीधे तौर पर उत्तरदायी होते हैं, चाहे वह विकास कार्य हो या कानून व्यवस्था या आपदा प्रबंधन। सचिवालयों में ये उपसचिव, अवर सचिव, मुख्य सचिव, प्रधान सचिव इत्यादि के दायित्व निभाते हैं। आई.ए.एस. अधिकारी के रूप में इनकी सर्वश्रेष्ठ पदस्थापना प्रधानमंत्री तथा विभिन्न राज्यों के मुख्यमंत्रियों के प्रधान सचिव के रूप में होती है।

आई.पी.एस. (भारतीय पुलिस सेवा)

आई.पी.एस. की पदस्थापना पुलिस अधीक्षक/कमिश्नर के रूप में होती है, जोकि लोक सुरक्षा, कानून व्यवस्था, अपराध निवारण, ट्रैफिक नियंत्रण इत्यादि के लिए जिम्मेदार होते हैं। पदोन्नति के द्वारा आई. पी. एस. अधिकारी सहायक पुलिस अधीक्षक के पद से पुलिस महानिदेशक तक पहुँच सकता है। पुलिस महानिदेशक राज्य पुलिस बल का मुखिया होता है। साथ ही आई.पी.एस. अधिकारी अन्य केंद्रीय पुलिस संगठनों, जैसे—सी.बी.आई., सी.आर.पी.एफ., बी.एस.एफ. इत्यादि में अपनी सेवाएँ देते हैं। आई.पी.एस. अधिकारी के रूप में इनकी सर्वश्रेष्ठ पदस्थापना सी.बी.आई., आई.बी. के प्रमुख तथा विभिन्न राज्यों के पुलिस महानिरीक्षक के रूप में होती है।

> पुष्प की सुगंध वायु के विपरीत कभी नहीं जाती, लेकिन मानव के सद्‌गुण की महक सब ओर फैल जाती है।
>
> *—गौतम बुद्ध*

आई.एफ.एस. (भारतीय विदेश सेवा)

एक आई.एफ.एस. अधिकारी देश के बाह्य मामलों, जैसे कूटनीति, व्यापार, संस्कृति से संबद्ध कार्यों को संपादित करते हैं। वे भारत की विदेश नीति के निर्माण तथा कार्यान्वयन में संलग्न होते हैं। आई.एफ.एस. अधिकारी की सर्वश्रेष्ठ पदस्थापना राजदूतों या विदेश सचिव के रूप में होती है।

राज्य सिविल सेवा

प्रखंड, तहसील के स्तर पर आनेवाली समस्याओं का समाधान राज्य सिविल सेवा के अधिकारी करते हैं। अलग-अलग राज्यों में इन्हें एस.डी.एम. या एस.डी.ओ. के नाम से जाना जाता है। डी.एस.पी. (आरक्षी उपाधीक्षक), एक्साइज ऑफिसर, बी.डी.ओ. आदि राज्य सिविल सेवा से ही आते हैं। इनका चयन राज्य सिविल सेवा परीक्षा द्वारा होता है।

राष्ट्र निर्माण में अगुआ

संविधान आदर्श प्रशासन की संकल्पना में सिविल सर्विस के महत्त्व को रेखांकित करते हुए देश में व्यवस्था बहाली की कुंजी प्रशासनिक अधिकारियों को देता है। विकास की कोई भी परियोजना हो, जनकल्याण का कैसा भी मसौदा हो, प्राकृतिक आपदा के कितने भी कठिन क्षण हों, पहली प्रतिक्रिया प्रशासन की ओर से ही आती है। ऐसे में कहा जाए कि देश के विकास के ककहरे की शुरुआत सक्षम प्रशासन से होती है तो अतिशयोक्ति नहीं है।

आत्मसंतोष

आपने बचपन में अपने आस-पास समस्याग्रस्त लोगों को देखा होगा। कई बार आपका दिल भी उनके दर्द को देखकर भर आया होगा। पर सवाल यही बाकी रहा कि उनकी दिक्कतें दूर कैसे की जाएँ? भारतीय प्रशासनिक सेवा अब तक आपके मन के कोने में पल रहे इस प्रश्न का उपयुक्त हल है। यहाँ काम करते हुए आप अपने समूचे अधिकारों का इस्तेमाल देशवासियों के कष्ट, उनकी रोजाना की परेशानियों को हल करने में कर सकते हैं। यहाँ अपने काम से मिली संतुष्टि का कोई मुकाबला नहीं है।

□

> आपका कोई भी काम महत्त्वहीन हो सकता है, पर महत्त्वपूर्ण यह है कि आप कुछ करें।
>
> —*महात्मा गाँधी*

3

परीक्षा का ढाँचा

यह बोध होना कि तुम अज्ञानी हो, ज्ञान की ओर एक बड़ा कदम है।

—आचार्य श्रीराम शर्मा

प्रशासनिक सेवा देश की सर्वाधिक प्रतिष्ठित सेवा मानी जाती है, साथ ही इस देश का युवा वर्ग इन सेवाओं को सबसे ज्यादा प्राथमिकता देता है। प्रशासनिक सेवा का अर्थ अधिकार, शक्ति और उत्तरदायित्व है। यही कारण है कि प्रतिवर्ष लाखों युवा इस ओर आकर्षित होते हैं।

प्रशासनिक सेवा भारत की सर्वोच्च सेवा है, जिसमें प्रशासनिक अधिकारियों को सर्वोत्तम विशेषाधिकार मिलते हैं। इसमें सरकारी प्रतिष्ठा के साथ सामाजिक उत्तरदायित्व भी जुड़ा हुआ है, क्योंकि नौकरशाही में प्रशासनिक सेवाएँ देश की सुचारु प्रणाली के लिए जिम्मेदार हैं। प्रशासनिक सेवा युवाओं के लिए एक स्वप्न की तरह है, जिसका सच होना उनके तथा उनके परिवार के लिए प्रतिष्ठा का पर्याय है।

सिविल सेवा परीक्षा 'संघ लोक सेवा आयोग' द्वारा प्रतिवर्ष आयोजित की जाती है। राष्ट्रीय दैनिक समाचार-पत्रों में समय-समय पर इसकी घोषणा की जाती है। संघ लोक सेवा आयोग द्वारा जितनी भी प्रतियोगिता परीक्षाएँ आयोजित की जाती हैं, उनकी जानकारी अर्थात् परीक्षा की अधिसूचना की तारीख, परीक्षा की तिथि आदि प्रत्येक वर्ष वार्षिक कैलेंडर के रूप में प्रकाशित की जाती हैं। यह सभी सूचनाएँ संघ

लोक सेवा आयोग की वेबसाइटupsc.gov.in पर भी उपलब्ध करा दी जाती हैं। हाल ही में संघ लोक सेवा आयोग ने अपना मोबाइल ऐप भी लॉन्च कर दिया है, जो 'गूगल प्ले स्टोर' से डाउनलोड किया जा सकता है। यह परीक्षा बड़ी कुशलता से आयोजित की जाती है। इसमें त्रुटि की कोई गुंजाइश नहीं छोड़ी जाती।

विषय का चुनाव

सिविल सेवा परीक्षा में सामान्य श्रेणी का उम्मीदवार छह बार बैठ सकता है। निस्संदेह सिविल सेवा परीक्षा की तैयारी से व्यक्ति का ज्ञान बढ़ता है। सिविल सेवा की तैयारी का सबसे ज्यादा महत्त्व है। इसके प्रति एकीकृत दृष्टिकोण अपनाने की जरूरत है। इसके अलावा, प्रारंभिक परीक्षा की तैयारी करते समय मुख्य परीक्षा का भी ध्यान रखना पड़ता है। वस्तुतः सिविल सेवा परीक्षा का निर्णायक कारक विषयों का चयन है। ये विषय उम्मीदवार की रुचि के अनुकूल हों। अधिकांश उम्मीदवार ऐच्छिक विषय के रूप में ऑनर्स विषय चुनते हैं, लेकिन ऑनर्स विषय से इतर विषय भी चुना जा सकता है। हमें मात्र यही ध्यान रखना होगा कि हम चाहे जो भी विषय चुनें, उस विषय की हमें भलीभाँति जानकारी हो।

परीक्षा नोटिस सं. 05/2023 सी.एस.पी. दिनांक 01-02-2023 के अनुसार सिविल सेवा परीक्षा के माध्यम से निम्नलिखित सेवाओं/पदों पर भर्ती की जाती है—

1. भारतीय प्रशासनिक सेवा
2. भारतीय विदेश सेवा
3. भारतीय पुलिस सेवा
4. भारतीय लेखा परीक्षा और लेखा सेवा, ग्रुप 'क'
5. भारतीय सिविल लेखा सेवा, ग्रुप 'क'
6. भारतीय कॉर्पोरेट विधि सेवा, ग्रुप 'क'
7. भारतीय रक्षा लेखा सेवा, ग्रुप 'क'
8. भारतीय रक्षा संपदा लेखा सेवा, ग्रुप 'क'
9. भारतीय सूचना सेवा, कनिष्ठ ग्रेड, ग्रुप 'क'

> किताबें ऐसी शिक्षक हैं जो बिना कष्ट दिए, बिना आलोचना किए और बिना परीक्षा लिये हमें शिक्षा देती हैं।
>
> *—गणेश शंकर विद्यार्थी*

10. भारतीय डाक सेवा, ग्रुप 'क'
11. भारतीय डाक एवं तार लेखा तथा वित्त सेवा, ग्रुप 'क'
12. भारतीय रेलवे सुरक्षा बल सेवा, ग्रुप 'क'
13. भारतीय राजस्व सेवा (आयकर), ग्रुप 'क'
14. भारतीय राजस्व सेवा (सीमा शुल्क और अप्रत्यक्ष कर), ग्रुप 'क'
15. भारतीय व्यापार सेवा, ग्रुप 'क' (ग्रेड III)
16. भारतीय रेल प्रबंधन सेवा, ग्रुप 'क'
17. सशस्त्र व सेना मुख्यालय सिविल सेवा, ग्रुप 'ख' (अनुभाग अधिकारी ग्रेड)
18. दिल्ली, अंडमान एवं निकोबार द्वीप समूह, लक्षद्वीप, दमन व दीव एवं दादरा व नगर हवेली सिविल सेवा (दानिक्स) ग्रुप 'ख'
19. दिल्ली, अंडमान एवं निकोबार द्वीप समूह, लक्षद्वीप, दमन व दीव एवं दादरा व नगर हवेली सिविल सेवा (दानिप्स) ग्रुप 'ख'
20. पुडुचेरी सिविल सेवा (पांडिक्स), ग्रुप 'ख'
21. पुडुचेरी पुलिस सेवा (पांडिक्स), ग्रुप 'ख'

चुने गए आई.ए.एस. तथा आई.पी.एस. अधिकारियों को निचले स्तर पर अर्थात् जिला स्तर पर काम शुरू करना होता है। यह आई.ए.एस. तथा आई.पी.एस. का विकासकाल होता है, जब वे वास्तविकताओं के संपर्क में आते हैं और जिम्मेदारी लेना शुरू करते हैं। इसके बाद ये लोग पदक्रम में निश्चित अवधि में पदोन्नति पाकर शीर्ष पर पहुँचते हैं। क्योंकि यह सेवा प्रशासनिक शक्ति, सामाजिक हैसियत, प्रतिष्ठा व सामाजिक कार्य की आत्मसंतुष्टि से जुड़ी हुई है।

पिछले वर्ष सिविल सेवा परीक्षा के नोटिफिकेशन सं. 05/2022 दिनांक के मुताबिक कुल उन्नीस सर्विस/सेवाओं के बारे में अधिसूचना जारी की गई थी जिसमें कुल पदों की संख्या 861 निर्धारित की गई थी, तत्पश्चात कार्मिक एवं प्रशिक्षण विभाग ने सिविल सेवा परीक्षा 2022 के माध्यम से की जाने वाली भर्ती में भारतीय रेल प्रबंधन सेवा ग्रुप 'क' में 150 अधिकारियों की भर्ती का निर्णय लिया है और अब कुल पदों की संख्या 861 की बजाय 1011 हो गई है।

> आँख के अंधे को दुनिया नहीं दिखती, काम के अंधे को विवेक नहीं दिखता, मद के अंधे को अपने से श्रेष्ठ नहीं दिखता और स्वार्थी को कहीं भी दोष नहीं दिखता।
>
> *—आचार्य चाणक्य*

2 दिसंबर, 2022 को रेलवे मंत्रालय द्वारा भारतीय रेलवे प्रबंधन सेवा को लेकर एक अलग नोटिस जारी किया गया था जिसमें 2023 से इस सेवा की परीक्षा के लिए 150 पदों की घोषणा की गई थी, साथ ही नोटिस में यह भी कहा गया था कि सिविल सेवा (प्रारंभिक) परीक्षा के माध्यम से ही 'भारतीय रेल प्रबंधन सेवा' की प्रारंभिक परीक्षा ली जाएगी। जैसे कि भारतीय वन सेवा की परीक्षा के लिए हो रहा है। प्रारंभिक परीक्षा में उत्तीर्ण होने के बाद सिर्फ सिविल सेवा की मुख्य परीक्षा के लिए वैकल्पिक विषयों के आधार पर ही भारतीय रेल प्रबंधन सेवा की मुख्य परीक्षा ली जाएगी तथा इसके लिए साक्षात्कार अलग से होने की बात कही गई, लेकिन वर्तमान में सिविल सेवा परीक्षा-2023 का जो नोटिफिकेशन संघ लोक सेवा आयोग द्वारा प्रकाशित किया गया है, उसमें फिर से भारतीय रेल प्रबंधन सेवा को शामिल कर लिया गया है।

हाल के वर्षों में सिविल सेवा परीक्षा में पदों की संख्या

वर्ष	पदों की संख्या
2017	980
2018	782
2019	896
2020	796
2021	712
2022	1011
2023	1105

अगर पिछले कुछ वर्षों में सिविल सेवा परीक्षा में कुल पदों की संख्या को देखें तो इस वर्ष (2023) सबसे ज्यादा 1105 पद संघ लोक सेवा आयोग ने निर्धारित किए हैं।

खंड-I

परीक्षा की योजना

1. इस प्रतियोगिता परीक्षा में दो क्रमिक चरण हैं—
   (1) प्रधान परीक्षा के लिए उम्मीदवारों के चयन हेतु सिविल सेवा (प्रारंभिक) परीक्षा (वस्तुपरक) तथा
   (2) विभिन्न सेवाओं तथा पदों पर भर्ती हेतु उम्मीदवारों का चयन करने के लिए सिविल सेवा (प्रधान) परीक्षा (लिखित तथा साक्षात्कार/व्यक्तित्व परीक्षण)

2. प्रारंभिक परीक्षा में वस्तुपरक (बहुविकल्पीय प्रश्न) प्रकार के दो प्रश्न-पत्र होंगे तथा खंड-II के उपखंड (क) में दिए गए विषयों में अधिकतम 400 अंक होंगे, यह परीक्षा केवल प्राक्कथन परीक्षण के रूप में होगी, प्रधान परीक्षा में प्रवेश हेतु अर्हता प्राप्त करनेवाले उम्मीदवार द्वारा प्रारंभिक परीक्षा में प्राप्त किए गए अंकों को उनके अंतिम योग्यता क्रम को निर्धारित करने के लिए नहीं गिना जाएगा, प्रधान परीक्षा में प्रवेश दिए जानेवाले उम्मीदवारों की संख्या उक्त वर्ष में विभिन्न सेवाओं तथा पदों में भरी जाने वाली रिक्तियों की कुल संख्या का लगभग बारह से तेरह गुना होगी। केवल वे ही उम्मीदवार, जो आयोग द्वारा किसी वर्ष की प्रारंभिक परीक्षा में अर्हता प्राप्त कर लेते हैं, उक्त वर्ष की प्रधान परीक्षा में प्रवेश के पात्र होंगे, बशर्ते कि वे अन्यथा प्रधान परीक्षा हेतु पात्र हों।
3. जो उम्मीदवार प्रधान परीक्षा के लिखित भाग में आयोग के विवेकानुसार यथानिर्धारित न्यूनतम अर्हक अंक प्राप्त करते हैं, उन्हें खंड-II के उपखंड 'ग' के अनुसार व्यक्तित्व परीक्षण के लिए साक्षात्कार हेतु बुलाया जाएगा, रैंक का निर्धारण करने के लिए प्राप्तांकों को गिना जाएगा, साक्षात्कार के लिए बुलाए जाने वाले उम्मीदवारों की संख्या भरी जाने वाली रिक्तियों की संख्या से लगभग दुगुनी होगी।

इस प्रकार उम्मीदवारों द्वारा प्रधान परीक्षा (लिखित भाग तथा साक्षात्कार) में प्राप्त किए गए अंकों के आधार पर अंतिम तौर पर उनके रैंक का निर्धारण किया जाएगा। उम्मीदवारों को विभिन्न सेवाओं का आवंटन परीक्षा में उनके रैंकों तथा विभिन्न सेवाओं और पदों के लिए उनके द्वारा दिए गए वरीयता क्रम को ध्यान में रखते हुए किया जाएगा।

खंड-II

1. प्रारंभिक तथा प्रधान परीक्षा की रूपरेखा एवं विषय—

(क) प्रारंभिक परीक्षा (पाठ्यक्रम)

परीक्षा में दो अनिवार्य प्रश्न-पत्र होंगे, जिसमें प्रत्येक प्रश्न-पत्र 200 अंकों का होगा।

> प्रकृति अपरिमित ज्ञान का भंडार है, पत्ते-पत्ते में शिक्षापूर्ण पाठ हैं, परंतु उससे लाभ उठाने के लिए अनुभव आवश्यक है।
>
> *—अयोध्या सिंह उपाध्याय 'हरिऔध'*

प्रश्न-पत्र–I (200 अंक) : दो घंटे

- राष्ट्रीय और अंतरराष्ट्रीय महत्त्व की सामयिक घटनाएँ।
- भारत का इतिहास और भारतीय राष्ट्रीय आंदोलन।
- भारत एवं विश्व का भूगोल—भारत एवं विश्व का प्राकृतिक, सामाजिक, आर्थिक भूगोल।
- भारतीय राज्यतंत्र और शासन—संविधान, राजनीतिक प्रणाली, पंचायती राज, लोक नीति, अधिकारों संबंधी मुद्दे आदि।
- आर्थिक और सामाजिक विकास—सतत विकास, गरीबी, समावेशन, जनसांख्यिकी, सामाजिक क्षेत्र में की गई पहल आदि।
- पर्यावरणीय पारिस्थितिकी, जैव-विविधता और मौसम परिवर्तन संबंधी सामान्य मुद्दे, जिनके लिए विषयगत विशेषज्ञता आवश्यक नहीं है।
- सामान्य विज्ञान।

प्रश्न-पत्र–II (200 अंक) : दो घंटे

- बोधगम्यता।
- संचार कौशल सहित अंतरवैयक्तिक कौशल।
- तार्किक कौशल एवं विश्लेषणात्मक क्षमता।
- निर्णय लेना और समस्या समाधान।
- सामान्य मानसिक योग्यता।
- आधारभूत संख्ययन (संख्याएँ और उनके संबंध, विस्तारक्रम आदि) (दसवीं कक्षा का स्तर), आँकड़ों का निर्वचन (चार्ट, ग्राफ, तालिका, आँकड़ों की पर्याप्तता आदि—दसवीं कक्षा का स्तर)।
- अंग्रेजी भाषा में बोधगम्यता कौशल (दसवीं कक्षा का स्तर)।

टिप्पणी—1. सिविल सेवा (प्रारंभिक) परीक्षा का पेपर-II अर्हक पेपर होगा, जिसके लिए न्यूनतम अर्हक अंक 33% निर्धारित किए गए हैं।

> काम करने में ज्यादा श्रम नहीं लगता, लेकिन यह निर्णय करने में ज्यादा श्रम करना पड़ता है कि क्या करना चाहिए।
>
> *—अज्ञात*

टिप्पणी—2. प्रश्न बहुविकल्पीय, वस्तुनिष्ठ प्रकार के होंगे।

टिप्पणी—3. मूल्यांकन के प्रयोजन से उम्मीदवार के लिए यह अनिवार्य है कि वह सिविल सेवा (प्रारंभिक) परीक्षा के दोनों पेपरों में सम्मिलित हो, यदि कोई उम्मीदवार सिविल सेवा (प्रारंभिक) परीक्षा के दोनों पेपरों में सम्मिलित नहीं होता है तब उसे अयोग्य ठहराया जाएगा।

नोट—

(1) दोनों ही प्रश्न-पत्र वस्तुनिष्ठ (बहुविकल्पीय) प्रकार के होंगे।

(2) सिविल सेवा (प्रारंभिक) परीक्षा का पेपर-II अर्हक पेपर होगा, जिसके लिए न्यूनतम अर्हक अंक 33% निर्धारित किए गए हैं।

(3) प्रश्न-पत्र हिंदी और अंग्रेजी दोनों ही भाषाओं में तैयार किए जाएँगे।

(4) प्रत्येक प्रश्न-पत्र दो घंटे की अवधि का होगा।

(5) दृष्टिहीन, चलने में असमर्थ और प्रमस्तिष्कीय पक्षाघात से पीड़ित उम्मीदवार जिनकी असमर्थता उनकी कार्य निष्पादन क्षमता (लेखन) (न्यूनतम 40% तक अक्षमता) को प्रभावित करती है, को सिविल सेवा (प्रारंभिक) परीक्षा और सिविल सेवा (प्रधान) परीक्षा, दोनों में प्रति घंटा बीस मिनट का अतिरिक्त समय दिया जाएगा।

(ख) प्रधान/मुख्य परीक्षा (पाठ्यक्रम)

प्रधान परीक्षा का उद्देश्य उम्मीदवारों के समग्र बौद्धिक गुणों तथा उनके गहन ज्ञान का आकलन करना है, मात्र उनकी सूचना के भंडार तथा स्मरण शक्ति का आकलन करना नहीं।

सामान्य अध्ययन के प्रश्न-पत्रों (प्रश्न-पत्र-II से प्रश्न-पत्र-V) के प्रश्नों का स्वरूप तथा इनका स्तर ऐसा होगा कि कोई भी सुशिक्षित व्यक्ति बिना किसी विशेष अध्ययन के इनका उत्तर दे सके। प्रश्न ऐसे होंगे जिनसे विविध विषयों पर उम्मीदवार की सामान्य जानकारी का परीक्षण किया जा सके और जो सिविल सेवा में कैरियर से संबंधित होंगे। प्रश्न इस प्रकार के होंगे जो सभी प्रासंगिक विषयों के बारे में उम्मीदवार की आधारभूत समझ तथा परस्पर विरोधी सामाजिक-आर्थिक लक्ष्यों, उद्देश्यों और माँगों का विश्लेषण तथा इन पर दृष्टिकोण अपनाने की क्षमता का परीक्षण करे। उम्मीदवार संगत, सार्थक तथा सारगर्भित उत्तर दें।

परीक्षा के लिए वैकल्पिक विषय के प्रश्नों (प्रश्न-पत्र-VI से प्रश्न-पत्र-VII) के पाठ्यक्रम का स्तर मुख्य रूप से ऑनर्स डिग्री स्तर अर्थात् स्नातक डिग्री से ऊपर और स्नातकोत्तर (मास्टर्स) डिग्री से निम्नतर स्तर का है। इंजीनियरिंग, चिकित्सा विज्ञान और विधि के मामले में प्रश्न-पत्र का स्तर स्नातक की डिग्री के स्तर का है। सिविल सेवा (प्रधान) परीक्षा की योजना में सम्मिलित प्रश्न-पत्रों का पाठ्यक्रम निम्नानुसार है—

भारतीय भाषाओं और अंग्रेजी पर अर्हक प्रश्न-पत्र

इस प्रश्न-पत्र का उद्देश्य अंग्रेजी तथा संबंधित भारतीय भाषा में अपने विचारों को स्पष्ट तथा सही रूप में प्रकट करना तथा गंभीर तर्कपूर्ण गद्य को पढ़ने और समझने में उम्मीदवार की योग्यता की परीक्षा करना है। प्रश्न-पत्रों का स्वरूप आमतौर पर निम्न प्रकार का होगा—

(i) दिए गए गद्यांशों को समझना

(ii) संक्षेपण

(iii) शब्द प्रयोग तथा शब्द भंडार

(vi) लघु निबंध

भारतीय भाषाएँ

(i) दिए गए गद्यांशों को समझना

(ii) संक्षेपण

(iii) शब्द प्रयोग तथा शब्द भंडार

(iv) लघु निबंध

(v) अंग्रेजी से भारतीय भाषा तथा भारतीय भाषा से अंग्रेजी में अनुवाद

टिप्पणी 1: भारतीय भाषाओं और अंग्रेजी के प्रश्न-पत्र मैट्रिकुलेशन या समकक्ष स्तर के होंगे, जिनमें केवल अर्हता प्राप्त करनी है। इन प्रश्न-पत्रों में प्राप्तांक योग्यता क्रम के निर्धारण में नहीं गिने जाएँगे।

> शाला में नया छात्र कुछ लेकर नहीं आता और पुराना कुछ लेकर नहीं जाता, फिर भी वहाँ ज्ञान का विकास होता है।
>
> *—राजेंद्र अवस्थी*

टिप्पणी 2: अंग्रेजी तथा भारतीय भाषाओं के प्रश्न-पत्रों के उत्तर उम्मीदवारों को अंग्रेजी तथा संबंधित भारतीय भाषा में देने होंगे। (अनुवाद को छोड़कर)।

प्रश्न-पत्र -I (250 अंक, समय : 3 घंटे)

निबंध: उम्मीदवार को विविध विषयों पर निबंध लिखना होगा। उनसे अपेक्षा की जाएगी कि वे निबंध के विषय पर ही केंद्रित रहें तथा अपने विचारों को सुनियोजित रूप से व्यक्त करें और संक्षेप में लिखें। प्रभावी और सटीक अभिव्यक्ति के लिए अंक प्रदान किए जाएँगे।

प्रश्न-पत्र -II (250 अंक, समय : 3 घंटे)

सामान्य अध्ययन-I: भारतीय विरासत और संस्कृति, विश्व का इतिहास एवं भूगोल और समाज

- भारतीय संस्कृति में प्राचीन काल से आधुनिक काल तक के क़ला के रूप, साहित्य और वास्तुकला के मुख्य पहलू शामिल होंगे।
- 18वीं सदी के लगभग मध्य से लेकर वर्तमान समय तक का आधुनिक भारतीय इतिहास - महत्त्वपूर्ण घटनाएँ, व्यक्तित्व, विषय।
- स्वतंत्रता संग्राम - इसके विभिन्न चरण और देश के विभिन्न भागों से इनमें अपना योगदान देनेवाले महत्त्वपूर्ण व्यक्ति/उनका योगदान।
- स्वतंत्रता के पश्चात् देश के अंदर एकीकरण और पुनर्गठन।
- विश्व के इतिहास में 18वीं सदी की घटनाएँ तथा औद्योगिक क्रांति, विश्व युद्ध, सष्ट्रीय सीमाओं का पुनः सीमांकन, उपनिवेशवाद, उपनिवेशवाद की समाप्ति, राजनीतिक दर्शन शास्त्र जैसे साम्यवाद, पूँजीवाद, समाजवाद आदि शामिल होंगे, उनके रूप और समाज पर उनका प्रभाव।
- भारतीय समाज की मुख्य विशेषताएँ, भारत की विविधता।
- महिलाओं की भूमिका और महिला संगठन, जनसंख्या एवं संबद्ध मुद्दे, गरीबी और विकासात्मक विषय, शहरीकरण, उनकी समस्याएँ और उनके रक्षोपाय।
- भारतीय समाज पर भूमंडलीकरण का प्रभाव।

> लक्ष्मी उसी के लिए वरदान बनकर आती है, जो उसे दूसरों के लिए वरदान बनाता है।
>
> *—सुदर्शन*

- सामाजिक सशक्तिकरण, संप्रदायवाद, क्षेत्रवाद और धर्मनिरपेक्षता।
- विश्व के भौतिक भूगोल की मुख्य विशेषताएँ।
- विश्वभर के मुख्य प्राकृतिक संसाधनों का वितरण (दक्षिण एशिया और भारतीय उपमहाद्वीप को शामिल करते हुए), विश्व (भारत सहित) के विभिन्न भागों के प्राथमिक, द्वितीयक और तृतीयक क्षेत्र के उद्योगों को स्थापित करने के लिए जिम्मेदार कारक।
- भूकंप, सुनामी, ज्वालामुखीय हलचल, चक्रवात आदि महत्त्वपूर्ण भू-भौतिकीय घटनाएँ, भूगोलीय विशेषताएँ और उनके स्थान-अति महत्त्वपूर्ण भूगोलीय विशेषताओं (जल-स्रोत और हिमावरण सहित) और वनस्पति एवं प्राणि-जगत् में परिवर्तन और इस प्रकार के परिवर्तनों के प्रभाव।

प्रश्न-पत्र -III (250 अंक, समय : 3 घंटे)

सामान्य अध्ययन-III: शासन व्यवस्था, संविधान, शासन-प्रणाली, सामाजिक न्याय तथा अंतरराष्ट्रीय-संबंध

- भारतीय संविधान - ऐतिहासिक आधार, विकास, विशेषताएँ, संशोधन, महत्त्वपूर्ण प्रावधान और बुनियादी संरचना।
- संघ एवं राज्यों के कार्य तथा उत्तरदायित्व, संघीय ढाँचे से संबंधित विषय एवं चुनौतियाँ, स्थानीय स्तर पर शक्तियों और वित्त का हस्तांतरण और उसकी चुनौतियाँ।
- विभिन्न घटकों के बीच शक्तियों का पृथक्करण, विवाद निवारण तंत्र तथा संस्थान।
- भारतीय संवैधानिक योजना की अन्य देशों के साथ तुलना।
- संसद और राज्य विधायिका - संरचना, कार्य, कार्य संचालन, शक्तियाँ एवं विशेषाधिकार और इनसे उत्पन्न होनेवाले विषय।
- कार्यपालिका और न्यायपालिका की संरचना, संगठन और कार्य सरकार के मंत्रालय एवं विभाग, प्रभावक और औपचारिक/अनौपचारिक संघ तथा शासन प्रणाली में उनकी भूमिका।
- जन प्रतिनिधित्व अधिनियम की मुख्य विशेषताएँ।
- विभिन्न संवैधानिक पदों पर नियुक्ति और विभिन्न संवैधानिक निकायों की शक्तियाँ, कार्य और उत्तरदायित्व।

- सांविधिक, विनियामक और विभिन्न क्षेत्रों में विकास के लिए हस्तक्षेप और उनके अभिकल्पन तथा कार्यान्वयन के कारण उत्पन्न विषय।
- विकास प्रक्रिया तथा विकास उद्योग - गैर-सरकारी संगठनों, स्वयं सहायता समूहों, विभिन्न समूहों और संघों, दानकर्ताओं, लोकोपकारी संस्थाओं, संस्थागत एवं अन्य पक्षों की भूमिका।
- केंद्र एवं राज्यों द्वारा जनसंख्या के अति संवेदनशील वर्गों के लिए कल्याणकारी योजनाएँ और इन योजनाओं का कार्य-निष्पादन, इन अति संवेदनशील वर्गों की रक्षा एवं बेहतरी के लिए गठित तंत्र, विधि, संस्थान एवं निकाय।
- स्वास्थ्य, शिक्षा, मानव संसाधनों से संबंधित सामाजिक क्षेत्र/सेवाओं के विकास और प्रबंधन से संबंधित विषय।
- गरीबी और भूख से संबंधित विषय।
- शासन व्यवस्था, पारदर्शिता और जवाबदेही के महत्त्वपूर्ण पक्ष, ई-गवर्नेंस - अनुप्रयोग, सीमाएँ और संभावनाएँ ; नागरिक चार्टर, पारदर्शिता एवं जवाबदेही और संस्थागत तथा अन्य उपाय।
- लोकतंत्र में सिविल सेवाओं की भूमिका।
- भारत एवं इसके पड़ोसी-संबंध।
- द्विपक्षीय, क्षेत्रीय और वैश्विक समूह और भारत से संबंधित और/अथवा भारत के हितों को प्रभावित करने वाले करार।
- भारत के हितों, भारतीय परिदृश्य पर विकसित तथा विकासशील देशों की नीतियों तथा राजनीति का प्रभाव।
- महत्त्वपूर्ण अंतरराष्ट्रीय संस्थान, संस्थाएँ और मंच-उनकी संरचना, अधिदेश।

प्रश्न-पत्र -IV (250 अंक, समय : 3 घंटे)

सामान्य अध्ययन-III: प्रौद्योगिकी, आर्थिक विकास, जैव विविधता, पर्यावरण, सुरक्षा तथा आपदा प्रबंधन।

- भारतीय अर्थव्यवस्था तथा योजना, संसाधनों को जुटाने, प्रगति, विकास तथा रोजगार से संबंधित विषय।
- सरकारी बजट।
- मुख्य फसलें—देश के विभिन्न भागों में फसलों का पैटर्न - सिंचाई के विभिन्न प्रकार एवं सिंचाई प्रणाली-कृषि उत्पाद का भंडारण, परिवहन तथा विपणन, संबंधित विषय और बाधाएँ; किसान की सहायता के लिए ई-प्रौद्योगिकी।

- प्रत्यक्ष एवं अप्रत्यक्ष कृषि सहायता तथा न्यूनतम समर्थन मूल्य से संबंधित विषय; जन वितरण प्रणाली-उद्‌देश्य, कार्य, सीमाएँ, सुधार; बफर स्टॉक तथा खाद्य सुरक्षा संबंधी विषय; प्रौद्योगिकी मिशन; पशु-पालन संबंधी अर्थशास्त्र।
- भारत में खाद्य प्रसंस्करण एवं संबंधित उद्योग - कार्यक्षेत्र एवं महत्त्व, स्थान, ऊपरी और नीचे की अपेक्षाएँ, आपूर्ति शृंखला प्रबंधन।
- भारत में भूमि सुधार।
- उदारीकरण का अर्थव्यवस्था पर प्रभाव, औद्योगिक नीति में परिवर्तन तथा औद्योगिक विकास पर इनका प्रभाव।
- बुनियादी ढाँचा : ऊर्जा, बंदरगाह, सड़क, विमानपत्तन, रेलवे आदि।
- निवेश मॉडल।
- विज्ञान एवं प्रौद्योगिकी - विकास एवं अनुप्रयोग और रोजमर्रा के जीवन पर इसका प्रभाव।
- विज्ञान एवं प्रौद्योगिकी में भारतीयों की उपलब्धियाँ; देशज रूप से प्रौद्योगिकी का विकास और नई प्रौद्योगिकी का विकास।
- सूचना प्रौद्योगिकी, अंतरिक्ष, कंप्यूटर, रोबोटिक्स, नैनो-टेक्नोलॉजी, बायो-टेक्नोलॉजी और बौद्धिक संपदा अधिकारों से संबंधित विषयों के संबंध में जागरूकता।
- संरक्षण, पर्यावरण प्रदूषण और क्षरण, पर्यावरण का प्रभाव, आकलन।
- आपदा और आपदा प्रबंधन।
- विकास और फैलते उग्रवाद के बीच संबंध।
- आंतरिक सुरक्षा के लिए चुनौती उत्पन्न करने वाले शासन विरोधी तत्त्वों की भूमिका।
- संचार नेटवर्क के माध्यम से आंतरिक सुरक्षा को चुनौती, आंतरिक सुरक्षा चुनौतियों में मीडिया और सामाजिक नेटवर्किंग साइटों की भूमिका, साइबर सुरक्षा की बुनियादी बातें, धन शोधन और इसे रोकना।
- सीमावर्ती क्षेत्रों में सुरक्षा चुनौतियाँ एवं उनका प्रबंधन - संगठित अपराध और आतंकवाद के बीच संबंध।
- विभिन्न सुरक्षा बल और संस्थाएँ तथा उनके अधिदेश।

प्रश्न-पत्र -V (250 अंक, समय : 3 घंटे)

सामान्य अध्ययन-IV: नीतिशास्त्र, सत्यनिष्ठा और अभिरुचि।

इस प्रश्न-पत्र में ऐसे प्रश्न शामिल होंगे जो सार्वजनिक जीवन में उम्मीदवारों की सत्यनिष्ठा व ईमानदारी से संबंधित विषयों के प्रति उनकी अभिवृत्ति, उनके दृष्टिकोण तथा समाज से आचार-व्यवहार में विभिन्न मुद्दों तथा सामने आने वाली समस्याओं के समाधान को लेकर उनकी मनोवृत्ति का परीक्षण करेंगे। इन आयामों का निर्धारण करने के लिए प्रश्न-पत्र में किसी मामले में अध्ययन (केस स्टडी) का माध्यम भी चुना जा सकता है। मुख्य रूप से निम्नलिखित क्षेत्रों को कवर किया जाएगा।

- **नीतिशास्त्र तथा मानवीय सह-संबंध:** मानवीय क्रियाकलापों में नीतिशास्त्र का सार तत्त्व, इसके निर्धारक और परिणाम; नीतिशास्त्र के आयाम; निजी और सार्वजनिक संबंधों में नीतिशास्त्र, मानवीय मूल्य- महान नेताओं, सुधारकों और प्रशासकों के जीवन तथा उनके उपदेशों से शिक्षा; मूल्य विकसित करने में परिवार, समाज और शैक्षणिक संस्थाओं की भूमिका।
- **अभिवृत्ति:** सारांश (कंटेंट), संरचना, वृत्ति; विचार तथा आचरण के परिप्रेक्ष्य में इसका प्रभाव एवं संबंध; नैतिक और राजनीतिक अभिरुचि; सामाजिक प्रभाव और धारणा।
- सिविल सेवा के लिए अभिरुचि तथा बुनियादी मूल्य-सत्यनिष्ठा, भेद-भाव रहित तथा गैर-तरफदारी, निष्पक्षता, सार्वजनिक सेवा के प्रति समर्पण भाव, कमजोर वर्गों के प्रति सहानुभूति, सहिष्णुता तथा संवेदना।
- **भावनात्मक समझ:** अवधारणाएँ तथा प्रशासन और शासन व्यवस्था में उनके उपयोग और प्रयोग।
- भारत तथा विश्व के नैतिक विचारकों तथा दार्शनिकों के योगदान।
- **लोक प्रशासन में लोक/सिविल सेवा मूल्य तथा नीतिशास्त्र:** स्थिति तथा समस्याएँ; सरकारी तथा निजी संस्थानों में नैतिक चिंताएँ तथा दुविधाएँ; नैतिक मार्गदर्शन के स्रोतों के रूप में विधि, नियम, विनियम तथा अंतरात्मा; उत्तरदायित्व तथा नैतिक शासन, शासन व्यवस्था में नीतिपरक तथा नैतिक मूल्यों का सुदृढ़ीकरण; अंतरराष्ट्रीय संबंधों तथा निधि व्यवस्था (फंडिंग) में नैतिक मुद्दे; कॉर्पोरेट शासन व्यवस्था।
- **शासन व्यवस्था में ईमानदारी :** लोक सेवा की अवधारणा; शासन व्यवस्था और ईमानदारी का दार्शनिक आधार, सरकार में सूचना का आदान-प्रदान और पारदर्शिता, सूचना का अधिकार, नीतिपरक आचार संहिता, आचरण

संहिता, नागरिक घोषणा पत्र, कार्य संस्कृति, सेवा प्रदान करने की गुणवत्ता, लोक निधि का उपयोग, भ्रष्टाचार की चुनौतियाँ।

- उपर्युक्त विषयों पर मामला संबंधी अध्ययन (केस स्टडीज)।

प्रश्न-पत्र -VI एवं प्रश्न-पत्र -VII

वैकल्पिक विषय प्रश्न-पत्र -I (250 अंक, समय : 3 घंटे)

वैकल्पिक विषय प्रश्न-पत्र -II (250 अंक, समय : 3 घंटे)

प्रधान परीक्षा के लिए वैकल्पिक विषयों की सूची

(i) कृषि विज्ञान
(ii) पशुपालन और पशु चिकित्सा विज्ञान
(iii) नृविज्ञान
(iv) वनस्पति विज्ञान
(v) रसायन विज्ञान
(vi) सिविल इंजीनियरी
(vii) वाणिज्य शास्त्र तथा लेखा विधि
(viii) अर्थशास्त्र
(ix) विद्युत इंजीनियरी
(x) भूगोल
(xi) भूविज्ञान
(xii) इतिहास
(xiii) विधि
(xiv) प्रबंधन
(xv) गणित
(xvi) मैकेनिकल इंजीनियरिंग
(xvii) चिकित्सा विज्ञान
(xviii) दर्शन शास्त्र
(xix) भौतिकी
(xx) राजनीति विज्ञान और अंतरराष्ट्रीय संबंध
(xxi) मनोविज्ञान
(xxii) लोक प्रशासन
(xxiii) समाज शास्त्र
(xxiv) सांख्यिकी
(xxv) प्राणि विज्ञान

(xxvi) निम्नलिखित विषयों में से किसी एक भाषा का साहित्य :
असमिया, बंगाली, बोडो, डोगरी, गुजराती, हिंदी, कन्नड़, कश्मीरी, कोंकणी, मैथिली, मलयालम, मणिपुरी, मराठी, नेपाली, ओड़िया, पंजाबी, संस्कृत, संथाली, सिंधी, तमिल, तेलुगू, उर्दू और अंग्रेजी।

वैकल्पिक विषयों का पाठ्यक्रम upsc.gov.in के माध्यम से देखा जा सकता है।

(ग) साक्षात्कार/व्यक्तित्व परीक्षण

1. उम्मीदवार का साक्षात्कार एक बोर्ड द्वारा होगा, जिसके सामने उम्मीदवार के परिचयवृत्त का अभिलेख होगा। उससे सामान्य रुचि की बातों पर प्रश्न पूछे जाएँगे। यह साक्षात्कार इस उद्देश्य से होगा कि सक्षम और निष्पक्ष प्रेक्षकों का बोर्ड यह जान सके कि उम्मीदवार लोक सेवा के लिए व्यक्तित्व की दृष्टि से उपयुक्त है या नहीं। यह परीक्षा उम्मीदवार की मानसिक क्षमता को जाँचने के अभिप्राय से की जाती है। मोटे तौर पर इस परीक्षा का प्रयोजन वास्तव में न केवल उसके बौद्धिक गुणों का, अपितु उसके सामाजिक लक्षणों और सामाजिक घटनाओं में उसकी रुचि का भी मूल्यांकन करना है। इसमें उम्मीदवार की मानसिक सतर्कता, आलोचनात्मक ग्रहण शक्ति, स्पष्ट और तर्कसंगत प्रतिपादन की शक्ति, संतुलित निर्णय लेने की शक्ति, रुचि की विविधता और गहराई, नेतृत्व और सामाजिक संगठन की योग्यता, बौद्धिक और नैतिक ईमानदारी की भी जाँच की जा सकती है।
2. साक्षात्कार में प्रति परीक्षण (क्रॉस एग्जामिनेशन) की प्रणाली नहीं अपनाई जाती। इसमें स्वाभाविक वार्तालाप के माध्यम से उम्मीदवार के मानसिक गुणों का पता लगाने का प्रयत्न किया जाता है, परंतु वह वार्तालाप एक विशेष दिशा में और एक विशेष प्रयोजन से किया जाता है।
3. साक्षात्कार परीक्षण उम्मीदवारों के विशेष या सामान्य ज्ञान की जाँच करने के प्रयोजन से नहीं किया जाता, क्योंकि उसकी जाँच लिखित प्रश्न-पत्रों से पहले ही हो जाती है। उम्मीदवारों से आशा की जाती है कि वे न केवल अपने विद्यालय के विशेष विषयों में ही पारंगत हों, बल्कि उन घटनाओं पर भी ध्यान दें, जो उनके चारों ओर अपने राज्य या देश के भीतर और बाहर घट रही हैं तथा आधुनिक विचारधारा और नई-नई खोजों में भी रुचि लें, जो कि किसी सुशिक्षित युवक में जिज्ञासा पैदा कर सकती हैं।

□

4

परीक्षा की तैयारी

पराजय के क्षणों में ही नायकों का निर्माण होता है। अतः सफलता का सही अर्थ महान असफलताओं की श्रृंखला में ही निहित है।

—महर्षि अरविंद

देश की सर्वोच्च परीक्षाओं में से एक 'सिविल सेवा परीक्षा' को लेकर छात्रों में कौतूहल की स्थिति हमेशा बनी रहती है। वर्तमान में युवा पीढ़ी अपने रोजगार और कैरियर के लिए काफी आशंकित है। आज समाज का हर युवा चाहता है कि उसे अच्छी-से-अच्छी नौकरी मिल जाए, ताकि वह अपना जीवन सपरिवार खुशी से व्यतीत कर सके, इसलिए आज का युवा सिविल सेवा के क्षेत्र में कैरियर बनाने हेतु जी-जान से जुटा हुआ है।

ब्रिटिशकाल से संबंधित आई.सी.एस. सेवाओं में जो आकर्षण उस काल में था, आज भी उसमें कोई कमी नहीं आई है। सिविल सेवा भारतीय प्रशासनिक व्यवस्था की रीढ़ है। देश में नीतियों का निर्माण और उनके कार्यान्वयन की बागडोर मुख्यतः सिविल सेवकों के हाथों में होती है। यही कारण है कि भारत जैसे विकासशील देश में सिविल सेवकों का महत्त्व, अहमियत एवं सामाजिक पहचान विशेष रूप से बढ़ गई है।

कदम-दर-कदम तैयारी

भारतीय प्रशासनिक सेवा यानी आई.ए.एस. के लिए होनेवाली परीक्षा की तैयारी में हर वर्ष हजारों युवा जुटते हैं, लेकिन उनमें से कुछ सौ ही यह लक्ष्य प्राप्त कर पाते हैं। हालाँकि आई.ए.एस. की तैयारी बहुत कठिन है, लेकिन इसकी विधिवत् तैयारी के बाद इसमें सफलता की उम्मीद बढ़ जाती है।

इस बड़े पद को हासिल करने के लिए हर साल लाखों युवा कड़ी मेहनत से गुजरते हैं। किसी को इसकी प्रारंभिक परीक्षा में सफलता मिलती है, तो किसी को मुख्य परीक्षा में, लेकिन तीसरे चरण,. यानी साक्षात्कार तक आते-आते बहुत सारे छात्रों को मायूसी ही हाथ लगती है।

करीब दस से ग्यारह लाख अभ्यर्थियों में से 12-15 हजार अभ्यर्थी ही पहला चरण पार करने में सफल होते हैं। इसके बाद मुख्य परीक्षा की बारी आती है। इसमें ज्यादातर उम्मीदवार दौड़ से बाहर हो जाते हैं। आखिरी चरण साक्षात्कार में पदों की संख्या से ढाई से तीन गुना ज्यादा उम्मीदवार बुलाए जाते हैं। अगर एक हजार पदों के लिए आवेदन मँगाए गए हैं, तो मुख्य परीक्षा के बाद करीब तीन हजार उम्मीदवार साक्षात्कार में बुलाए जाते हैं। अंत में गिने-चुने लोगों को ही कामयाबी हासिल होती है। इंडियन फॉरेन सर्विस, आई.ए.एस. और आई.पी.एस. में बहुत कम उम्मीदवारों को ही आने का मौका मिलता है। अन्य उम्मीदवार आई.आर.एस. यानी इंडियन रेवेन्यू सर्विस या एलायड सर्विस में जाते हैं।

परीक्षा में सवालों के पैटर्न में यह सोचकर बदलाव लाया गया था कि कोचिंग के जाल से छात्रों को मुक्ति मिलेगी, लेकिन एक वर्ष में ही कोचिंग संस्थान फिर हावी हो गए हैं। अब सी-सैट की तैयारी भी कोचिंग संस्थान कराने लगे हैं। विशेषज्ञ कहते हैं कि मौजूदा पैटर्न में कलेक्टरी की तैयारी कीजिए तो इंस्पेक्टरी की भी हो जाएगी, यानी परीक्षा का पैटर्न ऐसा हो गया है कि इससे बैंकिंग सेवा और कर्मचारी चयन आयोग की परीक्षा में भी बहुत मदद मिलती है। इसके लिए अलग से तैयारी की जरूरत नहीं रह जाती।

पिरामिड बनाकर तैयारी

किसी भी परीक्षा की तैयारी हो, हमें एक पिरामिड बनाकर ही करनी चाहिए, वैसे शुरुआती दौर में हमें तैयारी पाठ्यक्रम कवरेज से ही करनी चाहिए। किंतु

> हजार योद्धाओं पर विजय पाना आसान है, लेकिन जो अपने ऊपर विजय पाता है, वही सच्चा विजयी है।
>
> *—गौतम बुद्ध*

परीक्षा का समय जैसे-जैसे निकट आता है, वैसे-वैसे पिरामिड के शीर्ष तक पहुँचने के लिए भलीभाँति तैयारी करनी चाहिए और तैयारी भी पाठ्यक्रम के कोर एरिया पर निर्भर करती है।

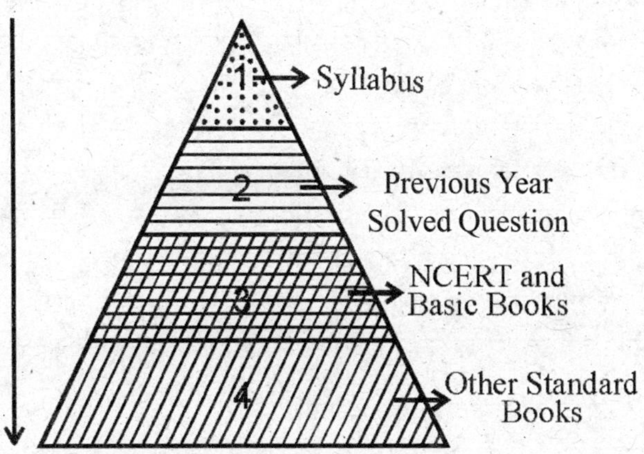

रणनीति बनाना जरूरी

किसी भी परीक्षा के लिए रणनीति जरूरी है। जो सफल अभ्यर्थी हैं, उनका मानना है कि हमें अपनी योग्यता के अनुसार ही तैयारी करनी चाहिए। योजना बनाते समय आपको यह देखना जरूरी है कि आप कितने दिनों में तैयारी कर सकते हैं, सिविल सेवा की परीक्षा में कुछ विषयों में काफी गैप भी मिल जाते हैं। यदि आपकी परीक्षा में गैप है तो आप विषय की तैयारी के लिए बीच का समय भी रिजर्व कर सकते हैं। इस बचे हुए समय का सदुपयोग कर फिर तैयारी में जुट जाइए। यदि आप समय का सही उपयोग कर लेंगे, तो सफल होने में किसी भी दिक्कत का सामना नहीं करना पड़ेगा। ठीक से तैयारी करेंगे तो आप जल्द ही सफल होंगे। जिन विषयों में मैरिट की सूची निर्धारित हो, आप उन विषयों का आधार लेकर तैयारी कर सकते हैं, किंतु जो विषय आप क्वालीफाई कर सकते हैं, उन्हें नजरअंदाज मत करिए।

> फूल चुनकर एकत्र करने के लिए मत ठहरो। आगे बढ़े चलो, तुम्हारे पथ में फूल निरंतर खिलते रहेंगे।
>
> *—रवींद्रनाथ ठाकुर*

हर पल है महत्त्वपूर्ण

इस परीक्षा में सफल रहे छात्रों का मानना है कि मुख्य परीक्षा में आप प्रभावी प्रदर्शन तभी कर पाएँगे, जब बचे हुए समय का सही सदुपयोग करेंगे। इस समय नए टॉपिक्स पढ़ने से बचें और जो अभी तक पढ़े हैं, उनका खूब रिवीजन करें। रिवीजन ही सफलता की कुंजी है।इसके अलावा आप सबसे पहले इस परीक्षा में पूछे जानेवाले विषयों की एक सूची बना लें और अपनी तैयारी इसी योजना के अनुरूप करें। अगर आपको लगता है कि आपके सामान्य अध्ययन पेपर में कुछ कमी रह गई है, जिसे दो दिनों में कंप्लीट किया जा सकता है, तो आपके लिए बेहतर होगा कि आप सबसे पहले सामान्य अध्ययन पेपर की तैयारी में जुट जाएँ। उसके बाद ही अन्य पेपर पर ध्यान दें। इस तरह की योजना आपको खुद बनानी होगी और खुद उस पर अमल भी करना होगा। अगर आप इस तरह की योजना हर विषय के साथ बनाते हैं, तो आप अपने बचे हुए समय का सही सदुपयोग करने में सफल हो सकते हैं।

गैप को ध्यान में रखकर करें तैयारी

सफल लोग कोई अलग काम नहीं करते हैं, बल्कि हर काम अलग ढंग से करते हैं। अगर आपको मुख्य परीक्षा में बेहतर स्कोर करना है, तो आपको भीड़ से अलग होने के लिए कुछ अलग सोचना होगा। आप सबसे पहले यह देखें कि आपका ऑप्शनल विषय कब है। अकसर देखा जाता है कि दो प्रश्न-पत्रों के बीच काफी दिनों का गैप होता है। अगर आपके साथ भी इस तरह की स्थिति है, तो बेहतर होगा कि आप अपने विषयों की तैयारी इस बचे हुए समय के लिए रख दें और इस बचे हुए समय का सदुपयोग अन्य कमजोर विषयों के रिवीजन में करें। इससे आपको अन्य विषयों की तैयारी के लिए कुछ अतिरिक्त समय मिल जाएगा।

अनिवार्य विषय पर दें ध्यान

आई.ए.एस. की तैयारी करनेवाले अधिकांश अभ्यर्थी जनरल इंग्लिश और सामान्य हिंदी की तैयारी के प्रति गंभीर नहीं होते हैं। इसका परिणाम यह होता है कि बाद में उन्हें अनेक तरह की परेशानियों का सामना करना पड़ता है और वे समयाभाव के कारण अंतिम समय में अपनी रणनीति और भाग्य को कोसते हैं।

> धन उत्तम कर्मों से उत्पन्न होता है, प्रगल्भता (साहस, योग्यता व दृढ़ निश्चय) से बढ़ता है, चतुराई से फलता-फूलता है और संयम से सुरक्षित होताहै।
>
> —*महात्मा विदुर*

संघ लोक सेवा आयोग की परीक्षा में सभी विषयों का समान महत्त्व होता है। आप किसी भी विषय को छोड़कर आगे नहीं बढ़ सकते हैं। यदि आप इसमें क्वालिफाइंग मार्क्स लाने में सफल होंगे, तभी अन्य विषयों का मूल्यांकन किया जाएगा। इस कारण इसे हल्के में लेने की भूल कभी न करें। आपके लिए सबसे बेहतर रास्ता यह है कि क्वालिफाइंग नेचर के जनरल इंग्लिश और सामान्य हिंदी के प्रति कतई लापरवाही न बरतें और इसकी भी तैयारी अच्छी तरह से करें।

इनमें मैट्रिक स्तर के प्रश्न पूछे जाते हैं। इसके लिए प्रतिदिन एक इंग्लिश न्यूज पेपर तथा इंग्लिश ग्रामर एवं हिंदी व्याकरण की किताब पढ़ें।

वैज्ञानिक सोच जरूरी

मुख्य परीक्षा में सफल कई टॉपर्स का मानना है कि कुछ छात्र यह सोचते हैं कि निबंध में थोड़ी तैयारी करके अच्छे अंक प्राप्त किए जा सकते हैं। इस तरह की बातें ठीक नहीं हैं। निबंध में आप बेहतर अंक तभी ला सकते हैं, जब आप वैज्ञानिक तरीके से इसकी तैयारी करते हैं।

बेहतर और आदर्श स्थिति यह होगी कि पहले से ही एक क्षेत्र निर्धारित कर लें कि मुझे इन्हीं क्षेत्रों से संबंधित प्रश्नों के उत्तर लिखने हैं। उदाहरण के लिए, यदि आप पहले से निर्धारित कर लेते हैं कि मुझे राजनीति से संबंधित क्षेत्रों पर ही निबंध लिखना है, तो यह आपके लिए बेहतर स्थिति होगी और आप तैयारी को भी अंतिम रूप देने में सफल होंगे।

इस परीक्षा में निबंध का एक अनिवार्य पेपर होता है, जिसमें तीन घंटे में दो खंडों A और B में दिए गए 4 विषयों में से कोई एक विषय चुनकर दो निबंध लिखने होते हैं, जो प्रत्येक 1000-1200 शब्दों में हों। आप सूझ-बूझ के साथ व्यवस्थित और तर्कपूर्ण ढंग से निबंध लिखें।

आजकल निबंध के विषयों को देखें तो दर्शनशास्त्र, कहावतें, लोकोक्ति या किसी महान व्यक्ति द्वारा कही गई बातों से संबंधित निबंध ज्यादा आने लगे हैं।

प्रतिमाह योजना, 'कुरुक्षेत्र' पत्रिका पढ़ें। विगत वर्षों के प्रश्न-पत्र देखें। अपनी पसंद के दो क्षेत्र चुनकर निबंध की तैयारी करें।

> ज्ञानी जन विवेक से सीखते हैं, साधारण मनुष्य अनुभव से; अज्ञानी पुरुष आवश्यकता से और पशु स्वभाव से।
>
> *—आचार्य कौटिल्य*

अभ्यास जरूरी

निबंध के पेपर का मकसद आपकी सोच, भाषा-शैली और सहज अभिव्यक्ति क्षमता को परखना होता है। इसके लिए खूब अभ्यास करें। इसके अतिरिक्त यदि आपके आस-पास कोई ऐसा मित्र या परिचित है, जो इस परीक्षा में पहले सफलता हासिल कर चुका है, तो उससे सलाह लेकर तैयारी की रणनीति बना सकते हैं।

लेखन क्षमता बढ़ाएँ

आई.ए.एस. परीक्षा की तैयारी में लगे छात्रों की एक आम समस्या होती है कि वे पढ़ते तो खूब हैं, लेकिन लेखन अभ्यास में कमी के चलते निबंध जैसे प्रश्न-पत्रों में खासी मुश्किलों का सामना करते हैं। लिहाजा विशेषज्ञ उन्हें सलाह देते हैं कि लगातार लिखने का अभ्यास करें। अपने विचारों के उतावलेपन को संतुलन की बाढ़ में बाँधने के लिए किया गया यह लेखन अभ्यास बहुत काम आएगा। इसके अलावा माना भी जाता है कि निबंध लेखन एक अनवरत प्रक्रिया है। इसमें आपकी शैली, भाषा पर पकड़, नजरिया, तथ्य व उनके स्रोत सभी की जाँच की जाती है। अतएव अभी से इन चीजों पर नियंत्रण के लिए अभ्यास शुरू कर दें।

सभी विषयों में चुनें कोर एरिया

इस परीक्षा में सफल लोगों का यही मानना है कि आप इस परीक्षा में सफलता तभी प्राप्त कर सकते हैं, जब आप पाठ्यक्रम के अनुरूप पूरी तैयारी करेंगे।

कम समय में पुख्ता तैयारी का सबसे अच्छा जरिया आपके बनाए नोट्स होते हैं। यह हम नहीं बल्कि विशेषज्ञ कहते हैं, किताबों के ढेर में उलझने के बजाय साल भर की मेहनत से तैयार किए गए नोट्स पर ध्यान दें।

आप कितना ही अध्ययन क्यों न कर लें, लेकिन आई.ए.एस. जैसे विशद पाठ्यक्रम में अंतिम समय में कुछ-न-कुछ महत्त्वपूर्ण छूट ही जाता है। लिहाजा अच्छा होगा कि आप तैयारी को अंतिम रूप देते समय कुछ बैकअप टाइम भी

> चरित्रहीन शिक्षा, मानवताविहीन विज्ञान और नैतिकताविहीन व्यापार खतरनाक होते हैं।
>
> *—सत्यसाईं बाबा*

रखें। इस समय का उपयोग आप सरसरी तौर पर अब तक छूट रही चीजों पर दृष्टि डालने के लिए कर सकते हैं।

शब्द सीमा का ध्यान रखें

जो उत्तर जितने शब्दों में माँगे जा रहे हैं, उन्हें उतने ही शब्दों में टू दी पॉइंट लिखने का अभ्यास करें। कुछ छात्र इसका पालन नहीं करते हैं, उनके साथ समस्या यह होती है कि अधिक उत्तर लिखने के सिलसिले में वे अन्य प्रश्नों को जानकर भी समयाभाव के कारण नहीं लिख पाते। आजकल मुख्य परीक्षा के प्रश्न 150 शब्दों और 250 शब्दों के होते हैं, जिसके लिए क्रमशः 10 अंक और 15 अंक निर्धारित हैं। कुल प्रश्नों की संख्या बीस होती है। मुख्य परीक्षा के सामान्य अध्ययन प्रश्न-पत्र-IV में कुल प्रश्नों की संख्या (केस-स्टडी सहित) 12 होती है।

विगत वर्षों के प्रश्न-पत्रों का अध्ययन

चयनात्मक अध्ययन के लिए पिछले वर्षों के प्रश्न-पत्रों के आधार पर अपने ऐच्छिक विषयों के प्रश्नों का अनुमान लगाएँ और उनके आदर्श उत्तर तैयार करें। परीक्षा में एक प्रश्न से जुड़े उप-प्रश्न भी होते हैं, इसलिए अनुमानित प्रश्नों के उत्तर तैयार करते समय इससे संबंधित सभी पहलुओं का भी ध्यान रखें।

लिखने में संतुलन बरतें

याद रखिए, आई.ए.एस. परीक्षा में लिखे गए आपके हर शब्द से आपकी विचारधारा, व्यक्तित्व का पता चलता है। ऐसे में किसी खास नीति, पक्ष की ओर दिखाया गया झुकाव आपके लिए यहाँ घातक साबित हो सकता है। इसलिए उत्तर लिखने में संतुलित दृष्टि अपनाएँ और अपने लिखे हुए हर शब्द की कीमत पहचानें।

प्रत्येक विचार, प्रत्येक कर्म का फल अवश्य मिलता है। अच्छे का अच्छा और बुरे का बुरा। यही प्रकृति का नियम है। इसमें देर हो सकती है, पर अंधेर नहीं। इसलिए अगर आप सफल होना चाहते हैं, तो अच्छे विचार रखिए, सत्कर्म करिए और निस्वार्थ भाव से जरूरतमंदों की सहायता तथा सेवा करिए। मार्ग में आनेवाली कठिनाइयों, बाधाओं और दूसरों की कटु आलोचनाओं से अपने मन को अशांत न होने दीजिए।

—स्वेट मार्डेन

दोहराव भी जरूरी

अभ्यर्थियों को चाहिए कि वह अपनी रुचि के अनुकूल पकड़ बनाएँ और चयनित विषय का दोहराव करें। आपको निबंध का भी अभ्यास करना होगा। यदि निबंध में क्रमबद्धता, मौलिकता एवं विषय संबंधी समस्या आ रही है, तो उसे समय को देखते हुए दूर करें। सामान्य अध्ययन के प्रथम प्रश्न-पत्र का पाठ्यक्रम पूरी तरह पारंपरिक होता है, इसलिए आप उसको ध्यान में रखते हुए जुट जाइए।

समय प्रबंधन है अहम

यदि आपको सिविल सेवा की मुख्य परीक्षा में अपनी सफलता सुनिश्चित करनी है, तो सभी प्रश्न-पत्रों पर बराबर ध्यान दें। ऐसा न हो कि एक पेपर पर आप खूब मेहनत करें और दूसरे पर कम ध्यान दें। यदि आप सभी प्रश्न-पत्रों में अधिकाधिक अंक हासिल करेंगे, तो सिविल सेवा में आपका चयन काफी हद तक सुनिश्चित हो जाएगा। मुख्य परीक्षा के कुल 1750 अंकों में से यह आप पर निर्भर करता है कि आप इसमें से कितने अंक बटोर पाते हैं। आप मुख्य परीक्षा में जितने ज्यादा अंक पाएँगे, उससे न केवल इस परीक्षा में आपकी सफलता पक्की होगी, बल्कि आप मेरिट लिस्ट में ऊपरी स्थान पाकर आई.ए.एस., आई.पी.एस., आई.एफ.एस. या समकक्ष कैडर के अधिकारी बन सकेंगे।

आपको तैयारी करते समय अपने समय का भी ध्यान रखना होगा। आप परीक्षा के अनुकूल सभी विषयों में उचित समय दें। हर प्रश्न पर सामान्य समय देना बहुत जरूरी है, ऐसा न हो कि आप अपने पसंदीदा विषय को ही ध्यान में रखें। इसके अलावा आपको यह भी ध्यान देना होगा कि आपको जो प्रश्न ज्यादा और अच्छी तरह से आ रहे हों, तो उन प्रश्नों को पहले और अच्छे तरीके से करें। आपको यह भी ध्यान देना होगा कि आप हर प्रश्न को 35 मिनट के हिसाब (वैकल्पिक प्रश्न) से उत्तर देंगे। चूँकि सामान्य अध्ययन के पेपर में शुद्धता का ध्यान देना जरूरी है। आपको शुद्धता के साथ गति पर भी ध्यान देना होगा। इसको देखते हुए आप प्रश्नों को हल करें। इस प्रकार से आप समय को ध्यान में रखते हुए प्रश्न हल करें।

> जिस प्रकार मैले दर्पण में सूरज का प्रतिबिंब नहीं पड़ता, उसी प्रकार मलिन अंतःकरण में ईश्वर के प्रकाश का प्रतिबिंब नहीं पड़ सकता।
>
> *—रामकृष्ण परमहंस*

कुछ महत्त्वपूर्ण टिप्स

- अब पाठ्यक्रम का गहन अध्ययन तथा विगत दस वर्षों के प्रश्नों का विश्लेषण करें। इन दोनों कार्यों में पर्याप्त समय दें, क्योंकि सिलेबस और विगत प्रश्नों की जितनी अच्छी समझ होगी, आगे रणनीति बनाने और तैयारी करने में उतनी सहुलियत होगी।
- पूरा सिलेबस कुछ खंडों और उपखंडों में बँटा होता है। प्रश्न-संग्रह की सहायता से या ट्रेंड एनालिसिस (यदि उपलब्ध हो) से यह पता लगाएँ कि किन खंडों के किन उपखंडों से अधिक प्रश्न पूछने की प्रवृत्ति रही है और आगे क्या संभावना है।
- प्रारंभिक परीक्षा में केवल तथ्यों का ज्ञान ही पर्याप्त नहीं है। उस तथ्य से जुड़ी अवधारणाओं/संकल्पनाओं/व्यावहारिक उपयोग/भविष्य की संभावना/अंत:संबंध आदि भी जानने आवश्यक हैं।
- अब प्रत्येक खंड/उपखंड के अनुसार, संक्षिप्त, सारगर्भित, केवल परीक्षोपयोगी, नोट्स बनाएँ। सर्वप्रथम प्रथम खंड का नाम बड़े अक्षरों में लिखें। उसके नीचे उस खंड के प्रथम उपखंड को शीर्षक के रूप में लिखें। अब इस टॉपिक से संबंधित सारे तथ्यों-अवधारणाओं को बिंदुवार लिखें। अब प्रश्न उठता है कि नोट्स में क्या लिखें, क्या छोड़ें? इसका उत्तर है कि सिलेबस और क्वैश्चन बैंक का बहुत ही अच्छी तरह अध्ययन-विश्लेषण करें, ट्रेंड एनालिसिस देखें, परीक्षा की माँग को समझें, बहुत अधिक तथ्यों-आँकड़ों में न उलझें, बहुत पेचीदा आँकड़ों को सामान्यीकृत कर दें।
- नीर-क्षीर विवेकी होकर नोट्स में कम-से-कम शब्दों का प्रयोग करें, लेकिन इतना भी कम नहीं कि रिवीजन के समय उसका संदर्भ ही समझ में न आए।
- चित्र, डायग्राम, टेबल, अंडरलाइन, संकेत चिह्नों का प्रयोग खुलकर करें। कई विभिन्न रंगों के पेन का इस्तेमाल करें, हालाँकि लाल और हरी स्याही के कलम का प्रयोग वर्जित है। याद रखें, जहाँ भी तथ्य या आँकड़ों में परिवर्तन की संभावना हो, वहाँ पेंसिल का प्रयोग करें, ताकि भविष्य में उसे मिटाया जा सके, इससे नोट-बुक गंदी नहीं होगी।
- हर उपखंड की समाप्ति के बाद पर्याप्त खाली जगह छोड़ें, ताकि बाद में कुछ बिंदुओं को वहाँ जोड़ा जा सके।

> जिस प्रकार रात्रि का अंधकार केवल सूर्य दूर कर सकता है, उसी प्रकार मनुष्य की विपत्ति को केवल ज्ञान दूर कर सकता है।
>
> —*नारदभक्ति*

- नोट्स बनाने के लिए यथासंभव खूबसूरत और यथासक्षम महँगी डायरी खरीदें और उसे साफ-सुथरा सजाकर रखें, ताकि आपकी रुचि उसमें हमेशा बनी रहे।
- किसी विषय का विद्वान होना और उस विषय से परीक्षा में सफल होना दोनों दो अलग बातें हैं। इसलिए नोट्स बनाते समय ध्यान रखें कि सभी महत्त्वपूर्ण तथ्य नहीं लिखने हैं, बल्कि क्वैश्चन बैंक और ट्रेंड एनलिसिस कर केवल प्रारंभिक परीक्षा की दृष्टि से जो भी आपको महत्त्वपूर्ण लगे, केवल वही नोटकरें।
- Topicwise notes बनाने के बाद उसी डायरी में कुछ सूची तैयार कर लें। जैसे—उस ऐच्छिक विषय से संबंधित पुस्तक-लेखक, व्यक्ति-कालावधि आदि। विभिन्न टॉपिक में अंत:संबंध स्थापित करते हुए भी, यदि आवश्यक लगे, तो कुछ नोट्स बना लें।
- नोट्स तैयार करते समय क्वैश्चन बैंक और ट्रेंड एनालिसिस हमेशा साथ रखें। जिस टॉपिक का नोट्स बनाएँ, उस टॉपिक से संबंधित जितने प्रश्न आए हैं, सबको बारीकी से देखकर, विश्लेषित करके ही नोट्स बनाना शुरू करें।
- अति महत्त्वपूर्ण, महत्त्वपूर्ण, कम महत्त्वपूर्ण आदि के लिए अपने अनुसार संकेत-चिह्न बनाएँ और उनका प्रयोग करें।
- जिस टॉपिक से अधिक प्रश्न पूछने की प्रवृत्ति हो, उसका बारीकी से, विस्तार से गहन अध्ययन-विश्लेषण करें।
- क्वैश्चन बैंक से समय देखकर परीक्षा के माहौल में पूर्वाभ्यास करें। क्वैश्चन बैंक पर अच्छी तरह पकड़ होने के बाद स्तरीय अभ्यास सेट से पूर्वाभ्यास करें।
- नोट्स को हमेशा रिवाइज करते रहें, परीक्षोपयोगी महत्त्वपूर्ण बिंदुओं को जोड़ते रहें।
- स्तरीय मित्रों के साथ Topicwise विचार-विमर्श करें।
- एक स्तरीय समूह बनाकर पूर्वाभ्यास करें।

> कष्ट और विपत्ति मनुष्य को शिक्षा देनेवाले श्रेष्ठ गुण हैं। जो साहस के साथ उनका सामना करते हैं, वे विजयी होते हैं।
>
> *—लोकमान्य तिलक*

- हर टॉपिक को विभिन्न आयामों में सोचें, देखें, विचार करें।
- यदि भटकाव से बचना है, तो हमेशा पाठ्यक्रम और प्रश्न कोश के इर्द-गिर्द ही रहें। इनसे दूर होने का मतलब है—सफलता से दूर होना।
- नोट्स तैयार होने के बाद उसे याद करने और याद रखने की कोशिश करें।
- प्रारंभिक परीक्षा सामान्यतः मई/जून माह में आयोजित होती है। अतः नोट्स बनाने का काम अधिकतम 15 फरवरी तक हो जाना चाहिए।
- किसी टॉपिक का नोट्स बनाकर उस टॉपिक से जुड़े अधिक-से-अधिक प्रश्नों का अभ्यास करें।
- नोट्स बनाने के लिए किसी एक टॉपिक को चुनें। अब उस टॉपिक से संबंधित जितनी पाठ्य-सामग्री (पुस्तक, कोचिंग मैटेरियल आदि उपलब्ध हो), केवल उस टॉपिक को सभी स्रोतों से अच्छी तरह पढ़ें, महत्त्वपूर्ण तथ्यों को रेखांकित करें, फिर अपनी भाषा में अच्छी तरह समझकर लिखें।
- 15 फरवरी से 31 मार्च तक अधिक-से-अधिक नोट्स को शब्दशः याद करने का प्रयास करें।
- 1 अप्रैल से परीक्षा (लगभग 50 दिन) तक नियमित रूप से अधिक-से-अधिक प्रश्न कोश और अभ्यास सेट से पूर्वाभ्यास करें, नोट्स को दोहराते हुए याद रखने का प्रयास करें।
- पाठ्य-सामग्री हमेशा स्तरीय रखें।
- नोट्स बनाने तक अधिक-से-अधिक पाठ्य-सामग्री पढ़ें, पर नोट्स को बनाने के बाद केवल नोट्स और किसी बेसिक पुस्तिका को ही बार-बार पढ़ें।
- 10 किताबों को 1 बार पढ़ने से अच्छा है, 1 किताब को 10 बार पढ़ना।
- खाली समय में (भोजन के समय, सोने से पहले भी) नोट्स के महत्त्वपूर्ण बिंदुओं पर चिंतन-मनन करते रहें। टॉपिक से संबंधित नए-नए प्रश्न स्वयं बनाएँ और उन पर विचार-विमर्श करें।

सिविल सर्विसेज में सफल कैसे हों

मानव अंतर्दृष्टि-1

हम कैसे सीखते और याद रखते हैं?

83	प्रतिशत	देखकर
11	प्रतिशत	सुनकर
3 ½	प्रतिशत	सूँघकर

1 ½	प्रतिशत	छूकर
1	प्रतिशत	चखकर

मानव अंतर्दृष्टि–2

हम सूचना कैसे संग्रह करते हैं—

10 प्रतिशत	जो हम पढ़ते हैं
20 प्रतिशत	जो हम सुनते हैं
30 प्रतिशत	जो हम देखते हैं
50 प्रतिशत	जो हम देखते और सुनते हैं
70 प्रतिशत	हम बातों में जो कहते हैं
90 प्रतिशत	जो हम कहते हैं और करते हैं

मानव अंतर्दृष्टि-3

निर्देश के तरीके	3 घंटे बाद पुनर्स्मरण	3 दिन बाद पुनर्स्मरण
अकेले इस्तेमाल के दौरान कथन	70 प्रतिशत	10 प्रतिशत
अकेले इस्तेमाल के दौरान दिखाना	72 प्रतिशत	20 प्रतिशत
अकेले इस्तेमाल के दौरान दिखाना और कहना	85 प्रतिशत	65 प्रतिशत

कुछ उपयोगी बातें

- अपना ध्यान रखें।
- अपने स्वास्थ्य का ध्यान रखें।
- स्टडी टेबल के सामने कैलेंडर लगाएँ।
- स्वयं को व्यवस्थित करें।
- प्राथमिकता सूची बनाएँ।
- समय का प्रबंधन करें।
- गलत संगति और भटकाव से दूर रहें।
- हर नए विषय को गंभीरता से देखें।

> न्याय और नीति लक्ष्मी के खिलौने हैं, वह जैसे चाहती है, नचाती है।
>
> —*प्रेमचंद*

- शौक (Hobby) विकसित करें।
- अपने धन और खर्च के प्रति सतर्क रहें।
- अतिमहत्त्वाकांक्षी न बनें।
- कम बोलें, ज्यादा सुनें और सबसे ज्यादा चिंतन करें।
- पढ़ाई करते समय सोशल मीडिया से अपने को अलग रखें।
- रिविजन बारंबार करें।

बेहद प्रभावशाली लोगों की 7 आदतें

- पहल करनेवाले बनें।
- मन में ही अंत को सोचकर शुरुआत करें।
- पहलेवाले काम पहले (प्राथमिकता सूची)।
- हमेशा जीत के बारे में सोचें।
- पहले समझने का प्रयास करें (तभी आप समझ पाएँगे)।
- सहसक्रियता—टीमवर्क (Group Study)।
- धार तेज करें अर्थात् मेमोरी टोनिक्स, टाइम मैनेजमेंट जैसे तरीकों से अपने को लैस करें।

10 Tips for Preparation

1. Fix your AIM.
2. Property PLAN.
3. Start early.
4. Keep Serious approach.
5. Maintain Punctuality.
6. Identify your weak point.
7. Choose quality material.
8. Keep honest approach.
9. Frequently test yourself.
10. Consult your teachers & wise friends.

□

> साध्य कितने भी पवित्र क्यों न हों, साधन की पवित्रता के बिना उनकी उपलब्धि संभव नहीं।
>
> *—कमलापति त्रिपाठी*

5

बेहतर अंक पाने के सूत्र

प्रत्येक अच्छा कार्य पहले असंभव ही नजर आता है।

—तिरुवल्लुवर

सिविल सेवा की मुख्य परीक्षा में कठिन मेहनत के अलावा अंकदायी विषय भी काफी महत्त्व रखता है। यही कारण है कि सिविल सेवा मुख्य परीक्षा में कुछ विषय हमेशा हॉट रहते हैं। सिविल सेवा मुख्य परीक्षा में अन्य विषयों के अलावा अंकदायी विषय के तौर पर दर्शनशास्त्र को दूसरे विकल्प के रूप में काफी छात्र चुनाव कर रहे हैं। विशेषज्ञों के अनुसार, दर्शनशास्त्र सिर्फ अंकदायी ही नहीं है, बल्कि इसका पाठ्यक्रम भी अन्य विषयों की अपेक्षा काफी छोटा होता है। आपकी रुचि भी दर्शनशास्त्र में है और मुख्य विषय में आपने भी इस विषय का चयन किया है, तो थोड़ी मेहनत से आप इस विषय में बेहतर अंक ला सकते हैं।

पाठ्यक्रम का करें अध्ययन

मुख्य परीक्षा के हिसाब से दर्शनशास्त्र के पाठ्यक्रम को मोटे तौर पर निम्नलिखित तीन वर्गों में बाँटा जाता है—दर्शनशास्त्र का इतिहास और समस्याएँ, सामाजिक-राजनीतिक दर्शन और धर्म-दर्शन। तीन वर्गों से ही दर्शनशास्त्र के दो प्रश्न-पत्र मुख्य परीक्षा में बनाए जाते हैं। इसलिए प्रश्न-पत्र की प्रकृति के आधार पर इन्हें उपखंड में बाँटा जा सकता है। दर्शनशास्त्र का इतिहास और समस्याओं के

तहत पाश्चात्य दर्शन एवं भारतीय दर्शन को शामिल किया जाता है। पुन : पाश्चात्य दर्शन को अध्ययन की सुविधा के हिसाब से परंपरागत पाश्चात्य दर्शन (तर्क बुद्धिवाद तथा इंद्रियानुभववाद स्कूल से संबद्ध) तथा समकालीन पाश्चात्य दर्शन (भाषा विश्लेषण से संबद्ध दार्शनिक) में बाँटा जाता है। इस तरह पाश्चात्य दर्शन तथा भारतीय दर्शन को मिलाकर प्रथम प्रश्न-पत्र बनता है, जबकि द्वितीय प्रश्न-पत्र सामाजिक-राजनीतिक दर्शन तथा धर्म-दर्शन से बनता है।

पाठ्यक्रम के अनुरूप तैयारी

दर्शनशास्त्र के प्रथम प्रश्न-पत्र में पाश्चात्य दर्शन के तहत कुल 11 दार्शनिक एवं उनके चयनित सिद्धांत पाठ्यक्रम में संबद्ध हैं। इनमें प्रथम पाँच परंपरागत पाश्चात्य दार्शनिक हैं और शेष 6 भाषायी विश्लेषणात्मक दार्शनिक। भारतीय दर्शन के खंड में कुल 9 दार्शनिक व उनके चयनित सिद्धांत को शामिल किया गया है। द्वितीय प्रश्न-पत्र में सामाजिक-राजनीतिक दर्शन एवं धर्मदर्शन के 10-10 विषय पाठ्यक्रम में जुड़े हुए हैं।

अद्यतन जानकारी रखें

वर्ष 2008 से दर्शनशास्त्र के पाठ्यक्रम में खासा परिवर्तन हुआ है। पहले परंपरागत पाश्चात्य दर्शन में अलग-अलग दार्शनिक एवं उनके कुछ चयनित दार्शनिक सिद्धांत का अध्ययन किया जाता था, किंतु अब दार्शनिक स्कूल के रूप में दार्शनिकों एवं सिद्धांतों को पाठ्यक्रम में जोड़ा गया है। समकालीन पाश्चात्य दर्शन में उत्तरवर्ती विटगेंस्टाइन एवं हाइडेगर के दार्शनिक सिद्धांतों को नए पाठ्यक्रम में जगह मिली है। भारतीय दर्शन में समकालीन दार्शनिक अरविंद के विकास, प्रति विकास एवं पूर्ण योग जैसे सिद्धांतों को नए पाठ्यक्रम में जोड़ा गया है। सामाजिक-राजनीतिक दर्शन से भी कुछ विषयों को हटाकर नए विषयों को जोड़ा गया है।

> अपने को संकट में डालकर कार्य संपन्न करनेवालों की विजय होती है, कायरों की नहीं।
>
> —*जवाहरलाल नेहरू*

दर्शनशास्त्र विषय के लिए मेरे द्वारा एक प्रमाणित पुस्तक लिखी गयी है जो अमेजॉन, फ्लिपकार्ट आदि पर उपलब्ध है।

सी-सैट

सी-सैट द्वारा सभी विषय के छात्रों को एक समान स्तर पर लाया गया है। इससे रटने की प्रवृत्ति को समाप्त कर अभ्यर्थी के तार्किकता, समझदारी, व्यक्तित्व तथा उसके अंदर छुपे प्रशासनिक गुणों को देखा जाता है। इसमें अभ्यर्थी की सोच, भाषा में पकड़, विभिन्न परिस्थितियों में निर्णय लेने की क्षमता, तीव्र गति से आकलन एवं गणना करने की क्षमता का पता चलता है। सी-सैट कई भागों में बँटा है। प्रत्येक भाग के लिए कुछ रणनीतियाँ हैं—

भाषा हिंदी/अंग्रेजी

सी-सैट के प्रथम भाग में हिंदी एवं अंग्रेजी में अंश दिए जाएँगे। इसमें गद्यांश के आधार पर प्रश्न पूछे जाएँगे। इस गद्यांश को सावधानी से पढ़कर अच्छे से समझ लें, फिर उत्तर दें। अभ्यर्थी ने अपने फार्म में भाषा के स्थान पर जिस भाषा का चयन किया है, गद्यांश के प्रश्न उसी भाषा में करें। यदि आपने हिंदी भरा है, तो हिंदी गद्यांश पढ़कर उत्तर दें।

गणित

सी-सैट में गणित द्वारा आपकी सटीकता की जाँच की जाएगी। गणित के अंतर्गत एन.सी.ई.आर.टी. (6-10) गणित की पुस्तक से 10वीं कक्षा तक के प्रश्न होंगे, जैसे प्रतिशत, औसत, आयु, समय एवं काम, समय एवं दूरी, संभावना आदि। गणित का कई बार अभ्यास करके कम समय में सटीकता से सरल बनाया जा सकता है। कुछ चीजों को याद कर लें, जैसे 1 से 50 तक के वर्ग, 1 से 10 तक वर्गमूल आदि। गणित का अभ्यास करते समय अपने दिमाग को स्थिर रखना अनिवार्य है।

निर्णय क्षमता

निर्णयन ही प्रशासक का मुख्य कार्य है। एक अच्छा निर्णय किसी भी समस्या को सदा के लिए समाप्त कर देता है। निर्णय लेते समय समस्या से संबंधित

> मेहनत करने से दरिद्रता नहीं रहती, धर्म करने से पाप नहीं रहता, मौन रहने से कलह नहीं होता और जागते रहने से भय नहीं होता।
>
> *—आचार्य चाणक्य*

सूचनाओं एवं आँकड़ों का विश्लेषण करते हैं। इसमें आपकी ज्ञान, समझ, धैर्य, पहल करने की क्षमता आदि का पता चलता है। इसीलिए इस प्रकार के प्रश्नों को कई चरणों में बाँटकर हल करें। इससे एक सामान्य व्यक्ति या प्रशासक की निर्णय क्षमता, चपलता आदि की जाँच हो जाती है। उनके द्वारा निर्णय लेते समय मानवता, संविधान, विधान आदि का ध्यान रखना जरूरी है।

उदाहरण के तौर पर यदि किसी मॉल में बम होने की जानकारी होती है, तो आप उसकी जानकारी मैनेजर को देकर मॉल को धीरे-धीरे खाली करवाएँ।

संप्रेषण कौशल

लोकसेवक को जनता, नेता, मीडिया एवं नौकरशाह से वार्ता करनी पड़ती है। इसीलिए प्रत्येक लोकसेवक को विभिन्न व्यक्तियों से विभिन्न समय पर किस प्रकार संपर्क/संचार/वार्ता स्थापित करनी चाहिए, वह विशेषता आनी चाहिए। प्रशासनिक व्यक्ति तथ्य आधारित वक्तव्य देते हैं। किसी भी वक्तव्य से संविधान, न्यायालय, विधायिका या जनता के मान-सम्मान को ठेस नहीं पहुँचनी चाहिए। हमेशा सीधा, सरल, सहज एवं संक्षिप्त संचार स्थापित करना जरूरी है। सभी संचार औपचारिक माध्यम द्वारा स्थापित हो, इसका ध्यान रखना चाहिए।

तार्किक क्षमता

इस मार्ग में मुख्य रूप से अभ्यर्थी की मानसिक शक्ति की जाँच की जाएगी। अधिकतर प्रश्न पहेली के रूप में रहेंगे, जिसे हल करना होगा। इसके लिए आर.एस. अग्रवाल की पुस्तक काफी उपयोगी है। इसमें कई प्रकार के प्रश्न होंगे, जैसे पहेलियाँ आदि। अधिक अभ्यास द्वारा कम समय में प्रश्नों को हल किया जा सकता है।

मानसिक योग्यता

यह भी एक प्रकार से तर्क-परीक्षा का ही भाग है। इसके अंतर्गत दिए गए आँकड़ों के आधार पर किसी घटना को सिद्ध करना होता है। इसके लिए भी आर.एस. अग्रवाल की पुस्तक उपयोगी है।

> जैसे सूर्योदय के होते ही अंधकार दूर हो जाता है, वैसे ही मन की प्रसन्नता से सारी बाधाएँ शांत हो जाती हैं।
>
> *—अमृतलाल नागर*

सी-सैट ऐसे अभ्यर्थियों के लिए वरदान है, जो किसी भी विषय को रटने की अपेक्षा समझने पर बल देते हैं। इसके द्वारा आनेवाले समय में देश को तर्क क्षमता वाले नौकरशाह मिलेंगे।

ध्यानाकर्षण

- पढ़ाई के घंटों में नियमितता रखें। एक दिन 14 घंटे और दूसरे दिन 2 घंटे पढ़ने की बजाय रोजाना 10 घंटे ही पढ़ें।
- पढ़ाई समूह में करें। इससे संदेह भी जल्दी स्पष्ट होंगे और पढ़ने में आनंद भी आएगा। हर दिन के लिए लक्ष्य बनाएँ और उसे पूरा करें।
- भाषा पर कमांड बनाने के लिए पढ़ना, लिखना, सुनना, बोलना और तार्किक बहस—इन 5 नियमों का पालन करें।
- आई.ए.एस. बड़ा कार्यक्षेत्र है, उसे किसी भी क्षेत्र में भेजा जा सकता है। इसलिए सामान्य घटनाक्रम से जुड़े हर विषय को गहराई से पढ़ें।
- विषय का मूल समझने के लिए एन.सी.ई.आर.टी. की किताबें पढ़ें। हमेशा लक्ष्य रखें।
- खाली समय में 'टाइम मैनेजमेंट' तथा 'You can win' जैसी प्रेरणादायी पुस्तकें पढ़ें।

परीक्षोपयोगी सामग्री (अखबार और मैग्जीन)

सिविल सेवा की तैयारी में उपयोगी पत्र-पत्रिकाओं की एक संक्षिप्त सूची—दैनिक जागरण, हिंदुस्तान, दैनिक भास्कर, इकोनॉमिक्स टाइम्स, प्रतियोगिता दर्पण, जनसत्ता, योजना, कुरुक्षेत्र, मनोरमा ईयर बुक, भारत (ईयर बुक), द हिंदू, इंडियन एक्सप्रेस।

देखें और सुनें

डी.डी. न्यूज, डी.डी. भारती, लोकसभा टी.वी., संसद टी.वी. न्यूज, बी.बी.सी. लंदन रेडियो।

> हमें यह शिक्षा दी जानी चाहिए कि किसी कार्य को करने के लिए प्रेरणा की प्रतीक्षा नहीं करनी चाहिए। कर्म करने से हमेशा प्रेरणा का जन्म होता है, प्रेरणा से शायद ही कर्म की उत्पत्ति होती हो।
>
> *—फ्रेंक टिब्रोल्ट*

प्रमुख वेबसाइट: upsc.gov.in, pib.gov.in, moef.gov.in, dst.gov.in, meity.gov.in, india.gov.in/topics/art-culture

इतिहास

- प्राचीन भारत (पुरानी NCERT) — रामशरण शर्मा (कक्षा 11)
- मध्यकालीन भारत (पुरानी NCERT) — सतीश चंद्र (कक्षा 11)
- आधुनिक भारत (पुरानी NCERT) — विपिन चंद्र (कक्षा 12)
- आधुनिक भारत का इतिहास (स्पेक्ट्रम) — राजीव अहीर
- स्वाधीनता संग्राम — विपिन चंद्र
- आजादी के बाद भारत — विपिन चंद्र
- भारतीय कला एवं संस्कृति — नितिन सिंघानिया
- प्राचीन एवं मध्यकालीन भारत — अतिरिक्तांक (सिर्फ प्रारंभिक परीक्षा हेतु)

भूगोल

- ऑक्सफोर्ड स्टुडेंट एटलस या संगम एटलस (ओरियंट ब्लैकस्वॉन पब्लिकेशन)
- भूगोल (पुरानी NCERT) — कक्षा VI - कक्षा IX तक
- मानव भूगोल का सिद्धांत (नई NCERT) — कक्षा XI
- भौतिक भूगोल का मूल सिद्धांत (नई NCERT) — कक्षा XI
- भारत, लोग और अर्थव्यवस्था (नई NCERT) — कक्षा XII
- भारत भौतिक पर्यावरण (नई NCERT) — कक्षा XII
- भारत का भूगोल — अरविंद कुमार (पेरियार पब्लिकेशन)

भारत की राजव्यवस्था एवं संविधान

- सामाजिक एवं राजनीतिक जीवन (नई NCERT) — कक्षा VI से VIII तक
- लोकतांत्रिक राजनीतिक जीवन (नई NCERT) — कक्षा IX एवं कक्षा X
- भारत का संविधान, सिद्धांत और व्यवहार (नई NCERT) — कक्षा XI

> गलती ज्ञान की शिक्षा है। जब तुम गलती करो तो उसे बहुत देर तक मत देखो। उसके कारण को ले लो और आगे की ओर देखो। भूत बदला नहीं जा सकता। भविष्य अब भी तुम्हारे हाथ में है।
>
> —सुकरात

— भारत की राजव्यवस्था — एम. लक्ष्मीकांत
— हमारा संविधान — सुभाष कश्यप या डी. डी. बसु
— भारत का संविधान — अरविंद कुमार एवं अविनाश शेखर (पेरियार पब्लिकेशन)

अर्थशास्त्र और भारतीय अर्थव्यवस्था

— आर्थिक विकास की समझ (नई NCERT) — कक्षा XI
— भारतीय अर्थव्यवस्था एक परिचय (नई NCERT) -- कक्षा XII
— भारतीय अर्थव्यवस्था — संजीव वर्मा (यूनिक पब्लिकेशन)
— प्रतियोगिता दर्पण का भारतीय अर्थव्यवस्था अतिरिक्तांक
— भारतीयं अर्थव्यवस्था—रुद्रदत्त व सुंदरम

सामान्य विज्ञान, विज्ञान, विज्ञान एवं प्रौद्योगिकी

— विज्ञान (नई NCERT) — कक्षा IX एवं X
— जीव विज्ञान (नई NCERT) — कक्षा XII
— प्रतियोगिता दर्पण का सामान्य विज्ञान अतिरिक्तांक
मुख्य परीक्षा हेतु भारत में विज्ञान एवं प्रौद्योगिकी—टाटा मैक्ग्राहिल या विवास पैनोरमा या सिविल सर्विसेस क्रॉनिकल प्रकाशन की कोई पुस्तक
— 'विज्ञान प्रगति' पत्रिका के नवीनतम साल-दो साल के अंक
— कंप्यूटर पर संक्षिप्त टिप्पणीयुक्त कोई पुस्तक
— विज्ञान और प्रौद्योगिकी — रवि अग्रहरि
— समाचार-पत्रों पर आधारित अद्यतन जानकारियाँ

पर्यावरण एवं पारिस्थितिकी

— जीव विज्ञान (नई NCERT) — कक्षा XII (अध्याय 11 से 16 तक)

अंतरराष्ट्रीय संबंध

— 21वीं शताब्दी में अंतरराष्ट्रीय संबंध—पुष्पेश पंत

> मैं अपने जीवन को एक पेशा नहीं मानता। मैं कर्म में विश्वास रखता हूँ। मैं परिस्थितियों से शिक्षा लेता हूँ, यह पेशा या नौकरी नहीं है, यह तो जीवन का सार है।
>
> —*स्टीव जॉब्स*

— अंतरराष्ट्रीय संगठन—पुष्पेश पंत
— सिविल सेवा हेतु समर्पित पत्रिकाओं के अंतरराष्ट्रीय संबंध/भारत के विदेश संबंध विशेषांक

आंतरिक सुरक्षा

— भारत की आंतरिक सुरक्षा एवं मुख्य चुनौतियाँ — अशोक कुमार
— नीतिशास्त्र, सत्यनिष्ठा और अभिरुचि — क्रॉनिकल पब्लिकेशन

सी-सैट

— अंक गणित — आर. एस. अग्रवाल
— तर्कशक्ति परीक्षण — आर. एस. अग्रवाल
— संख्यात्मक अभियोग्यता — आर. एस. अग्रवाल
— CSAT अभ्यास सेट — मधुकर कोटवे

दर्शनशास्त्र (वैकल्पिक विषय)

— दर्शनशास्त्र — दीपक आनंद (यूनिक पब्लिकेशन)

राजनीतिक विज्ञान

राजनीतिक चिंतन की रूपरेखा—ओ.पी. गाबा
अंतरराष्ट्रीय राजनीति (सैद्धांतिक व व्यावहारिक पक्ष)—बी. एस. फाड़िया
21वीं शताब्दी में अंतरराष्ट्रीय संबंध—पुष्पेश पंत
भारत का संविधान, एक परिचय — आचार्य दुर्गा दास बसु
हमारा संविधान—सुभाष कश्यप
हमारी संसद—सुभाष कश्यप
हमारी राजनीतिक व्यवस्था—सुभाष कश्यप
राजनीतिक विज्ञान (NCERT)—10वीं एवं 11वीं की पुस्तकें

> अपने सामने एक ही साध्य रखना चाहिए। उस साध्य के सिद्ध होने तक दूसरी किसी बात की ओर ध्यान नहीं देना चाहिए। रात-दिन सपने में भी उसी की धुन रहे, तभी सफलता मिलती है।
>
> —*स्वामी विवेकानंद*

प्रमुख पुस्तकें

कक्षा 6 से 12वीं तक की एन.सी.ई.आर.टी. की पुस्तकें
ह्यूमन ज्योग्राफी—कौशिक
मनोरमा और इंडियन ईयर बुक
संसाधन भूगोल—अलका गौतम
इंडियन ज्योग्राफी—आर.सी. तिवारी
प्रादेशिक भूगोल—आर.एल. सिंह
फिजिकल ज्योग्राफी—सविंद्र सिंह
भौगोलिक विचारधाराएँ एवं विधितंत्र—कौशिक

मूलमंत्र—जहाँ तक हो सके, सरकार द्वारा प्रकाशित पुस्तकें या पत्रिकाएँ पढ़ें।

□

6

दिमाग को सक्रिय रखें

जो व्यक्ति अधिक पढ़ते हैं और अपने दिमाग का इस्तेमाल कम करते हैं, वे सोचने के आलसी बन जाते हैं।

—अल्बर्ट आइंस्टीन

शरीर की तरह आपके दिमाग को भी बेहतर काम करने के लिए व्यवस्थित रहना जरूरी है। इसके लिए कुछ टिप्स दिए जा रहे हैं। इनसे न सिर्फ आपका दिमाग तेज गति से काम करने लगेगा, बल्कि परीक्षा के लिए किसी भी पाठ को याद रखना आसान हो जाएगा।

आप दिमागी कसरत करने के लिए अपने आपको तैयार करें। दिमागी कसरत शारीरिक कसरत से भिन्न होती है। हमारे देश में शतरंज ईजाद किया गया तो इसीलिए कि यह दिमाग की सबसे कठिन और जोरदार कसरत है। खैर, शतरंज सभी तो नहीं खेलते हैं, लेकिन क्रॉसवर्ड पजल्स या कंप्यूटर पर दिए गए गेम सॉलिटेयर को तो लगभग सभी पसंद करते हैं। आप इनसे शुरुआत कर सकते हैं। आप यदि यह भी नहीं करना चाहते हैं, तो आसान तरीका है साधारण स्तर के गुणा-भाग अथवा जोड़-घटाव करना। 'सू-डोकू' जैसे खेल भी अत्यंत उपयोगी हैं।

हफ्ते में एक बार कोई कविता या जोक याद करने की कोशिश करें। इससे आपका दिमाग शेप में रहेगा और इसकी ताकत भी बढ़ेगी। हमेशा कुछ नया करने की सोच

रखिए। नए-नए विचारों को सामने आने दें। इसके लिए एक बच्चे की तरह सोचना ही काफी है। बच्चे सकारात्मक ऊर्जा, विस्मित भाव और उत्सुकता से सोचते हैं।

अपने आपको दिवास्वप्न देखने दीजिए। इससे मस्तिष्क तीक्ष्ण होगा और उसकी ताकत भी बढ़ेगी। अपने आपको केवल एक ही व्यक्ति न बनने दें। एक ही व्यक्ति में बहुत सारे व्यक्तित्व पैदा कीजिए। जितने अधिक हो सकें, उतने तरीकों से सोचिए।

परीक्षा का भय त्याग दें

कई विद्यार्थियों को परीक्षा के बारे में सोचकर ही बेचैनी महसूस होने लगती है। मन में कई विचार घूमने लगते हैं, 'क्या मैं सभी प्रश्नों का उत्तर दे पाऊँगा?' 'थोड़ा और पढ़ लेता तो अच्छा होता' आदि। ये विचार लगभग हर विद्यार्थी को परेशान करते हैं। थोड़ा-बहुत दबाव बेहतर प्रदर्शन के लिए मददगार होता है। इससे शरीर में एड्रिनलिन हारमोन स्रावित होता है, जो व्यक्ति को सचेत और केंद्रित बनाए रखता है।

हलका तनाव या दबाव होना स्वाभाविक है, लेकिन ज्यादा घबराहट परेशानी का सबब बन जाती है। यह व्यक्ति के चारों ओर एक नकारात्मक घेरा बना देती है और फिर वह एकाग्र होकर सोच-समझ नहीं पाता। प्रदर्शन पर इसका बुरा प्रभाव पड़ता है, क्योंकि विद्यार्थी न तो प्रश्नों पर अपना ध्यान केंद्रित कर पाता है और न ही सटीक उत्तर दे पाता है। ऐसे कई उपाय हैं, जिनसे परीक्षा का भय दूर किया जा सकता है, ताकि विद्यार्थी अपना सर्वश्रेष्ठ प्रदर्शन कर सकें।

परीक्षा से पहले

अपना कोर्स समय रहते पढ़ लें और उसका दोहराव भी कम-से-कम एक दिन पहले ही पूरा कर लें। ऐन वक्त तक पढ़ते रहने से तनाव बढ़ता है। चित्त स्थिर रखने और मन शांत करने के अलग-अलग तरीके हो सकते हैं, किसी को संगीत सुनने पर सुकून मिलता है, तो किसी को व्यायाम करने से या फिर गुनगुने पानी से स्नान करना भी अच्छा तरीका हो सकता है। अपने लिए हलका होने का ऐसा ही कोई तरीका चुनें।

> प्रजा के सुख में ही राजा का सुख और प्रजा के हित में ही राजा को अपना हित समझना चाहिए। आत्मप्रियता में राजा का हित नहीं है, प्रजा की प्रियता में ही राजा का हित है।
>
> *—आचार्य चाणक्य*

परीक्षा के दिन और उससे एक दिन पहले इस तरह के उपाय बहुत फायदेमंद साबित होते हैं। जो कुछ भी आपने पढ़ा है, उसे याद रखने में ये सहायक होते हैं और आत्मविश्वास बढ़ता है। परीक्षा केंद्र का रास्ता पता न होना भी घबराहट का कारण बन सकता है। इस बारे में पहले ही जानकारी जुटा लें और संभव हो तो एक बार खुद वहाँ जाकर देखें। इससे ऐन वक्त की हड़बड़ी से बच जाएँगे। परीक्षा के नियमों को ध्यान से पढ़ लें। परीक्षा से पहले की रात को भरपूर नींद लें।

परीक्षा के दौरान

'मुझे कुछ नहीं आता।' पढ़ाई नहीं की हो तो यह विचार परेशान कर सकता है, लेकिन अच्छे से पढ़ने पर भी ऐसे विचार उत्पन्न होना घबराहट के संकेत हैं। तनाव के कारण विद्यार्थी ध्यान केंद्रित नहीं कर पाते। कई तो प्रश्न भी ठीक से नहीं पढ़ पाते हैं। इससे बचने के लिए निम्न उपाय कर सकते हैं—

- परीक्षा कक्ष में सही समय पर पहुँचें।
- कक्ष में पहुँचकर लंबी-गहरी साँसें लेकर छोड़ें। घबराहट में अकसर लोग ठीक से साँस नहीं लेते हैं। गहरी साँस लेते हुए अपनी पीठ एकदम सीधी कर लें।
- आपके सामने रखी किसी स्थिर, निर्जीव वस्तु (दीवार, तसवीर आदि) की ओर देखकर ध्यान केंद्रित करने का प्रयास करें।
- मन में कोई सकारात्मक बात दोहराएँ, जैसे—मैं ये परीक्षा पास करनेवाला हूँ। 1-2 मिनट तक यही दोहराते रहें और फिर सामान्य रूप से साँस लें। तब शांति अनुभव करेंगे।
- अपनी उपलब्धियों को याद करें।
- प्रश्नों को ध्यान से पढ़ें। यदि परीक्षा के बीच फिर से घबराहट होने लगे तो फिर से एकाग्रता के उपाय दोहराएँ।
- प्रश्न-पत्र हल करने की रणनीति तय कर लें। कौन से प्रश्न पहले हल करेंगे आदि और बिना समय बरबाद किए उत्तर लिखने शुरू कर दें।

> संयम संस्कृति का मूल है। विलासिता, निर्बलता और चाटुकारिता के वातावरण में न तो संस्कृति का उद्‍भव होता है और न विकास।
>
> *—काका कालेलकर*

याददाश्त बढ़ाने के उपाय

किसी भी बात को याद रखने के लिए दिमाग उस बात का अर्थ मूल्य और औचित्य के आधार पर तय करता है। दिमाग की प्राथमिकता भी इसी क्रम में काम करती है। याद रखने की सबसे पहली सीढ़ी है—अर्थ जानना, अत: किसी भी बात को याद रखने के लिए उसका अर्थ जरूर समझे।

यदि अर्थ ही समझ में नहीं आया है तो रटने का कोई मतलब नहीं है। इसलिए जिस बात या पाठ को याद रखना है, पहले उसका अर्थ समझिए, फिर उसका महत्त्व और मूल्य समझिए, इसके बाद आपके जीवन में उस बात का क्या औचित्य है, यह जानिए।

□

संतोष का वृक्ष कड़वा है, लेकिन इस पर लगनेवाला फल मीठा होता है।

—*स्वामी शिवानंद*

7

अपनी रणनीति स्वयं बनाएँ

'अधिष्ठानं तथा कर्ता करणं च पृथग्विधम्।
विविधाश्च पृथक्चेष्टा दैवं चैवात्र पञ्चमम्॥'

(श्रीमद्भगवद्गीता)

किसी भी कार्य की सिद्धि के लिए पाँच बातें आवश्यक हैं। अधिष्ठान (दृढ़ संकल्प), कर्ता (करने वाला), करण (विभिन्न साधन), चेष्टा (कठोर परिश्रम), दैव (भाग्य, ईश्वर कृपा)।

सिविल सेवा में सफलता के लिए जो सबसे जरूरी चीज़ है, वह है आपकी रणनीति। यह ऐसी परीक्षा है, जिसे आप किसी के सहारे उत्तीर्ण नहीं कर सकते। आपका आत्मविश्वास, आपकी इच्छाशक्ति, आपकी अंत:प्रेरणा ही आपको सफलता तक ले जा सकते हैं। इस सेवा में सफलता के पीछे अगर आप कोई बड़ी प्रेरणा लेकर चल रहे हैं तो वह जरूर आपको मदद पहुँचाएगी। यह प्रेरणा समाज-सेवा की हो सकती है, अपने आपको समाज की नजरों में साबित करने की जरूरत भी हो सकती है या फिर अपने प्रेम को पाने की हसरत।

एक नोट-बुक लेकर उसमें सिविल सेवा के बारे में आपको जो भी जानकारी पत्र-पत्रिकाओं से या सफल लोगों के साक्षात्कार से मिलती है, उसे नोट करते चलें। जानकारी प्रासंगिक होनी चाहिए।

अपने ऑप्शनल विषय को पूरी सतर्कता के साथ अपनी रुचि, पाठ्य-सामग्री की उपलब्धता, प्रश्नों की प्रकृति, स्कोरिंग जैसे मुद्दों को ध्यान में रखकर चुनें। सुझाव सबसे लें, पर करें अपने मन की। हमेशा ध्यान रखें कि विषय महत्त्वपूर्ण नहीं है, महत्त्वपूर्ण है आपकी उस पर पकड़ और आपकी सफलता।

प्रारंभिक और मुख्य परीक्षा के प्रत्येक भाग के लिए अपनी रणनीति तैयार करें, देखें कि आपकी मजबूती क्या है, आपकी कमजोरी क्या है। अपनी मजबूतियों पर ध्यान केंद्रित कर अपनी रणनीति बनाएँ और अपनी कमजोरियों को धीरे-धीरे घटाते हुए उन्हें भी अपनी मजबूतियों में बदलने का प्रयास करें।

निबंध के लिए भी शुरू से ही तैयारी करते चलें। सामान्य अध्ययन के काफी विषय, जो सामाजिक मुद्दों से संबंध रखते हैं, को आप निबंध के रूप में तैयार कर सकते हैं।

तैयारी करते हुए आपका पूरा ध्यान मुख्य परीक्षा पर होना चाहिए। प्रारंभिक परीक्षा के लिए परीक्षा के पहले के 6 महीने काफी हैं। वैसे यहाँ भी अपनी जरूरत के अनुसार जरूरी फेरबदल कर सकते हैं, पर इस बात का जरूर ध्यान रखें कि प्रारंभिक परीक्षा के पहले आप एक बार मुख्य परीक्षा की तैयारी कर चुके हों। यह आपको जरूरी आत्मविश्वास देगा।

वैकल्पिक विषय का चयन

कुछ विषय अधिक स्कोरिंग होने के कारण एवं सामान्य अध्ययन एवं निबंध में अधिकतम प्रतिनिधित्व के कारण चयनित किए जा सकते हैं, जैसे भूगोल, राजनीति विज्ञान, लोक प्रशासन, इतिहास एवं समाजशास्त्र—जो सरल भी हैं एवं सामान्य अध्ययन में मददगार सिद्ध होते हैं।

अपनी रणनीति स्वयं बनाएँ

दर्शनशास्त्र वर्तमान समय में अधिक उपयोगी वैकल्पिक विषय हो गया है। वर्तमान दौर में मुख्य परीक्षा के अंतर्गत निबंध के प्रश्न-पत्रों में दर्शन विषय से संबंधित निबंधों की संख्या अधिक रहती है। साथ ही, सामान्य अध्ययन के प्रश्न-पत्र-IV नीतिशास्त्र, सत्यनिष्ठा और अभिरुचि में भी दर्शनशास्त्र से संबंधित कुछ प्रश्न पूछे जाते हैं।

> सही स्थान पर बोया गया सुकर्म का बीज ही महान फल देता है।
>
> —*कथा सरित्सागर*

इसके अलावा निबंध लेखन में समाजशास्त्र, भूगोल, इतिहास एवं अर्थव्यवस्था से संबंधित अधिकतर प्रश्न पूछे जाते रहे हैं।

माध्यम का चुनाव

भाषा के आधार पर सिविल सेवा परीक्षा में भेदभाव नहीं किया जाता। अत: अंग्रेजी एवं हिंदी माध्यम, दोनों से ही समान रूप से सफलता प्राप्त होती है, परंतु हिंदी माध्यम से तुलना में कम सफलता का कारण है पाठ्य-सामग्री का अभाव, उसकी अप्रामाणिकता एवं सतही होना। सिविल सेवा के प्रश्न एवं मॉडल उत्तर अंग्रेजी की मानक पुस्तकों पर ही आधारित होते हैं, अत: हिंदी माध्यम के छात्रों को इन पुस्तकों का भी अध्ययन करना चाहिए।

क्वालिफांइग पेपर प्रश्न-पत्र (क) भारत के संविधान की आठवीं अनुसूची के अनुसार भारतीय भाषा प्रश्न-पत्र (ख) अंग्रेजी को छोड़कर उम्मीदवार को सभी प्रश्नों के उत्तर संविधान की आठवीं अनुसूची में शामिल किसी भी भाषा या अंग्रेजी में देने का विकल्प होगा। ऐसे उम्मीदवारों को वैकल्पिक पेपर अंग्रेजी में लिखने का भी विकल्प होगा। यदि उसने पेपर I-V तक अर्थात् निबंध और चारों सामान्य अध्ययन के प्रश्न-पत्रों के उत्तर भारत के संविधान की आठवीं अनुसूची में शामिल भाषाओं में से किसी एक में लिखने का विकल्प चुना हो। परीक्षा में ऑनलाइन आवेदन भरते समय ही प्रधान परीक्षा हेतु परीक्षा देने के माध्यम का चुनाव करना होता है। एक बार ऑनलाइन आवेदन जमा करने के पश्चात इन सूचनाओं में परिवर्तन हेतु किसी भी प्रकार की प्रार्थना पर आयोग द्वारा विचार नहीं किया जाएगा।

विज्ञान विषय की अहमियत

विज्ञान विषय का सिविल सेवा परीक्षा में प्रचलन निरंतर कम होता जा रहा है, इसका कारण है बड़ा पाठ्यक्रम एवं विषयों की जटिलता। विज्ञान के छात्रों को ऐसे विषयों का चयन करना चाहिए, जिनमें विज्ञान के मूल सिद्धांत का प्रयोग हो, परंतु विषयवस्तु व्यावहारिक एवं आम जीवन से संबंधित हो, जैसे भूगोल, जो विज्ञान एवं कला को जोड़ता है।

> यदि असंतोष की भावना को लगन व धैर्य से रचनात्मक शक्ति में न बदला जाए तो वह खतरनाक भी हो सकती है।
>
> *—इंदिरा गाँधी*

साक्षात्कार की तैयारी

साक्षात्कार के संदर्भ में एक भ्रम है कि यह उम्मीदवार के ज्ञान का परीक्षण होता है। वास्तविक रूप में यह व्यक्तित्व का आकलन है, जिसमें आपकी जॉब सूटेबिलिटी एवं एप्टिट्यूड तथा मॉरल एवं एथिकल एप्टिट्यूड को परखा जाता है। साक्षात्कार कहीं-न-कहीं उम्मीदवार के मनोविज्ञान का परीक्षण एवं वर्तमान की घटनाओं के प्रति संवेदनशीलता तथा विवेकपूर्ण निर्णय लेने की क्षमता का टेस्ट होता है। क्षेत्रवाद जैसी संकीर्ण सोच के स्थान पर राष्ट्रवादी विचारों को साक्षात्कार में रखना चाहिए।

कुछ महत्त्वपूर्ण सुझाव

सामान्य अध्ययन (प्रारंभिक परीक्षा)

- एन.सी.ई.आर.टी. की कक्षा 6 से 12 तक की (नई और पुरानी) सभी किताबें अच्छी तरह पढ़ें। सबसे ज्यादा महत्त्वपूर्ण यही है, इसलिए अधिक समय भी लगे तो घबराएँ नहीं।
- एक डायरी में संक्षिप्त नोट्स बनाएँ।
- भूगोल पढ़ते समय एटलस जरूर सामने रखें।
- प्रतिदिन समाचार-पत्र पढ़ें। टी.वी. समाचार देखें-सुनें।
- मित्रों से ताजा विषयों पर चर्चा करते रहें।
- प्रतियोगिता दर्पण, योजना, कुरुक्षेत्र, फ्रंट लाइन, इंडिया टुडे आदि पत्रिकाओं का नियमित अध्ययन करें।
- परीक्षा से पहले क्वैश्चन बैंक तथा Practice set से पूर्वाभ्यास करें।
- ट्रेंड एनालिसिस देखें।
- एन.सी.ई.आर.टी. की सभी पुस्तकों का Synopsis तैयार करें। इसे बार-बार रिवाइज करते रहें।
- डायरी में चित्र, मानचित्र, डायग्राम, पेपर कटिंग चिपकाना, विभिन्न रंगों, संकेत, चिह्नों का प्रयोग करें।
- यदि आवश्यक लगे तो परीक्षा से पूर्व किसी कोचिंग में Test Series में भाग लें।
- 15 अप्रैल तक अधिक-से-अधिक पढ़ना, नोट्स बनाना, पाठ्य-सामग्री जुटाना, फिर अंतिम 30 दिन (परीक्षा तक) प्रतिदिन परीक्षा के माहौल में Practice Set, Test Set, क्वैश्चन बैंक से पूर्वाभ्यास करें। यदि स्तरीय मित्रों के समूह में करें तो अधिक लाभ होगा।

- Memory Tricks का प्रयोग करें। इसके लिए 'स्मरण शक्ति' से संबंधित कुछ किताबें पढ़ें।
- परीक्षा से 1 महीने पूर्व बाजार में उपलब्ध 'समसामयिकी' से संबंधित पाठ्य-सामग्री को अच्छी तरह देखें।
- Negative Marking को ध्यान में रखते हुए यही सलाह दूँगा कि अब हर Section, Topic पर सबकुछ या बहुत ज्यादा पढ़ लेने की प्रवृत्ति छोड़ें। हर Section, Topic पर एक-एक स्तरीय पुस्तक का बहुत अच्छी तरह अध्ययन करें। जो भी पढ़ें, उसे याद रखने का प्रयास करें। जिस Section/Topic में आपकी रुचि है, उसे बहुत अच्छी तरह तैयार कर लें, ताकि उस खंड से प्रश्न न छूटे। बाकी खंडों का सामान्य रूप से अध्ययन जरूर करें।
- परीक्षा से 2 दिन पूर्व परीक्षा में उपयोगी सामग्रियाँ (2-3 पेंसिल, रबर, शार्पनर, 2 पेन आदि) खरीद लें।
- परीक्षा से 15 दिन पूर्व G.S. के Traditional Part (His, Geography, Polity) आदि को नई पुस्तकों से देखना बंद कर दें। जो अब तक पढ़ा है, केवल उसे ही बार-बार दोहराएँ। Practice Set बनाएँ।
- करेंट अफेयर्स की तैयारी के लिए विगत 1 वर्ष की समसामयिकी यानी राष्ट्रीय तथा अंतरराष्ट्रीय घटनाएँ जो कि पाठ्यक्रम से संबंधित हैं, ध्यान रखें। एटलस और G.S. की आपके द्वारा तैयार डायरी Notes, Synopsis तथा कुछ चुनिंदा पुस्तकों के Underlined नोट्स को ही देखें।
- परीक्षा के 1 दिन पहले शाम्म के बाद पढ़ना बंद कर दें, enjoy करें, cool रहें। वैसे मैं उस शाम को सबसे पहले सैलून जाता, शेविंग करवाता, फिर किसी मित्र के घर पर चाय पीते हुए जगजीत सिंह और गुलाम अली की गजल सुनता और रात्रि 9 बजे तक अपने रूम पर लौट, भोजन कर सो जाता, सुबह 5.30 बजे उठ जाता था।
- परीक्षा के दिन सुबह उठकर नित्य क्रिया से निवृत्त होकर स्नान-ध्यान, पूजा-पाठ कर, हलका नाश्ता लेकर, घर से इस भाव से निकलें कि मैंने पूरी ईमानदारी से पढ़ाई की है, जितना परिश्रम मैं कर सकता था, किया, अब जो होगा निश्चित रूप से अच्छा होगा। बिलकुल प्रसन्नचित्त होकर पर्याप्त समय लेकर निकलें तथा जैसी सुविधा हो उसके अनुसार परीक्षा केंद्र जाने के लिए यथासंभव निजी या रिजर्व वाहन का उपयोग करें। रास्ते में अब तक के जीवन में जो भी आपकी उपलब्धि रही, जिस पर आपको गर्व हो तथा माता-पिता, गुरुजन, ईश्वर, मित्रों और परिजनों को याद करते

रहें और मानकर चलें कि सबका आशीर्वाद और शुभकामनाएँ आपके साथ हैं। अतः आपका चयन निश्चित रूप से होने जा रहा है। जितना खुश रह सकते हैं, रहें।

- शीतल जल/पेय पीते रहें। जिस मंत्र/प्रेरक व्यक्ति/शक्ति में आस्था हो, मन-ही-मन स्मरण करते रहें। अपनी उपलब्धियाँ को भी याद करें। कुल मिलाकर, प्रसन्न और सकारात्मक रहें।
- परीक्षा केंद्र पर पहुँचकर सर्वप्रथम अपना रोल नं., रूम नं., आदि देखें और कभी भी ज्यादा भीड़ वाले स्थान पर न बैठें, ताकि दूसरों की बातें आपकी शांत चित्तावस्था में व्यवधान न डालें। ऐसे छायादार/ठंडे स्थान पर बैठें, जहाँ से परीक्षा केंद्र का मेन गेट और अधिकतर छात्र आपको दिखें, लेकिन वहाँ कम-से-कम शोर हो रहा हो। शांतचित्त होकर बैठें और फिर से वही करें, जो परीक्षा केंद्र पर आते समय वाहन में किया था। अपने मन को बिलकुल शांत, दृढ़ आत्मविश्वास युक्त तथा हृदय को अधिक-से-अधिक प्रसन्न रखने का प्रयास करें।
- यदि आप अपने मित्र के साथ परीक्षा देने जा रहे हों तो वाहन में और परीक्षा केंद्र पर पहुँचकर, कभी भी परीक्षा के बारे में बात न करें। उपर्युक्त कार्य करते रहें और बात करना जरूरी हो तो हास्य-व्यंग्य की बात करें या ऐसी बात करें, जिससे आप दोनों परीक्षा के तनाव/दबाव से दूर हो जाएँ।
- पानी की बोतल और रुमाल अवश्य रखें। परीक्षा केंद्र के अंदर प्रवेश के बाद सर्वप्रथम अपनी सीट तक पहुँचें और अपनी सीट पर बैठ जाएँ। अन्य अभ्यर्थियों को और उनके क्रियाकलापों को अधिक न देखें। सीट पर बैठकर पुनः वही प्रक्रिया दुहराएँ, जो वाहन में किया था। इस बार आँखें बंद कर यह प्रक्रिया दोहराएँ।
- जब प्रश्न-पत्र मिल जाए तो बिलकुल एकाग्रचित्त होकर वहाँ से शुरू करें, जहाँ आपकी स्थिति मजबूत हो। धैर्य रखकर प्रश्न को समझें, जल्दबाजी में अकसर प्रश्न न समझने के कारण गलती हो जाती है।
- न बहुत धीरे-धीरे, न बहुत जल्दी में प्रश्नों को हल करें।
- लंच ब्रेक में हलका नाश्ता, जूस आदि सुपाच्य चीजें ले सकते हैं।
- लंच ब्रेक में प्रथम पाली में हुए प्रश्न-पत्रों के बारे में या उसके उत्तर तलाशने के लिए किसी से विमर्श न करें।

- प्रारंभिक परीक्षा की समाप्ति के बाद परिणाम की चिंता किए बगैर, मुख्य परीक्षा की तैयारी में लग जाएँ। समय बरबाद कदापि न करें।
- मुख्य परीक्षा के लिए सामान्यतः 4 महीने का समय (प्रारंभिक परीक्षा के बाद) मिलता है। अतः बिना समय नष्ट किए तैयारी शुरू करें।
- क्वैश्चन बैंक और ट्रेंड एनालिसिस देखें। बिलकुल Selective होकर कुछ Guess Question तैयार करें (मार्केट में उपलब्ध स्तरीय Guess Question और ट्रेंड एनालिसिस) की मदद ले सकते हैं।
- मुख्य परीक्षा के लिए नोट्स बनाते समय डायरी का इस्तेमाल न करें। सादे A-4 साइज के पेपर का उपयोग करें। दोनों तरफ हाशिया छोड़ें (जैसाकि मुख्य परीक्षा की उत्तर पुस्तिकाओं में होता है।)
- Guess के आधार पर प्राथमिकता के क्रम में टॉपिक्स को लिख लें। फिर प्राथमिकता के अनुसार Topicwise Notes बनाना शुरू करें। नोट्स बनाने के पहले जिस टॉपिक को Select किया है, उससे संबंधित प्रश्न क्वैश्चन बैंक में देखें। फिर, उस टॉपिक पर उपलब्ध पाठ्य-सामग्री से सबसे पहले उस टॉपिक को पढ़ें, उसके बाद महत्त्वपूर्ण तथ्य, जो उत्तर में समावेशित करने हैं, बिंदुवार करें।
- मुख्य परीक्षा में उत्तर पुस्तिका के अंतिम पृष्ठ पर लिख गए निर्देशों का अनिवार्य रूप से अक्षरशः पालन करें। जैसे P.T.O. लिखना, उत्तर की समाप्ति के बाद रेखा खींचना, प्रथम पृष्ठ पर प्रश्न सं. और पृष्ठ संख्या लिखना, उत्तर पुस्तिका पर अनावश्यक रूप से किसी चिह्न का प्रयोग कदापि न करना आदि।
- शब्द सीमा का अनिवार्यतः पालन करें।
- जहाँ आवश्यक हो, तुलनात्मक और अंतःसंबंधित करते हुए लिखें।
- जहाँ तक हो सके अपनी भाषा का प्रयोग करें, जो सरल-सहज हो, न ज्यादा क्लिष्ट और संस्कृतनिष्ठ, न बिलकुल चलताऊ।
- निष्कर्ष सदैव सारगर्भित और आशावादी हो।
- प्रश्न की माँग/आशय को ठीक-ठीक समझें, फिर मन में ही उत्तर की रूपरेखा तैयार कर उत्तर लिखें।
- उत्तर unique और दूसरों से हटकर होना चाहिए। इसके लिए मेरी सलाह है कि सभी पुस्तकों, कोचिंग मैटेरियल आदि से केवल महत्त्वपूर्ण तथ्यों, आँकड़ों को ही याद करें और भाषा सुधारने के लिए साहित्य का अध्ययन

करें या समाचार-पत्रों का संपादकीय पृष्ठ पढ़ें। संक्षेप में, भाषा को येन-केन प्रकारेण स्तरीय, सहज, सरल, सुग्राह्य बनाएँ। इसका लाभ हमेशा मिलेगा, यहाँ तक कि साक्षात्कार में भी।

- अनावश्यक और संदर्भहीन सूक्तियाँ न दें।
- भूमिका अधिकतम 2-3 पंक्तियों में हो। टिप्पणी वाले प्रश्न में भूमिका-निष्कर्ष आवश्यक नहीं है।
- अपनी उत्तर-पुस्तिका में बिलकुल व्यवस्थित तरीके से सुंदर लिखावट का प्रयोग कर तथा निर्देशों का पालन कर अच्छे अंक लाए जा सकते हैं।
- ऐच्छिक विषय से संबंधित कुछ विशेष शब्द और वाक्य याद कर लें, जो अत्यंत प्रभावपूर्ण हों। इनका इस्तेमाल अपने उत्तरों में यथासंभव करें।
- वर्तनी संबंधी या व्याकरण/वाक्य संरचना संबंधी अशुद्धियाँ न हों। इसके लिए पढ़ते समय वाक्य और शब्दों की संरचना पर ध्यान देते हुए पढ़ें और कुछ भी लिखें तो शिक्षक/सीनियर से जाँच करवा लें, श्रुतलेख भी लिख सकते हैं।
- लिखावट का सुंदर होना भी अच्छे अंक दिलाने में सहायक है। इसके लिए अधिक-से-अधिक लिखने का अभ्यास करें। शब्दों के बीच में पर्याप्त अंतराल रखें। पैराग्राफ भी बदलें।
- प्रश्न में पूछे गए विषय के आसपास रहें और अपनी भाषा में वही लिखें, जो पूछा जा रहा हो। अधिक लिखकर अपनी विद्वत्ता का प्रदर्शन करना घातक हो सकता है।
- तैयारी के दौरान यदि अपने उत्तर-लेखन से संतुष्ट न हों तो किसी शिक्षक/सीनियर की सहायता अवश्य लें।
- लिखकर बार-बार काटने की आदत छोड़ें। इसके लिए 'पहले सोचने, फिर लिखने' की आदत विकसित करें।
- लिखते समय अंग्रेजी के शब्दों का प्रयोग कर सकते हैं, लेकिन देवनागरी लिपि में।
- बहुत अधिक विद्वानों द्वारा दी गई परिभाषाएँ या उक्तियाँ न लिखें। अधिक-से-अधिक अपनी भाषा में लिखने का प्रयास करें।
- प्रत्येक ऐच्छिक विषय की अपनी विशिष्ट शब्दावली और एक विशेष भाषाशैली होती है। उत्तर में उन शब्दावली/भाषाशैली/विषय के मूल भाव को प्रदर्शित करें।
- महत्त्वपूर्ण शब्दों, तथ्यों, आँकड़ों, वाक्यों, नामों आदि को रेखांकित भी करें।

- यदि काले रंग की कलम से लिख रहे हैं, तो नीले रंग की कलम से Underline करें और यदि नीले रंग की कलम से लिख रहे हो, तो काले रंग की कलम से Underline करें।
- प्रत्येक नए प्रश्न की शुरुआत नए पृष्ठ से करें।
- प्रत्येक प्रश्न-पत्र की परीक्षा के तुरंत बाद एकाग्रचित्त होकर आनेवाले प्रश्न-पत्र की तैयारी में जुट जाएँ, क्योंकि उस समय पिछले प्रश्न-पत्रों का चिंतन-मनन फायदेमंद नहीं, नुकसानदेह होगा।
- शब्दों के ऊपर शीर्ष रेखा अवश्य दें।

पच्चीस प्रेरणादायी बातें

1. Winners don't do different things they do thing differently. *—शिव खेड़ा*
2. तुम मुझे एक बार धोखा देते हो तो तुम पर लानत है, अगर तुम मुझे दुबारा धोखा देते हो तो मुझ पर लानत है।
3. अनुशासन के बिना आजादी बरबादी हो जाती है।
4. पढ़ो ऐसे, जैसे तुम्हें सदा ही जीना है; जिओ ऐसे, जैसे तुम्हें कल ही मर जाना है। *—महात्मा गाँधी*
5. किसी सम्मान के योग्य होते हुए भी उसे न पाना, अयोग्य होकर उसे पाने से बेहतर है। *—मार्क ट्वेन*
6. A smooth sea never made a skillful mariner.
7. आत्महत्या अस्थायी समस्या का स्थायी समाधान है।
8. The critic is one who knows the price of everything and the value of nothing. *—Oscar wild*
9. छोटी-छोटी बातें पूर्ण बनाती हैं और परिपूर्णता कोई छोटी चीज नहीं है। *—माइकेल एंजेलो*
10. No risk, No gain. *—रे क्रॉक (Macdonald के संस्थापक)*
11. The easier way may actually be the tougher way.
12. बंद घड़ी भी दिन में दो बार सही समय देती है।
13. दृष्टिकोण में सुधार के उपाय—(i) Change Focus, look for the positivity, (ii) Make a habbit of doing it now, (iii) Develop an conviction of gratitude, (iv) Get into a continuous educational programme.

14. Never leave for tomorrow, which you can do today.

—Benjamin Franklin

15. जब आप दूसरों के लिए अच्छे बन जाते हैं, तब आप खुद के लिए बेहतर बन जाते हैं। *—Benjamin Franklin*
16. बुरी संगत से दूर रहें।
17. जो काम जरूरी है, उसे समय पर करना सीखें।
18. बाधा जितनी बड़ी होगी, अवसर उतना ही बड़ा होगा।
19. छोटी बातें ही बड़ा फर्क डालती हैं और बड़ा होना कोई छोटी बात नहीं।
20. हर मौका जीवन में एक ही बार आता है।
21. बाधाएँ ऐसी डरावनी चीजें हैं, जो आपको लक्ष्य से आँखें हटने पर दिखतीहैं।
22. दुनिया वैसी नहीं दिखती, जैसी वह है, बल्कि वैसी दिखती है, जैसे हम हैं।
23. हमें खुले दिमाग का होना चाहिए, न कि खाली दिमाग का।
24. **हमेशा याद रखें—8-'P'**

Purpose — उद्देश्य
Principle — सिद्धांत
Planning — योजना
Preparation — तैयारी
Practice — अभ्यास
Preservance — लगातार प्रयास
Patience — धैर्य
Pride — गर्व

25. अगर आप कोई जोखिम नहीं लेते तो वह अपने आप में सबसे बड़ा जोखिम है। *—एरिका जोंग*

25 Golden Rules of How to win Friends & Influence People

by Dale Carnegie

1. Don't criticize, condemn or complain.
2. Give Honest and sincere appreciation.
3. Become genuinely interested in other people.

4. Remember that a person's name is to that person the sweetest and the most important sound in any language.
5. Be a good listener. Encourage others to talk about themselves.
6. Talk in terms of the other person's interests.
7. Make the other person feel important and do it sincerely.
8. The only way to get the best of an argument is to avoid it.
9. Show respect for the other persons opinions. Never say, "You're wrong".
10. If you are wrong, admit it quickly and emphatically.
11. Begin in a friendly way.
12. Get the other person saying "Yes, Yes" immediately.
13. Let the other person do a great deal of the talking.
14. Try honestly to see things from the other person's point of view.
15. Be sympathetic, with the other persons ideas or desires.
16. Talk about your own mistakes before criticizing the other person.
17. Ask questions instead of giving direct orders.
18. Let the other person save face.
19. Praise the slightest improvement and praise every improvement. Be hearty in your approbation and lavish in your praise.
20. Give the other person a fine reputation to live up to.
21. Use encouragement. Make the fault seem easy to correct.
22. Make the other person happy about doing the thing you suggest.
23. Let the other person feel that the idea is his or hers.
24. A true friend never gets in your way unless you happen to be going down.
25. Friendship is a single soul dwelling in two bodies.

समय को पकड़ें

किसी भी परीक्षा की तैयारी में समय प्रबंधन का बहुत बड़ा स्थान होता है। इतने कम समय में कुल नौ प्रश्न-पत्रों की तैयारी आसान नहीं है। लेकिन इसे

आसान बनाया जा सकता है समय प्रबंधन से। समय प्रबंधन अभ्यर्थी अपनी क्षमता के अनुरूप ही कर सकते हैं। मुख्य परीक्षा के लिए प्रतिदिन कम-से-कम दस घंटे का समय पढ़ाई को अवश्य दें। विषय के विस्तृत होने के कारण प्रतिदिन चार घंटे का समय सामान्य अध्ययन के लिए निर्धारित करें।

लेखन-अभ्यास

कई बार ऐसा होता है कि प्रश्न का उत्तर जानने के बावजूद आप लिख नहीं पाते। इसकी दो वजह हैं, लिखने में पिछड़ जाना या प्रश्नों के उत्तर देने में समय प्रबंधन का अभाव। लिखने में पिछड़ने का मतलब है कि समय के अनुसार अपनी लेखन गति को बढ़ा पाना। इसको दूर करने के लिए स्वयं का बना हुआ या किसी पुस्तक या पत्रिका में दिए गए मॉडल प्रश्न-पत्र के लिए निर्धारित समय में हल करने का अभ्यास करना चाहिए। परीक्षा कक्ष में समय प्रबंधन के अभाव या शब्द सीमा का पालन न करने से भी प्रश्न छूट जाते हैं। उलझन व भटकाव से बचते हुए प्रश्नों के सटीक उत्तर दें।

सफलता के लिए कुछ मंत्र

- उत्तर को प्रभावी बनाने के लिए संभावित प्रश्नों से जुड़े पहलुओं के लिए साहित्यकारों के कथन व उद्धरणों का प्रयोग करें।
- लेखकों/रचनाकारों की मूल रचनाओं का विशद् अध्ययन करें।
- छोटे-छोटे नोट्स व व्याख्या पर फोकस करें।
- समय प्रबंधन करने व तनाव मुक्त रहने की कोशिश करें।
- हिंदी के प्रश्न-पत्र में व्याकरण संबंधी अशुद्धियाँ न हों, इस बात पर विशेष ध्यान दें।
- परीक्षा कक्ष में ऐसे प्रश्नों, जिनमें आप सहज नहीं हैं, के प्रति मानसिक संतुलन को बनाए रखते हुए अपनी जानकारी का इस्तेमाल करें।
- सटीकता पर जोर दें। अधिक आलंकारिक भाषा लिखने के फेर में समय व्यर्थ न करें।

> फल आने पर वृक्ष झुक जाते हैं, वर्षा के समय बादल झुक जाते हैं तथा संपत्ति अर्जित कर लेने पर सज्जन भी विनम्र हो जाते हैं। परोपकारियों का स्वभाव ही ऐसा है। *—गोस्वामी तुलसीदास*

- उत्तर देते समय भाषा के प्रवाह में निरंतरता बनाए रखने के लिए पढ़ने व लिखने का ज्यादा-से-ज्यादा अभ्यास करें।
- हल किए गए प्रश्नों की सत्यता व सटीकता जाँचने के लिए अच्छे मार्गदर्शक का सहयोग लेना चाहिए।
- पाठ्यक्रम परिवर्तन के बाद जुड़े अध्यायों पर विशेष ध्यान देना चाहिए।
- लेख की निष्पक्षता हेतु सकारात्मक व नकारात्मक पहलुओं में संतुलन बनाए रखने के लिए दोनों ही पक्षों को सही तरीके से आत्मसात् करें।
- समसामयिक घटनाओं पर नजर रखते हुए उससे जुड़े पहलुओं पर विशेष ध्यान दें।
- प्रशासनिक कार्यों से जुड़े संवैधानिक पहलुओं को नजरअंदाज न करें।
- लेखन प्रभावी बनाने के लिए विद्वानों की पुस्तकों के नाम, उनके सिद्धांत व उपदेशों/शिक्षाओं का उल्लेख अवश्य करें। इसके लिए कुछ सिद्धांतों व विद्वानों का एक संकलन तैयार कर सकते हैं। लेकिन याद रखें कि परीक्षा कक्ष में उत्तर देते समय मूल्यांकन परीक्षार्थी का होता है। लेखकों या विद्वानों का नहीं।
- विगत वर्षों के प्रश्नों का विश्लेषण कर मुख्य खंड की पहचान करें और साथ ही प्रश्नों के स्वरूप को पहचानें।
- सभी प्रश्नों का उत्तर प्रारूप तैयार कर लें तथा उसी के अनुरूप अभ्यास करें।
- प्रामाणिक तथ्यों का सही संकलन करें, क्योंकि गलत तथ्यों का नकारात्मक प्रभाव होगा।
- मॉडल प्रश्नों को हल करते समय प्रश्नों के सटीक उत्तर देने का अभ्यास करना चाहिए।
- लेखन शैली इस तरह से विकसित करें कि आपके उत्तर में सिविल सेवक की मानसिकता व व्यापक सोच की झलक मिले।
- भाषा के प्रवाह के साथ प्रश्नों में निहित एक से अधिक आयामों को जोड़ने का प्रयास करें। जिसके लिए समाचार-पत्रों व पत्रिकाओं को नियमित रूप से पढ़ें व महत्त्वपूर्ण तथ्यों के नोट्स बनाएँ।

> जैसे जीने के लिए मृत्यु का अस्वीकरण जरूरी है, वैसे ही सृजनशील बने रहने के लिए प्रतिष्ठा का अस्वीकरण जरूरी है।
>
> *—डॉ. रघुवंश*

- विगत वर्षों के प्रश्नों का उचित विश्लेषण कर महत्त्वपूर्ण खंड या प्रश्नों को चिह्नित कर लें, इससे पूरे पाठ्यक्रम की तैयारी करना आसान हो जाएगा।
- लेखन में मौलिकता लाने के लिए विषय की मूल भावना से परिचित होने पर विशेष ध्यान दें। इससे विश्लेषण क्षमता भी बढ़ेगी।
- चूँकि प्रश्न वर्णनात्मक प्रकार के होते हैं, अतः लिखने का नियमित अभ्यास बहुत जरूरी है।
- उत्तर को पूर्ण तथ्यात्मक रखें। भटकाव की आशंका से बचने के लिए उत्तर को मूल संकल्पनाओं एवं विचारों के करीब रखें। प्रश्नों के उत्तर देने में किसी भी प्रकार के पूर्वाग्रहों से बचें, क्योंकि ऐसा करना घातक सिद्ध हो सकता है।
- तैयारी करते हुए महत्त्वपूर्ण विषयों व परीक्षा के लिहाज से उनकी महत्ता का भी ध्यान रखें।
- प्रश्नों का उत्तर देते हुए समय-सीमा का ध्यान रखें। किसी एक ही उत्तर पर अधिक समय दूसरे उत्तर के लिए आपके समय को कम कर देगा।
- मुख्य परीक्षा में सतही ज्ञान पर अंक नहीं दिए जाते हैं, इसलिए सभी पहलुओं के समीक्षात्मक अध्ययन पर जोर दें।
- तथ्यों का संकलन कर लेना ही पर्याप्त नहीं है, विश्लेषणपरक दृष्टिकोण भी विकसित करें।
- संभावित व महत्त्वपूर्ण अध्याय के संक्षिप्त नोट्स बना लें।
- नोट्स लिखने का अधिक-से-अधिक अभ्यास करें।
- अपने कॉन्सेप्ट को अधिक-से-अधिक सरल भाषा में व्यक्त करने पर जोर दें।
- कुछ विषयों में मानचित्र से जुड़े प्रश्न भी पूछे जाते हैं, इसीलिए उसके लिए विशेष रूप से तैयारी करनी चाहिए।
- विषय से संबंधित विशेषज्ञों से बातचीत करें। उत्तर देने में स्पष्टता आएगी। पूर्व परीक्षाओं में पूछे गए अधिक-से-अधिक प्रश्नों का अभ्यास करें।

साहित्य का कर्त्तव्य केवल ज्ञान देना नहीं है, बल्कि एक नया वातावरण देना भी है।

—डॉ. सर्वपल्ली राधाकृष्णन

सफलता के सूत्र

लक्ष्य के प्रति निष्ठा, निरंतर परिश्रम करने की क्षमता, कम-से-कम एक साल का अध्ययन आवश्यक, वैकल्पिक विषयों का सही चयन, प्रामाणिक पुस्तकों का अध्ययन, समसामयिकी पर मजबूत पकड़, अच्छी भाषा-शैली, छोटे-छोटे नोट्स बनाना, थ्योरी के लिए मूल पुस्तकें पढ़ना, अखबार और न्यूज पर नजर, पूछे गए प्रश्नों का अध्ययन, कठिन प्रश्नों का निरंतर अभ्यास, इग्नू एवं NCERT की पुस्तकों का गहन अध्ययन करें, नोट्स बनाकर तैयारी, उत्तर लिखने का खूब अभ्यास, टाइम मैनेजमेंट पर ध्यान, सभी प्रश्नों पर बराबर समय, देश-विदेश की प्रमुख घटनाओं पर नजर रखें।

सरकार द्वारा प्रकाशित पुस्तकों, पत्रिकाओं का नियमित अध्ययन।

पाठ्यक्रम के अनुरूप तैयारी करें। पिछले वर्षों के प्रश्नों को देखें। ज्योग्राफी की तैयारी साइंटिफिक तरीके से करें। कॉन्सेप्ट क्लियर करने के लिए एनसीईआरटी की पुस्तकें पढ़ें। कॉन्सेप्चुअल क्वेश्चंस की तैयारी के लिए रीडिंग जरूरी है। आँकड़ों, मानचित्र से संबंधित प्रश्न, आर्थिक सर्वे और जनगणना से संबंधित प्रश्नों पर विशेष ध्यान दें।

एटलस के माध्यम से भौतिक स्थलाकृतियों, भौगोलिक संरचनाओं, नगर आदि की सूची तैयार करके अभ्यास करें। भूगोल के लिए मानचित्र का जितना अधिक अभ्यास करेंगे, उतना ही बेहतर स्कोर कर पाएँगे। अधिक पुस्तकें पढ़ने की अपेक्षा चुनिंदा और महत्त्वपूर्ण लेखकों की प्रामाणिक पुस्तकें पढ़ें। रिविजन पर जोर दें।

नोट्स कैसे बनाएँ

सिविल परीक्षा की तैयारी में नोट्स का काफी महत्त्व है। अच्छे नोट्स आपकी तैयारी के लिए संतुलित और प्रभावी रणनीति बनाने में कारगर होते हैं। साथ ही पूरे पाठ्यक्रम को कम समय में दोहराने में भी मदद मिलती है। नोट्स बनाने का तरीका आसान है।

> हताश न होना ही सफलता का मूल है और यही परम सुख है।
>
> —*महर्षि वाल्मीकि*

लीनियर नोट्स

यह विधि उन छात्रों के लिए बेहतर है, जिनके पास समय कम होने के कारण विस्तृत नोट्स बनाना संभव नहीं होता। इसमें पाठ्य-पुस्तक में ही महत्त्वपूर्ण लाइनों अथवा तथ्यों (तारीख, आँकड़े आदि) को अलग-अलग रंगों के पेन या पेंसिल से अंडरलाइन कर लिया जाता है। पर यह उसी स्थिति में उचित है, जबकि पूरा मैटर पूर्णतः व्यवस्थित हो। इस प्रक्रिया का नुकसान यह है कि पूरी सामग्री बिखरे रूप में होने के कारण परीक्षा के समय सब कुछ संगृहीत कर पाना कठिन होता है और अनावश्यक समय मैटर खोजने में बरबाद होता है। अतः बेहतर है कि एक सादे रजिस्टर या पन्ने पर नोट्स बनाएँ। पेज के आधे भाग को खाली रखें, ताकि बाद में मिलनेवाले तथ्यों व जानकारियों को लिख सकें।

पैटर्न नोट्स

इस विधि को स्केल्टन विधि भी कहते हैं। इसमें विषय को अलग-अलग अध्यायों और टॉपिक्स में बाँटते हैं। फिर प्रत्येक टॉपिक के मुख्य बिंदुओं और तथ्यों को हेडिंगवार और चित्रात्मक आदि विधियों से छोटे-छोटे बिंदुओं में समाहित करते हैं। ये नोट्स न सिर्फ दोहराने में आसान होते हैं, बल्कि इनमें आपका समय भी कम लगता है। आप तुलनात्मक रूप से प्रत्येक विषय और टॉपिक को आसानी से जोड़ पाने व समझ पाने में सक्षम हो जाते हैं। ऐसे नोट्स अंतिम समय में रामबाण की तरह उपयोगी होते हैं तथा इनसे पूरे विषय को समझकर स्पष्ट रणनीति बनाना आसान हो जाता है।

सिविल सेवा परीक्षा से संबंधित अद्यतन आँकड़े जो मुख्यतः संघ लोक सेवा आयोग की वार्षिक रिपोर्ट से लिए गए हैं। आगे वर्णित आँकड़ों में उम्मीदवारों के लिए सिविल सेवा परीक्षा में कुल कितने अभ्यर्थी शामिल हुए, उनमें से कितने प्रारंभिक परीक्षा, मुख्य परीक्षा एवं साक्षात्कार के लिए उपस्थित हुए, और उम्मीदवारों के प्रदर्शन के आधार पर अंतिम रूप से कितने उम्मीदवार चयनित हुए, इनका आँकड़ा प्रस्तुत किया गया है। साथ ही, विगत वर्षों में प्रारंभिक परीक्षा, मुख्य

> शाश्वत शांति की प्राप्ति के लिए शांति की इच्छा नहीं, बल्कि आवश्यक है इच्छाओं की शांति।
>
> *—स्वामी ज्ञानानंद*

परीक्षा और फाइनल मार्क्स का कटऑफ (वर्ग या श्रेणी के हिसाब से उम्मीदवारों का क्या प्रदर्शन रहा) उसके आँकड़े प्रस्तुत किए गए हैं।

एक अन्य तालिका के द्वारा प्रारंभिक परीक्षा में सामान्य अध्ययन के सभी विषयों से कितने प्रश्न पूछे गए, उनके वर्तमान में क्या ट्रेंड हैं, उनका विश्लेषण किया गया है।

इसी प्रकार, मुख्य परीक्षा के भी सभी चारों सामान्य अध्ययन के प्रश्न-पत्रों का विषयवार विश्लेषण यानी किस विषय से कितने प्रश्न विगत वर्षों में पूछे गए हैं, का विवरण दिया गया है। इन सभी आँकड़ों को देने का एक ही मकसद है कि इन ट्रेंड को देखते हुए उम्मीदवार परीक्षा के लिए अपनी रणनीति बना सकते हैं।

(सम्मिलित उम्मीदवारों की संख्या (2011-2019) यूपीएससी वार्षिक रिपोर्ट					
वर्ष	आवेदकों की संख्या	आवेदकों की संख्या (प्रारंभिक परीक्षा)	प्रारंभिक एवं मुख्य परीक्षा के लिए पात्र अभ्यर्थियों की संख्या	व्यक्तित्व परीक्षण में सम्मिलित उम्मीदवार	अंतिम चयन संख्या
2011	499120	243236	11837	2415	999
2012	550080	271442	12795	2674	998
2013	776604	324279	14800	3001	1122
2014	947428	446623	16706	3308	1236
2015	945908	465882	15008	2797	1078
2016	1128262	459659	15382	2961	1099
2017	969065	462848	13300	2564	1056
2018	1065552	500484	10419	1992	812
2019	1135261	568282	11845	2034	829
2020	NA	NA	NA	NA	NA

प्रारंभिक परीक्षा के सामान्य अध्ययन, पेपर-I में विभिन्न विषयों से पूछे गए प्रश्नों की संख्या (2011-2021)											
विषय	2011	2012	2013	2014	2015	2016	2017	2018	2019	2020	2021
प्राचीन भारत एवं संस्कृति	1	6	7	12	4	9	6	5	1	1	9
मध्यकालीन भारत एवं संस्कृति	0	1	1	2	3	4	1	2	7	7	2
आधुनिक भारत	9	12	11	11	11	12	13	14	7	9	10
भूगोल	19	16	20	18	17	7	8	8	10	5	13
पर्यावरण एवं पारिस्थितिकी	17	12	14	20	11	17	16	17	13	16	17
भारतीय राजव्यवस्था एवं प्रशासन	10	15	17	12	10	5	22	10	14	11	20
अर्थिक एवं सामाजिक विकास	22	15	17	10	21	26	16	16	21	25	16
सामान्य विज्ञान (भौतिक, रसायन, जीव विज्ञान)	10	7	10	6	3	12	3	6	2	5	4
विज्ञान एवं प्रौद्योगिकी	6	6	3	8	10	17	3	8	4	4	7

मुख्य परीक्षा के सामान्य अध्ययन पेपर-1-4 तक विभिन्न विषयों से पूछे गए प्रश्नों की संख्या (2013-2021)									
विषय	2013	2014	2015	2016	2017	2018	2019	2020	2021
भारतीय विरासत एवं संस्कृति	4	4	2	2	1	2	2	5	4
आधुनिक भारत एवं स्वतंत्रता संग्राम (स्वतंत्रता के पश्चात)	7	5	3	4	5	2	4	2	3
विश्व इतिहास	4	2	2	1	1	0	1	0	0
विश्व एवं भारत का भूगोल	10	7	5	4	6	6	6	7	7
भारतीय समाज एवं सामाजिक न्याय	12	8	17	12	9	9	8	11	11
राजव्यवस्था एवं प्रशासन	10	7	9	10	9	9	10	11	9
अंतरराष्ट्रीय संबंध	8	6	4	2	2	6	3	3	4
आर्थिक एवं सामाजिक विकास	16	14	9	8	14	11	13	8	9
पर्यावरण एवं आपदा प्रबंधन	4	4	3	5	4	7	5	5	7
विज्ञान एवं प्रौद्योगिकी	6	3	5	6	4	4	4	3	2
आंतरिक सुरक्षा	6	6	5	5	3	5	4	4	4
नीतिशास्त्र, सत्यनिष्ठा एवं अभिवृत्ति (खंड-क लिखित)	8	8	8	8	8	6	6	6	6
नीतिशास्त्र, सत्यनिष्ठा एवं अभिवृत्ति (खंड-ख केस स्टडी)	6	6	6	6	6	12	12	12	12

कट ऑफ मार्क्स (CSE के प्रत्येक स्तर पर)												
वर्ग	2018			2019			2020			2021		
	प्रारंभिक	मुख्य	अंतिम	प्रारंभिक	मुख्य	अंतिम	प्रारंभिक	मुख्य	अंतिम	प्रारंभिक	मुख्य	अंतिम
सामान्य	98	774	982	98	752	961	92.51	736	944	87.54	745	953
ओबीसी (अन्य पिछड़ा वर्ग)	96.6	732	938	95.34	718	925	89.12	698	907	84.85	707	910
ईडब्ल्यूएस (आर्थिक रूप से पिछड़ा वर्ग)	-			90	696	909	77.55	687	894	80.14	713	916
एससी (अनुसूचित जाति)	84	719	912	82	706	898	74.84	680	875	75.41	700	886
एस टी (अनुसूचित जनजाति)	83.34	719	912	77.34	699	893	68.71	682	876	70.71	700	883

8

साक्षात्कार की तैयारी

मितभाषी और मीठा बोलने वाले सर्वश्रेष्ठ होते हैं।

—आचार्य चाणक्य

साक्षात्कार सिविल सेवा परीक्षा की लंबी एवं सख्त चयन प्रक्रिया का अंतिम चरण है। यहाँ अभ्यर्थी के मूल्यांकन के लिए 275 अंक होते हैं। हालाँकि मुख्य परीक्षा के 1750 अंकों की तुलना में देखा जाए तो 275 अंकों का यह चरण ज्यादा महत्त्वपूर्ण प्रतीत नहीं होता है; लेकिन सत्य इसके बिलकुल विपरीत है।

साक्षात्कार का महत्त्व

वे सभी अभ्यर्थी, जो साक्षात्कार में शामिल हो रहे होते हैं, लक्ष्य को प्राप्त करने के बिलकुल करीब होते हैं (यदि सर्वोच्च स्थान न भी पा सकें, पर चुने तो जा सकते हैं)। इस प्रकार, इस चरण में बोर्ड द्वारा प्रदान किए गए अंक बेहद महत्त्वपूर्ण ही नहीं, बल्कि अंतिम परिणाम को तय करनेवाले होते हैं। कुछ छात्रों को साक्षात्कार में 80-90 प्रतिशत से अधिक अंक प्राप्त हो जाते हैं तो कुछ को मात्र 30-40 प्रतिशत अंक ही प्राप्त होते हैं। इस प्रकार साक्षात्कार में अच्छा प्रदर्शन आपको अच्छा रैंक दिलाने में सहायक होता है। इस चरण में प्राप्त अंक

आपके चयन और असफलता, दोनों का निर्धारण करने के साथ ही आपकी पसंद या वरीयता वाली सेवा को प्राप्त करने में महत्त्वपूर्ण भूमिका निभाते हैं।

ध्यान देनेवाली बात यह है कि साक्षात्कार में शामिल होनेवाले सभी अभ्यर्थियों द्वारा कुल अंकों (2025 अंकों) में से प्राप्त अंकों में 300–350 अंकों का ही अंतर होता है। इसका अर्थ यह है कि एक अंक की गिरावट से भी प्राप्त स्थान में पाँच या छह रैंक की गिरावट आ सकती है। देखा गया है कि सर्वोच्च रैंक पानेवाले (सर्वोच्च 100) छात्रों के बीच अंकों का अंतर काफी अधिक होता है, जबकि मध्यम एवं निचला रैंक पानेवाले छात्रों के बीच अंकों का यह अंतर कम होता जाता है। इस प्रकार स्पष्ट हो जाता है कि साक्षात्कार में छात्रों को अपना सर्वश्रेष्ठ प्रदर्शन करना चाहिए। यहाँ प्राप्त किया गया प्रत्येक अतिरिक्त अंक आपकी रैंक में सुधार करने में काफी सहायक हो सकता है। साक्षात्कार निश्चित रूप से वह चरण है, जहाँ आपको कुछ अतिरिक्त अंक प्राप्त करने का अवसर मिलता है। लेकिन कई अभ्यर्थी साक्षात्कार के इस चरण के महत्त्व और इन अंकों से प्राप्त हो सकनेवाले सुनहरे अवसर को पहचान नहीं पाते, जो उनकी अब तक की गई कड़ी मेहनत को फलीभूत भी कर सकते हैं और बेकार भी।

साक्षात्कार सामान्यत: जनवरी/फरवरी के महीने में संपन्न होता है। इस चरण में अभ्यर्थियों का मूल्यांकन साक्षात्कार बोर्ड द्वारा किया जाता है, जिसमें सामान्यत: 5 सदस्य होते हैं। संघ लोक सेवा आयोग इस प्रकार के पाँच/छ: बोर्डों का गठन करता है तथा एक अभ्यर्थी के लिए लगभग आधा घंटे का समय नियत किया जाता है।

मॉक इंटरव्यू—यदि आप सहज महसूस कर रहे हों, तो कोचिंग संस्थान द्वारा आयोजित Mock Interview में भाग ले सकते हैं। लेकिन Mock Interview से दबाव या depression हो, तो इसमें बिलकुल भाग न लें।

सिविल सेवा के साक्षात्कार का अवसर अभ्यर्थी के व्यक्तित्व को प्रदर्शित करने मात्र का ही नहीं, अपितु उसके व्यक्तित्व को सुधारने एवं उसे विकसित

> दंड द्वारा प्रजा की रक्षा करनी चाहिए, लेकिन बिना कारण किसी को दंड नहीं देना चाहिए।
>
> *—श्री रामायण*

करने तथा ऐसी ऊँचाइयों तक उठाने का भी सुअवसर होता है, जिसकी अपेक्षा एक सिविल सेवक से की जाती है।

व्यक्तिगत प्रोफाइल

व्यक्तिगत प्रोफाइल सिविल सेवा के साक्षात्कार की तैयारी का एक अहम हिस्सा है। इसमें आपकी वे सभी व्यक्तिगत जानकारियाँ शामिल होती हैं, जिनके बारे में संघ लोक सेवा आयोग ने मुख्य परीक्षा के आवेदन-पत्र के माध्यम से आपसे जानकारी माँगी है। इसमें आपकी वर्तमान नौकरी, आपका गृह राज्य, आपकी शैक्षिक योग्यता, आपकी रुचियाँ, आपकी पारिवारिक पृष्ठभूमि तथा स्नातक स्तर पर आपके विषयों आदि का उल्लेख शामिल होता है।

व्यक्तिगत प्रोफाइल आपकी स्वयं की उपलब्धियों का पत्र है, जिसके बारे में आपसे पूर्ण रूप से जानकारी रखने की अपेक्षा की जाती है। अधिकांशतः साक्षात्कार के समय बोर्ड आपकी व्यक्तिगत प्रोफाइल से ही प्रश्न प्रारंभ करता है, जो आपके नाम से लेकर आपकी शैक्षिक योग्यता तक किसी से भी संबंधित हो सकता है। ऐसा करने के पीछे बोर्ड का उद्देश्य आपको सहज करना जान पड़ता है। इसके बाद आपकी विवेचनात्मक या विश्लेषणात्मक सोच/कौशल को मापने के लिए प्रश्न पूछे जा सकते हैं। जैसेकि आपके गृह राज्य के सामने चुनौतियाँ या आपकी वर्तमान नौकरी से संबंधित कोई मुद्दा।

साक्षात्कार क्यों महत्त्वपूर्ण है?

किसी भी प्रतियोगी परीक्षा में साक्षात्कार अत्यंत महत्त्वपूर्ण है, जो मौखिक संप्रेषण का एक अहम अंग है। साक्षात्कार लेनेवाले व्यक्ति अनुभवी, योग्य और विशेषज्ञ होते हैं। उनका कार्य प्रतियोगियों की योग्यता की जाँच करना होता है। साक्षात्कार में वे इन बातों पर विशेष ध्यान देते हैं—

प्रतियोगी का व्यक्तित्व, कार्य के प्रति उसकी रुचि, समर्पण की भावना तथा कार्य को समझने की क्षमता, उसके सामान्य ज्ञान तथा कॉमन सेंस की परख करना; पद की दृष्टि से प्रतियोगी की योग्यता तथा विवेक। उपर्युक्त सभी बातों

> अत्यधिक हर्ष और उन्नति के बाद ही दुख और पतन की बारी आती है।
>
> *—जयशंकर प्रसाद*

का आकलन कर प्रतियोगी की योग्यता को आँका जाता है और उसे अंक प्रदान किए जाते हैं। अतः उपर्युक्त सभी का स्पष्ट अर्थ समझना जरूरी है।

व्यक्तित्व

वास्तव में इसका अर्थ व्यापक है। इसमें व्यक्ति के आंतरिक एवं बाह्य गुणों का संयुक्त रूप से सम्मिलित होना आवश्यक है, जैसे—व्यक्ति का रूप-रंग तथा आकर्षण, प्रस्तुतीकरण, वार्तालाप का ढंग, प्रश्नोत्तर का ढंग, विषय का ज्ञान, ज्ञान को प्रकट करने की पद्धति, चरित्र, उत्साह, इच्छाशक्ति, साहस आदि नैतिक गुण।

व्यक्ति का कुछ अंश (जैसे रूप-रंग व आकार) ईश्वर द्वारा प्रदत्त होता है; किंतु अन्य गुणों का विकास एवं विस्तार किया जा सकता है, जिनके लिए प्रयास करना बहुत जरूरी है, क्योंकि आपका प्रभावशाली व्यक्तित्व ही आपको साक्षात्कार में विजयी बनाता है।

कार्य के प्रति रुचि एवं समर्पण

जिस पद के आप प्रत्याशी हैं, उसमें आपकी गहन रुचि होनी चाहिए। यदि साक्षात्कार में यह प्रकट हो जाए कि आपकी रुचि उस कार्य में कम है अथवा आपको किसी विवशतावश वहाँ आना पड़ा है, तो सफलता मिलने में संदेह है।

सामान्य ज्ञान एवं कॉमन सेंस

साक्षात्कार में ये दोनों बहुत सहायक होते हैं। सहज ज्ञान होना और तथ्यों की जानकारी में अंतर है। आपको तथ्यों का ज्ञान हो, किंतु उनका उचित अवसर पर प्रयोग करने का ज्ञान न हो तो प्राप्त ज्ञान निरर्थक सिद्ध होता है। सहज ज्ञान द्वारा उन प्रश्नों का भी समुचित उत्तर दिया जा सकता है, जिनके विषय में आपको पहले ज्ञान नहीं था। यह अध्ययन द्वारा विकसित किया जा सकता है। यदि आप सहज ज्ञान के धनी हैं तो साक्षात्कार में अपना विशेष प्रभाव दिखा सकते हैं।

> लोकतंत्र के पौधे का, चाहे वह किसी भी किस्म का क्यों न हो, तानाशाही में पनपना संदेहास्पद है।
>
> *—लोकनायक जयप्रकाश नारायण*

पद की दृष्टि से योग्यता

आप जिस पद के प्रत्याशी हैं, उस पद के अनुरूप गुण आप पहले से स्वयं में विकसित करने का प्रयास करें। उदाहरण के लिए, प्रशासकीय पद, तकनीकी पद, न्यायिक पद, आर्थिक संस्थानों के प्रबंधकीय पद आदि सभी विशिष्ट प्रकृति के हैं, उनमें उत्तरदायित्व भी भिन्न प्रकार का है। उन पदों के लिए कुछ गुण तो सामान्य रूप से सभी में आवश्यक हैं, किंतु उन पदों के लिए कुछ विशेष प्रकार के गुण भी होने चाहिए, जिनके लिए आपको पहले से ही प्रयास करने हैं।

याद रखें–

साक्षात्कार की प्रक्रिया में कुछ बातें ऐसी होती हैं, जिनका ध्यान रखना बहुत जरूरी होता है। यदि आप उनके अनुरूप व्यवहार नहीं करते तो उसका प्रभाव प्रतिकूल ही होगा—

- साक्षात्कार कक्ष में बिना आज्ञा प्राप्त किए प्रवेश न करें।
- अभिवादन करते समय हाथ ऊपर न उठाएँ।
- साक्षात्कार कक्ष में आज्ञा मिलने पर ही कुरसी पर बैठें।
- बैठने का आदेश मिलने पर 'धन्यवाद' अवश्य कहें।
- साक्षात्कारकर्ताओं की पारस्परिक बातों में हस्तक्षेप न करें, भले ही विषय स्वयं आप ही क्यों न हों।
- उनके सामने रखी मेज पर अपना ब्रीफकेस, प्रमाण-पत्र की फाइलें आदि न रखें।
- साक्षात्कार कक्ष में तीव्र गति से प्रवेश अथवा कक्ष छोड़ना उचित नहीं है। यह घबराहट का प्रतीक है। सहज भाव से प्रवेश करें और बाहर जाएँ।
- जब तक प्रश्न न किया जाए, बोलने का प्रयास न करें।
- अपने उत्तर में किसी व्यक्ति, संस्था अथवा राजनीतिक दल पर कटाक्ष न करें।
- साक्षात्कारकर्ताओं के समक्ष अपने संदेह अथवा अनिश्चय को प्रकट न होने दें।

> जीवन का महत्त्व तभी है जब वह किसी महान ध्येय के लिए समर्पित हो। यह समर्पण ज्ञान और न्याययुक्त हो।
>
> *—इंदिरा गाँधी*

- यदि किसी प्रश्न का उत्तर नहीं आता है तो स्पष्ट बता दें। अनिश्चित तथ्य न कहें, क्योंकि उन्हें उन सबका पूरा ज्ञान होता है।
- अपने विषय में बढ़ा-चढ़ाकर न बोलें।
- असंगत तर्क न करें।
- यदि साक्षात्कार के समय खाँसी, छींक आदि आती है तो रूमाल का प्रयोग करें।
- धार्मिक वाद-विवाद में न पड़ें, केवल मानवतावाद की बात करें।
- यदि आप प्रश्न नहीं समझ पाते हैं तो 'पार्डन मी प्लीज' कहकर पुनः प्रश्न पूछ लें, बिना समझे प्रश्न का उत्तर न दें।
- वार्तालाप में 'श्रीमानजी' या 'सर' का प्रयोग अवश्य करें।
- वार्ता में किसी ऐसे शब्द का प्रयोग न करें, जिससे चाटुकारिता का भाव प्रकट होता हो।
- शिष्टता एवं विनम्रता का प्रदर्शन करें, दंभ व घमंड का कदापि नहीं।
- साक्षात्कार कक्ष में हतोत्साहित नहीं होना चाहिए। उदासीनता का भाव भी प्रकट न होने दें।
- शांत मस्तिष्क से विवेकपूर्ण उत्तर दें।

सत्य सूत्र

1. एक अविश्वसनीय संदेश अच्छी-खासी मुसीबत खड़ी कर सकता है, अतः संदेश देने से पूर्व उसकी भली-भाँति तैयारी कर लें।
2. वार्तालाप में आप जो कुछ कहें; वह दूसरे लोगों की समझ में आना चाहिए, अन्यथा वह संदेश निरर्थक होगा।
3. संदेश आपके अनुभव व विचार के आधार पर होगा, तभी उसमें आपका आत्मविश्वास झलकेगा।
4. लेखन एक कला है। जरूरी है कि इसमें दक्ष होने के लिए तकनीकी प्रयोग के साथ लेखन का अभ्यास करें।

> मनुष्य क्रोध को प्रेम से, पाप को सदाचार से, लोभ को दान से और झूठ को सत्य से जीत सकता है।
>
> *—गौतम बुद्ध*

5. लिखित संप्रेषण में आपके विचारों में दृढ़ता हो, अतः पिछली रिकॉर्ड-फाइल को देखकर ही तैयारी करें।
6. शेक्सपियर ने कहा है—'संक्षेप बुद्धि की आत्मा है।' अतः जो कुछ कहना है, संक्षेप में कहें अथवा लिखें। इसके लिए मन की एकाग्रता अनिवार्य है।
7. सार-लेखन में दो बातों का ध्यान रखें—(1) गद्यांश के आवश्यक तत्त्वों का समावेश, (2) संपूर्ण गद्यांश को एक-तिहाई शब्दों में सीमित करना।
8. पत्र-लेखन में समाधान तथा सब्सक्रिप्शन महत्त्वपूर्ण है। इनका प्रयोग इस पर निर्भर करता है कि आप पत्र किसे लिख रहे हैं।
9. निबंध-लेखन में आपके विचारों की मौलिकता, कल्पना-शक्ति, विषय संबंधी ज्ञान-स्तर तथा व्याख्या करने की क्षमता परखी जाती है। अतः विषय चुनने में सावधानी बरतें।
10. स्पीच में सेंस ऑफ ह्यूमर का इस्तेमाल करें, लेकिन तभी जब आपका विषय पर अधिकार हो।
11. बोलते समय उपयुक्त बॉडी लैंग्वेज का इस्तेमाल करने से श्रोताओं पर दोगुना प्रभाव पड़ता है। अतः तकनीक का ज्ञान जरूरी है कि कब, कहाँ और किस भाव-मुद्रा/संकेत का प्रयोग किया जाए।

साक्षात्कार के समय सामनेवाले को परखिए

साक्षात्कार देने जा रहे हैं तो आपकी सफलता के लिए सबसे पहली आवश्यकता है आपकी शैक्षिक योग्यता। लेकिन इसके अलावा कुछ और भी ऐसी बातें हैं, जो साक्षात्कार को सफल बनाने में आपके लिए सहायक सिद्ध हो सकती हैं। इनमें से एक है पेंसिंग, यानी जैसा साक्षात्कार लेनेवाले का मूड है, आप भी उसी तरह का व्यवहार करने की कोशिश कीजिए। इस तरह आप उसके साथ संपर्क कायम कर पाएँगे और आपकी सफलता की संभावनाएँ बढ़ जाएँगी। आमतौर पर हमें ऐसे ही लोग पसंद आते हैं, जो हमारे स्वभाव के होते हैं। कैरियर के मामले में भी यह बात

> आलस्य मनुष्य का सबसे बड़ा शत्रु है और उद्यम सबसे बड़ा मित्र, जिसके साथ रहनेवाला कभी दुखी नहीं होता।
>
> —*भर्तृहरि*

पूरी तरह लागू होती है। इस बारे में किए गए अध्ययन से यह बात उभरकर सामने आई है कि साक्षात्कार के दौरान साक्षात्कारकर्ता ऐसे ही लोगों को चुनते हैं, जिनके स्वभाव को वे अपने जैसा समझते हैं। इसकी वजह यह है कि ऐसे लोगों के साथ काम करना उन्हें आसान लगता है और ऐसे लोगों के साथ बेहतर तरीके से तालमेल बिठा सकते हैं। लेकिन साक्षात्कार देनेवाले के लिए यह पता लगाना मुश्किल होता है कि सामनेवाले का स्वभाव किस तरह का है। हालाँकि विशेषज्ञ कुछ ऐसे टिप्स देते हैं, जिन पर अमल करके आप इन मुश्किलों पर विजय पा सकते हैं।

सबसे अहम बात, जो कोई भी साक्षात्कार लेनेवाला आपके अंदर चाहेगा, वह है भरोसा और विश्वसनीयता। आपकी बातों से ऐसा झलकना चाहिए कि अगर आपको कोई काम दिया जाता है तो आप उसे पूरे विश्वास और ईमानदारी के साथ करेंगे। दरअसल, इसके जरिए आप लोगों को अपने साथ जोड़ सकते हैं। एक तरह आपके बिना कहे यह बात सामनेवाले तक पहुँचनी चाहिए कि मैं आपकी ही तरह हूँ, मेरे साथ काम करके आप सुरक्षित महसूस करेंगे और आप मुझ पर पूरी तरह भरोसा कर सकते हैं। दरअसल, यह एक ऐसा मंत्र है जो हर जगह आपके काम आएगा।

ऐसा करने के लिए सबसे आसान तरीका यह है कि इंटरव्यू में उसी तरह बैठिए, जैसे इंटरव्यू लेनेवाले बैठे हैं। बशर्ते वह बैठने का औपचारिक तरीका हो। कोशिश करें कि बातचीत का लहजा, स्वर और शब्द भी उन्हीं से मिलते-जुलते हों। व्यवहार की दृष्टि से इस तरह की बातों के जरिए आपको दूसरे लोगों के साथ सामंजस्य बिठाने में काफी मदद मिल सकती है। साक्षात्कार लेनेवाले के मूड का भी आपको ध्यान रखना होगा, क्योंकि व्यक्ति जिस मूड में होता है, वह चाहता है कि उसके साथ बैठा हुआ व्यक्ति भी उसी मूड में हो। यह नहीं होना चाहिए कि सामनेवाले का मूड गंभीर है और आप अति उत्साह दिखा रहे हों। ऐसे में आपका उत्साह गड़बड़ कर सकता है। न ही साक्षात्कार लेनेवाले के उत्साहित मूड पर गंभीरता भरे जवाब दें। जिस अंदाज में आपसे बात की जा रही है, आप बस उसी का खयाल रखें। एक्सपर्ट इसे नाम देते हैं—पेसिंग, यानी जिस रफ्तार में सामनेवाला जा रहा है, आप भी उसी रफ्तार पर रहें। दूसरे शब्दों में, आप इसे किसी की नब्ज पकड़ना भी कह सकते हैं।

> अधिक अनुभव, अधिक सहनशीलता और अधिक अध्ययन—विद्वत्ता के यही तीन महास्तंभ हैं।
>
> —*अज्ञात*

एक बड़ी अधिकारी कविता का कहना है—साक्षात्कार लेनेवाले का मूड अगर आपने पढ़ लिया, तो समझिए कि आधा मैदान तो आपने मार ही लिया। एक बार आप उसे यह विश्वास दिला दें कि आप उसकी बात को पूरी तरह समझ रहे हैं और आपके पास उसका उचित जवाब है, फिर तो आप अपनी सुविधानुसार इंटरव्यू को नई दिशा में ले जा सकते हैं। दरअसल, इसी को कहते हैं इंटरव्यू लेनेवाले के साथ संपर्क कायम कर लेना, जो दिखे भले ही न, लेकिन अपना काम बखूबी करता है।

कविता कहती हैं, ''अगर आप किसी दूसरे का व्यवहार बदलना चाहते हैं तो सबसे पहले आपके अंदर यह खूबी होनी चाहिए कि जरूरत के अनुसार अपने आपको बदल सकें। बस सामनेवाले को इतना समझा दें कि आप उसे अच्छी तरह समझ रहे हैं, फिर आप चाहें तो उससे कुछ भी कहलवा लीजिए। मैंने कई मुश्किल मामलों को बिलकुल इसी तरह सुलझाया है।''

कविता बताती हैं, ''हमारे दफ्तर में एक बार जोर-जोर से चिल्लाती हुई एक महिला आई, जो किसी की बात सुनने को तैयार न थी। जितनी जोर-जोर से वह चिल्ला रही थी, उतनी ही जोर से पहले मैंने यह कहा कि आपकी बात बिलकुल सही है और फिर बाकी बातें कीं। यकीन मानिए, वह थोड़ी ही देर में शांत हो गई। इस तरह आप अनुमान लगा सकते हैं कि पेंसिंग का कितना असर होता है और इंटरव्यू में तो आपको शायद इतना चिल्लाना भी न पड़े। बस सामनेवाले के मूड को ध्यान में रखते हुए सौम्य तरीके से अपनी बात कहनी है। इसके जरिए आप अपनी व्यक्तिगत जिंदगी को भी बेहतर बना सकते हैं। वैसे यह भी ध्यान रखें कि दूसरों के अनुसार स्वयं को ढालना आसान नहीं है। आपको खासतौर पर सावधान रहने की जरूरत है। ऐसा न हो कि नकल करने के चक्कर में आप कुछ ज्यादा ही नाटकीय हो जाएँ।''

आदमी को पहचानना सीखिए

ज्यों ही हम अपने भीतर संघर्ष के लिए आवश्यक ऊर्जा और आत्मविश्वास भरकर दुनिया की ओर मूव करते हैं, हमारा सामना बनावट में बिलकुल अपने

> आपत्तियाँ मनुष्यता की कसौटी हैं। इन पर खरा उतरे बिना कोई भी व्यक्ति सफल नहीं हो सकता।
>
> —*पं. रामप्रताप त्रिपाठी*

ही सदृश, लेकिन प्रकृति एवं व्यवहार में भिन्न मुनष्यों से पड़ता है। सफल होनेवाले व्यक्तियों के बारे में हमेशा कहा जाता रहा है कि वे करीब आनेवाले मनुष्यों को पहचानने में सक्षम होते हैं। क्या आप भी अपने करीब आनेवाले लोगों को ठीक से पहचानते हैं?

एक मनोवैज्ञानिक का कथन है कि चाहे हम कितनी भी विशेषज्ञता क्यों न हासिल कर लें, मानव स्वभाव हमें हैरत में डालना कभी नहीं छोड़ेगा। लेकिन निराश होने की जरूरत नहीं है। यह जटिल प्रक्रिया धीमी गति से चलती है और ज्यादातर हमारे अपने विवेक पर निर्भर करती है। इस अत्यंत भारी-भरकम विषय को छोटे से लेख में वर्णित कर पाना तो संभव नहीं है, लेकिन कुछ महत्त्वपूर्ण टिप्स इसमें हमारी मदद करते हैं।

सबसे पहले हमें मनुष्य के चरित्र के बारे में जानकारी होनी चाहिए कि वह परिस्थितियों का गुलाम होता है। वे परिस्थितियाँ ज्यादातर उसकी आवश्यकताओं से संबंधित होती हैं। कोई भी मनुष्य, चाहे वह कितना भी सच्चरित्र और एकनिष्ठ क्यों न हो, अपने सिद्धांतों पर एक सीमा तक ही कायम रहता है। जो लोग सदैव अपने सिद्धांतों पर कायम रहते हैं, उनकी संख्या इतनी कम होती है कि हम उसे नजरअंदाज कर सकते हैं।

कुछ लोग छोटी मानसिकता के होते हैं। यह उनका दुर्गुण नहीं, बल्कि निजी विशेषता है। उनके मन में कभी अच्छे विचार नहीं आते। ऐसे लोग स्वयं को निश्चित सीमा में बाँधकर रखते हैं और दूसरों को परेशानी व तनाव में डालकर अथवा कलह करके आनंदित महसूस करते हैं। ऐसे लोगों को पहचानना तो आसान होता है, लेकिन उनसे दूरी बनाए रखना कठिन होता है; क्योंकि वे अपने आचरण से वातावरण दूषित बनाने में कोई कसर नहीं छोड़ते।

हमारे संपर्क में आनेवाले कई लोग अपनी सोच एवं आचरण के कारण प्रेम व सम्मान के योग्य होते हैं। वे समाज में सम्मान और सफलताएँ तो प्राप्त करते ही हैं, दूसरों के लिए प्रेरणास्रोत बनकर उनका पक्ष भी अलोकित करते हैं। इन्हें पहचानना कठिन नहीं है, बस हमें अपनी मानसिकता उनके अनुकूल ढालनी होती है, तभी हम उनके करीब पहुँचते हैं।

> जैसे छोटा-सा तिनका हवा का रुख बताता है, वैसे ही मामूली घटनाएँ मनुष्य के हृदय की वृत्ति को बताती हैं।
>
> *—महात्मा गाँधी*

उनमें कुछ लोग ऐसे भी होते हैं जो प्रशंसा और आलोचना की परवाह किए बिना अपनी रुचि का कार्य चुनते हैं और अपने मन-प्राण से उसमें डूब जाते हैं। ऐसे लोग पारदर्शी होते हैं। वे हर काम इस ढंग से करते हैं कि सामने बैठा व्यक्ति उसे साफ-साफ देख-समझ सके। दुनिया को ऐसे ही लोगों की जरूरत है। इतिहास निर्माण का हर कार्यकर्ता ऐसे ही स्वभाव का होता है।

दक्षिण अफ्रीका में सोने और हीरे के व्यवसाय में जबरदस्त सफलता हासिल करनेवाले एक अरबपति से एक व्यक्ति ने पूछा कि आखिर उन्होंने इतने आत्मविश्वासी, ईमानदार और कार्यदक्ष लोगों का चुनाव कैसे किया, तो उनका जवाब था, "मैं जिस व्यवसाय में हूँ, उसमें इस तरह की स्थिति आम है। हमें थोड़ा सोना हासिल करने के लिए टनों मिट्टी हटानी पड़ती है, लेकिन लक्ष्य होता है सोना हासिल करना, मिट्टी नहीं। यही प्रक्रिया आदमी को चुनने में भी अपनानी पड़ती है।"

अच्छे लोगों की संगति में रहना, कार्यस्थल पर अच्छे आचरण के लोगों का होना, अच्छे उद्देश्यों के प्रति समर्पित व्यक्तियों की निष्ठा को देखना आनंद ही नहीं, जीवन की पूँजी है। जिस तरह टनों मिट्टी हटाना उद्देश्य नहीं, प्रक्रिया होती है, उसी तरह सस्ते आचरण तथा कृतघ्न विचारों वाले लोगों की संगति से बचना उद्देश्य नहीं, प्रक्रिया होनी चाहिए। अच्छे व्यक्तियों तक पहुँचना कठिन अवश्य है, असंभव नहीं, क्योंकि उनकी जरूरतें भी हमारे सदृश होती हैं। उन्हें भी अच्छे लोगों की जरूरत पड़ती है। वे भी मिट्टी हटा रहे हैं, अतः जरूरत अपने भीतर सद्गुणों का विकास करने की है। इस पूरे मामले में हमें एक और तथ्य का ध्यान रखना होगा; हमें केवल निजी अनुभव पर ही भरोसा नहीं करना चाहिए, अपितु व्यापक दृष्टिकोण विकसित करते हुए दूसरे देशों के अनुभवों का भी लाभ उठाना चाहिए।

साक्षात्कार कक्ष में आप

सिविल सेवा तथा विभिन्न राज्यों की पी.सी.एस. परीक्षाओं के अंतर्गत प्रारंभिक, मुख्य एवं साक्षात्कार तीन परीक्षाएँ होती हैं। इनमें साक्षात्कार अंतिम एवं सबसे महत्त्वपूर्ण परीक्षा होती है, इसलिए अंतिम रूप से चयन में इसका बड़ा

> जीवन में दो ही व्यक्ति असफल होते हैं—एक वे, जो सोचते हैं पर करते नहीं, दूसरे जो करते हैं पर सोचते नहीं।
>
> *—आचार्य श्रीराम शर्मा*

योगदान होता है। साक्षात्कार के माध्यम से साक्षात्कार बोर्ड वस्तुतः अभ्यर्थी के संपूर्ण व्यक्तित्व की जाँच करता है। बोर्ड के सदस्य चाहते हैं कि जिस व्यक्ति के कंधों पर इतनी बड़ी जिम्मेदारी सौंपी जानी है, उसका व्यक्तित्व परिपूर्ण हो, ताकि भविष्य में किसी प्रकार की दिक्कत न आने पाए।

सिविल सेवा के साक्षात्कार में जाने से पूर्व अपनी कमजोरियों का आकलन ईमानदारीपूर्वक करना चाहिए, जैसे—घबराहट, जल्दबाजी एवं अति उत्साह तथा झूठ बोलने से बचना चाहिए। साक्षात्कार में यद्यपि साक्षात्कार मंडल के पास अभ्यर्थी का पूर्ण जीवनवृत्त (बायोडाटा) होता है, फिर भी वे प्रश्न बायोडाटा से संबंधित ही पूछते हैं, इसलिए बायोडाटा से संबंधित प्रश्नों की तैयारी ठीक ढंग से कर लेनी चाहिए।

विषयगत जानकारी के लिए मुख्यतः मुख्य परीक्षा ही पर्याप्त होती है। इसके साथ जी.एस. एवं जी.के. से प्रश्न अवश्य पूछे जाते हैं, जिनका उत्तर सावधानीपूर्वक देना चाहिए।

सफल प्रतियोगियों से बातचीत के बाद यह पाया गया है कि उम्मीदवार जब साक्षात्कार मंडल के समक्ष जाते हैं तो वे अंदर से घबराए हुए होते हैं। ऐसी स्थिति में घबराहट से बचना चाहिए। कभी-कभी तो ऐसा भी देखा जाता है कि घबराहट से प्रत्याशी के हाथ-पाँव काँपने लग जाते हैं। यह स्थिति कमजोर व्यक्तित्व को उजागर करती है। साक्षात्कार में इससे बचना चाहिए। घबराहट में आदमी वह बोलता है, जो उसे नहीं बोलना चाहिए तथा वह नहीं बोल पाता, जो वह बोलना चाहता है। कई बार तो व्यक्ति बोर्ड के समक्ष बेमतलब की बातें बोलकर आ जाता है और उसे इसका पता तब चलता है जब साक्षात्कार मंडल का अध्यक्ष यह कहता है कि 'अब आप जा सकते हैं' या बाहर निकलकर अपने मित्रों से उस विषय पर चर्चा करता है। इसलिए घबराहट से हमेशा बचना चाहिए।

जल्दबाजी या अति उत्साह भी साक्षात्कार में खतरनाक सिद्ध होता है। प्रत्याशी जल्दी-जल्दी में अति उत्साहित होकर गलतियाँ कर बैठते हैं। प्रायः ऐसा देखा जाता है कि बोर्ड के सदस्य का प्रश्न अभी अधूरा ही है और सुननेवाला उत्तर देना प्रारंभ कर देता है, यह असभ्यता की निशानी है। साक्षात्कार देनेवाले

> मनुष्य जितना ज्ञान में घुल गया हो, उतना ही कर्म के रंग में रँग जाता है।
>
> —*विनोबा भावे*

व्यक्ति के लिए यह जरूरी है कि वह पूछनेवाले व्यक्ति के प्रश्न को ध्यान से सुने तथा सोच-समझकर उसका जवाब दें।

साक्षात्कार में कभी भी झूठ बोलने का प्रयास नहीं करना चाहिए। ऐसा देखा गया है कि साक्षात्कार लेनेवाला व्यक्ति साक्षात्कार देनेवाले व्यक्ति से कोई प्रश्न करता है, जिसका जवाब वह नहीं जानता है, तो वह व्यक्ति अनेक तरह से झूठ-फरेब बोलकर सामनेवाले को मूर्ख बनाना चाहता है। यह तरीका गलत है। कभी भी सामनेवाले को मूर्ख बनाने की कोशिश न करें, क्योंकि वे आपसे काफी वरिष्ठ हैं तथा ज्ञान व बुद्धि में भी बहुत आगे हैं। इसलिए आपकी हर गतिविधि को वे भाँप लेंगे।

अत: यदि आप किसी प्रश्न का जवाब नहीं जानते हैं तो उसके लिए क्षमा माँगते हुए स्पष्ट रूप से मना कर दें कि मैं इस प्रश्न का उत्तर नहीं जानता। कई बार मना करने पर उसका जवाब प्रश्नकर्ता स्वयं दे देते हैं, जिसे ध्यान से सुनें और यदि उनके जवाब में कोई संदेह हो तो भी उनसे कोई प्रतिप्रश्न न करें, क्योंकि वे पढ़ाने नहीं, साक्षात्कार लेने बैठे हैं।

इन सबके बाद स्थान आता है प्रश्न एवं उत्तर का। आमतौर पर प्रश्न आपके बायोडाटा से ही शुरू होते हैं। साक्षात्कार में जाते समय अभ्यर्थी को अपने बायोडाटा से संबंधित पूछे जाने योग्य प्रश्नों को ध्यान में रखना चाहिए। जैसे किसी व्यक्ति का जन्मदिन 2 अक्तूबर है तो यह प्रश्न बन सकता है कि भारतीय इतिहास में यह दिन क्यों प्रसिद्ध है तथा इसका क्या महत्त्व है? जब अभ्यर्थी इस प्रश्न का जवाब दे रहा होता है तो उसी से प्रश्न बनते चले जाते हैं और साक्षात्कार मंडल आपके व्यक्तित्व का परीक्षण करता चला जाता है।

इसी तरह किसी व्यक्ति का जन्म बिहार के नालंदा जिले के राजगीर में हुआ है, तो नालंदा एवं राजगीर से प्रश्न शुरू होकर नालंदा विश्वविद्यालय तथा बौद्ध धर्म एवं जैन धर्म तक पहुँच सकते हैं।

साक्षात्कार में जाते वक्त इन सब दृष्टिकोणों पर गहराई से विचार कर लेना चाहिए। प्रश्नों का जवाब कभी भी गलत नहीं देना चाहिए या जो जानकारी में न हो, उसका जवाब नहीं देना चाहिए। कारण कि गलत जवाब देने से उससे बनने वाले प्रतिप्रश्नों के जाल में आप फँस सकते हैं, क्योंकि आपके सामने बहुत अनुभवी लोग बैठे होते हैं।

> सर्वसाधारण जनता की उपेक्षा एक बड़ा राष्ट्रीय अपराध है।
>
> *—स्वामी विवेकानंद*

अभ्यर्थी द्वारा चयनित वैकल्पिक विषय से भी कुछ प्रश्न पूछ जाते हैं। इसमें वही प्रश्न होते हैं, जो आम आदमी के जीवन में उपयोगी होते हैं। चूँकि विषय की गहराई की जानकारी मुख्य परीक्षा में ली जा चुकी होती है, इसलिए यहाँ उतनी गहरी जानकारी के प्रश्न तो कम ही पूछे जाते हैं, परंतु उस विषय के समाज एवं राष्ट्र की दृष्टि से महत्त्वपूर्ण होने के बारे में अवश्य प्रश्न होते हैं। अत: साक्षात्कार में जाने से पहले विषय पर एक नजर डाल लेनी चाहिए तथा समाज, राष्ट्र एवं आम जीवन से जुड़े विषयों के महत्त्व को अच्छी तरह समझ लेना चाहिए।

इसके बाद स्थान आता है जी.के. एवं जी.एस. का। इस क्षेत्र से हाल में घटित घटनाओं के बारे में प्रश्न पूछे जा सकते हैं। ये घटनाएँ कैसे घटीं? इनका समाज एवं राष्ट्र पर क्या प्रभाव पड़ेगा? तथा उस पर आपके अपने क्या विचार हैं? आदि।

ऐसे प्रश्नों का जवाब काफी सावधानीपूर्वक एवं स्पष्ट रूप से देना चाहिए, जिससे बोर्ड के सदस्य संतुष्ट हो सकें।

साक्षात्कार में एक जरूरी प्रश्न आपके पद एवं उसमें आपके सामने आनेवाली चुनौतियों पर भी अवश्य होता है। जैसेकि मान लीजिए, आप किसी जिले में अधिकारी हैं, उसी दौरान जिले का कोई नेता, सांसद, विधायक या मंत्री आपके पास किसी समस्या को लेकर आता है तथा किसी वजह से अपशब्द कहता है या गाली-गलौज करता है या आपके ऊपर हाथ उठा देता है, ऐसी स्थिति में आप क्या करेंगे? आप भी वही करेंगे या इस समस्या को किसी और ढंग से निपटाएँगे। ऐसे प्रश्नों का जवाब काफी सोच-समझकर देना चाहिए।

इसी प्रकार यह भी प्रश्न हो सकता है कि मान लीजिए, आप किसी जिले में डी.एम. हैं तथा वहाँ बाढ़, भूकंप, सूखा, अकाल जैसी कोई महामारी आ गई, ऐसी स्थिति से आप कैसे निपटेंगे? इन प्रश्नों का जवाब सोच-समझकर एवं धैर्यपूर्वक देना चाहिए। इन प्रश्नों के माध्यम से साक्षात्कार मंडल के सदस्य आपकी सहनशक्ति, समस्या विशेष से निपटने में आपकी बुद्धि एवं क्रियाशक्ति का परीक्षण करते हैं।

इन प्रश्नों के माध्यम से बोर्ड का उद्देश्य आपकी क्षमता को मापना होता है, प्रत्याशी को परेशान या तंग करना नहीं, इसलिए प्रश्नों का जवाब सावधानी के साथ और धैर्यपूर्वक देना चाहिए।

जो पुरुषार्थ नहीं करते, उन्हें धन, मित्र, ऐश्वर्य, सुख, स्वास्थ्य, शांति और संतोष प्राप्त नहीं होते।

—*वेदव्यास*

साक्षात्कार में जाते वक्त इन सब बातों को ध्यान में रखकर आप साक्षात्कार मंडल के समक्ष अपने आपको सहज रखकर अच्छा प्रदर्शन कर सकते हैं।

इन्हीं बातों का पालन कर मैंने साक्षात्कार में कुल 300 अंकों में से 225 अंक प्राप्त किए थे, जो उस वर्ष हिंदी माध्यम में अधिकतम अंक थे।

प्रश्न-प्रारूप

हमारे जीवन की सफलता बहुत कुछ हमारे प्रस्तुतीकरण की क्षमता पर निर्भर होती है। आवश्यक नहीं कि आप सारे विषयों के विद्वान् हों, फिर भी आपको जिस विषय की जितनी भी जानकारी है, उसे अच्छे ढंग से प्रस्तुत करें।

एक आदर्श प्रत्याशी एक ऐसा सेल्समैन होता है, जो साक्षात्कार के समय अपनी उपलब्धियों को इस प्रकार प्रस्तुत करता है कि साक्षात्कार लेनेवाले महानुभाव उससे प्रभावित हुए बिना नहीं रह पाते।

यह आवश्यक नहीं है कि हमने जो प्रश्न और उत्तर यहाँ दिए हैं, वे पूर्ण हैं अथवा सर्वश्रेष्ठ हैं, अभ्यर्थी उन्हें अपने ढंग से भी तैयार कर सकते हैं और अपने उत्तर अपने अनुरूप परिवर्तित भी कर सकते हैं। यहाँ 'नमूना प्रश्नोत्तरी' देने का हमारा अभिप्राय मात्र इतना है कि आप साक्षात्कार में संपन्न होनेवाली प्रक्रिया से सामान्यतः परिचित हो सकें।

हमने प्रत्येक क्षेत्र से कुछ मुख्य प्रश्न और उनके सटीक उत्तर प्रस्तुत किए हैं, जो ज्ञानवर्धन और साक्षात्कार के लिए उपयोगी साबित हो सकते हैं।

आपके लिए यहाँ एक काल्पनिक साक्षात्कार भी प्रस्तुत किया जा रहा है, जिसके आधार पर आप अपने साक्षात्कार की तैयारी कर सकते हैं। साक्षात्कार कक्ष में प्रवेश करते समय कुछ औपचारिकताओं का निर्वहन करना पड़ता है, जोकि साक्षात्कार के लिए महत्त्वपूर्ण होता है, हम यहाँ उनका उल्लेख कर रहे हैं। ये औपचारिकताएँ सभी प्रकार के साक्षात्कारों पर लागू होती हैं।

साक्षात्कार प्रक्रिया

जब अभ्यर्थी का नाम पुकारा जाता है तो अभ्यर्थी कक्ष का द्वार धीरे से खोलकर अंदर आने की अनुमति माँगता है—

> जैसे जल द्वारा अग्नि को शांत किया जाता है, वैसे ही ज्ञान के द्वारा मन को शांत रखना चाहिए।
>
> *—वेदव्यास*

महोदय/महोदया, क्या मैं अंदर आ सकता हूँ?

अनुमति प्राप्त होने पर अभ्यर्थी कक्ष में प्रवेश करता है। हो सकता है कि अनुमति मिलने में थोड़ी देर लगे, तो ऐसे में आप जल्दबाजी में कक्ष में न पहुँच जाएँ। आपको द्वार पर खड़े रहकर अनुमति की प्रतीक्षा करनी चाहिए। कभी-कभी साक्षात्कार लेनेवाले व्यक्ति जानबूझकर ऐसा करते हैं, ताकि अभ्यर्थी को परख सकें। वस्तुतः वे अभ्यर्थी के धैर्य एवं शिष्टता का परीक्षण कर रहे होते हैं।

साक्षात्कार कक्ष में प्रवेश करने से लेकर बाहर निकलने तक अभ्यर्थी साक्षात्कारकर्ता की पारखी नजर में रहता है। साक्षात्कार समाप्त होने के बाद कक्ष से बाहर आते समय भी अभ्यर्थी का व्यवहार सर्वथा शिष्ट और संतुलित होना चाहिए। कक्ष से बाहर आना भी साक्षात्कार का ही एक भाग होता है। जिस प्रकार साक्षात्कार में शामिल होने के लिए कक्ष में प्रवेश करते समय अभ्यर्थी प्रवेश की अनुमति माँगता है, उसी प्रकार जाते समय भी धन्यवाद कहने के उपरांत सावधानी से उठें, गरदन को थोड़ा-सा झुकाएँ, कुरसी को यथास्थान रख दें। किसी प्रकार की आवाज नहीं होनी चाहिए।

ध्यान रहे, द्वार खोलते और बंद करते समय भी कोई आवाज न हो। बाहर आने के बाद कम-से-कम इतनी दूर जाकर किसी से बात करें, जिससे आपकी आवाज साक्षात्कारकर्ता तक न पहुँच पाए।

नमूना साक्षात्कार–प्रथम

अभ्यर्थी संदीप राय साक्षात्कार कक्ष के बाहर अन्य अभ्यर्थियों के साथ बैठे हुए हैं। चपरासी द्वारा साक्षात्कार हेतु आवाज दिए जाने पर संदीप साक्षात्कार कक्ष की ओर जाते हैं। द्वार पर पहुँचकर वे अंदर आने की अनुमति माँगते हैं और आज्ञा पाकर अंदर प्रवेश करते हैं।

संदीप सभी साक्षात्कारकर्ताओं का झुककर अभिवादन करते हैं एवं मेज के सामने खड़े हो जाते हैं।

साक्षात्कारकर्ता : बैठिए।

> चंद्रमा अपना प्रकाश संपूर्ण आकाश में फैलाता है, परंतु अपना कलंक अपने ही पास रखता है।
>
> *—रवींद्रनाथ टैगोर*

संदीप : 'धन्यवाद श्रीमान!' *कहकर श्री राय सामने कुरसी पर बैठ जाते हैं।*

काफी देर साक्षात्कार चलता है। इसके बाद—

साक्षात्कारकर्ता : धन्यवाद, श्री राय। आप जा सकते हैं।

संदीप : धन्यवाद महोदय!

संदीप कुरसी से उठते हैं, सभी सदस्यों का अभिवादन करते हैं और कमरे से बाहर चले जाते हैं।

नमूना साक्षात्कार-द्वितीय

प्रश्न : आप अपने बारे में हमें बताएँ।

उत्तर : श्रीमानजी, मेरा नाम राजेश है। मेरे पिता श्री सुरेश कुमार वर्मा विद्युत विभाग में कार्यरत हैं। मैंने दिल्ली यूनिवर्सिटी से बी.एस.सी. की डिग्री प्राप्त की है। मुझे आशा ही नहीं वरन् पूर्ण विश्वास है कि मैं अपनी लगन, कर्तव्यनिष्ठा द्वारा इस पद के लिए उपयुक्त उम्मीदवार साबित होऊँगा।

प्रश्न : आपके जीवन का लक्ष्य क्या है?

उत्तर : महोदय, प्रत्येक इनसान की इच्छा होती है कि वह बड़े पद पर आसीन हो। वह दुनिया की सारी सुख-सुविधाएँ पाना चाहता है। मैं भी उन इनसानों से अलग नहीं हूँ। लेकिन मैं कोई भी पद अपनी लगन, कर्तव्यनिष्ठा, ईमानदारी और कठिन परिश्रम से पाना चाहता हूँ।

प्रश्न : आपके जीवन में सफलता का क्या अर्थ है?

उत्तर : किसी व्यक्ति की सफलता उसके परिश्रम, लगन और प्रयास पर निर्भर करती है। मेरा मानना है कि जीवन में आप तभी सफल होते हैं, जब आप अपने लक्ष्य को प्राप्त कर लेते हैं। प्रत्येक व्यक्ति के लक्ष्य अलग-अलग होते हैं, उनकी सफलता के अर्थ भी अलग होते हैं।

प्रश्न : आप किस तरह के लोगों को नापसंद करते हैं?

उत्तर : महोदय, जो व्यक्ति अपनी जुबान से मुकर जाए, मैं ऐसे व्यक्तियों से दूर रहना अच्छा समझता हूँ। इस तरह के व्यक्तियों से मेरी कई बार

> पृथ्वी पर तीन रत्न हैं—जल, अन्न और सुभाषित; लेकिन अज्ञानी पत्थर के टुकड़े को ही रत्न कहते हैं।
>
> *—महाकवि कालिदास*

मुलाकात हुई हैं और अब मैं उन्हें आसानी से पहचान लेता हूँ। मैं इस तरह के किसी भी व्यक्ति से दूरी बनाए रखना उचित समझता हूँ।

प्रश्न : आजकल अंग्रेजी का बोलबाला है, अंग्रेजी भाषा और सभ्यता को हमारे देश के नौजवान अपना रहे हैं, आपकी क्या राय है?

उत्तर : महोदय, आज हमारे देश में अंग्रेजी का अंधानुकरण किया जा रहा है। अपनी भाषा और संस्कृति को हम भूलते जा रहे हैं। विदेशी भाषा एवं साहित्य को ही आज का युवा वर्ग श्रेष्ठ समझता है। पश्चिमी जीवन-पद्धति और जीवन-दर्शन हमारे देश को आवश्यकता से अधिक प्रभावित कर रहा है, जिससे हम अपनी संस्कृति से दूर होते जा रहे हैं। हम अंग्रेजी बोलना व पाश्चात्य पौशाकें पहनना ही गौरव की बात मानने लगे हैं, जिसे मैं गलत समझता हूँ।

प्रश्न : क्या दूसरों की भाषा और संस्कृति को सीखना और समझना गलत है?

उत्तर : नहीं महोदय, दूसरों से सीखना कदाचित् गलत नहीं है। हमें दूसरों से अवश्य सीखना चाहिए, किंतु हमेशा यह खयाल रखना चाहिए कि ज्ञान के आधार पर पृष्ठभूमि हमारी अपनी ही रहे। हमारी संस्कृति की जड़ें मजबूत हैं और इसकी अनेक विशेषताएँ भी हैं। यह महान है, दूसरी किसी भी सभ्यता से अधिक प्राचीन एवं प्रामाणिक है। अन्य पुरानी सभ्यताएँ तथा संस्कृतियाँ नष्ट हो गईं, किंतु हमारी सभ्यता व संस्कृति आज भी जीवंत है, अतः उसके श्रेष्ठ तत्त्वों को लेकर हमें अपने जीवन का आधार बनाना चाहिए।

प्रश्न : हमारे देश की पृष्ठभूमि संत-महात्माओं, ऋषि-मुनियों की रही है, क्या भक्ति मार्ग द्वारा समाज का कल्याण संभव है, आप क्या सोचते हैं?

उत्तर : हमारा देश संत-महात्माओं का देश रहा है, जिन्होंने पूरे विश्व का हमेशा मार्गदर्शन किया है; किंतु यह भी सत्य है कि केवल भक्ति-भाव से व्यावहारिक जगत् की समस्याओं से हमें निजात नहीं मिल सकती, परंतु इससे समस्याओं को सुलझाने का मार्ग अवश्य प्रशस्त होता है। तुलसीदास, कबीरदास, कालिदास, सूरदास आदि संत-महात्माओं ने भक्ति मार्ग

> असत्य फूस के ढेर की तरह है। सत्य की एक चिंगारी भी उसे भस्म कर देती है।
>
> *—हरिभाऊ उपाध्याय*

अपनाकर ज्ञान, कर्म व अध्यात्म का जो दीपक हमारे समाज में प्रज्वलित किया, उससे हमारा जीवन आज भी प्रकाशमान है। उन्होंने इन तीनों के समन्वय पर बल दिया, जो कि चरित्र-निर्माण में अपनी महत्त्वपूर्ण भूमिका अदा करते हैं, श्रेष्ठ चरित्रवाला व्यक्ति किसी भी तरह की कठिनाई का आसानी से सामना कर सकता है और समाज तथा देश के कल्याण में सहायक सिद्ध हो सकता है।

प्रश्न : 'आरक्षण' के विषय में आपकी राय क्या है?

उत्तर : आरक्षण का मुद्दा बहुत जटिल है। यह आवश्यक तो इसलिए प्रतीत होता है कि हमारे समाज के कुछ वर्ग अत्यधिक पिछड़े हुए हैं। उनमें प्रतिभा होने पर भी, उन्हें विकास के पर्याप्त अवसर नहीं मिले। ऐसे में, आरक्षण के माध्यम से उनकी स्थिति में सुधार हो सकता है, लेकिन इसकी भी सीमा हमारे संविधान में सुनिश्चित की गई है, अतः आरक्षण संविधान के अनुसार होना चाहिए, न कि राजनेताओं के व्यक्तिगत स्वार्थ अथवा वोट बैंक के अनुसार।

प्रश्न : क्या आप सहमत हैं कि एक ही कार्य के लिए महिलाओं को पुरुषों से कम वेतन मिलता है?

उत्तर : महोदय, मैं इससे बिलकुल भी सहमत नहीं हूँ कि समान कार्य के लिए महिलाओं को कम वेतन दिया जाए। हमारे संविधान में इसका उल्लेख भी है कि समान कार्य के लिए सभी को समान वेतन मिलना चाहिए। दुर्भाग्य से, निजी कंपनियों में इस व्यवस्था का अनुपालन नहीं हो पा रहा है, लेकिन सरकारी कंपनियों और नौकरियों में सरकार ने इस व्यवस्था को लागू किया हुआ है, जिसके समुचित परिणाम देखने को मिल रहे हैं।

प्रश्न : 'रिसेशन' का क्या अर्थ है और अर्थव्यवस्था पर इसका क्या प्रभाव पड़ता है?

उत्तर : रिसेशन का तात्पर्य मंदी से है, जब वस्तुओं की पूर्ति की तुलना में माँग कम हो, तो रिसेशन की स्थिति उत्पन्न होती है। ऐसी स्थिति में धनाभाव के कारण लोगों की क्रय शक्ति कम हो जाती है और उत्पादित वस्तुओं

> उड़ने की अपेक्षा जब हम झुकते हैं तब विवेक के अधिक निकट होते हैं।
>
> —*अज्ञात*

की बिक्री नहीं होती। इससे उद्योग को बंद करने की स्थित आ जाती है, फलस्वरूप बेरोजगारी बढ़ जाती है। सन् 1930 के दशक में विश्वव्यापी रिसेशन की स्थिति उत्पन्न हुई थी तथा विश्व के सभी देशों पर उसका प्रतिकूल प्रभाव पड़ा था।

प्रश्न : डेफ़िसिट का क्या अर्थ है?

उत्तर : जब सरकार का बजट घाटे का होता है, अर्थात् आय कम होती है और व्यय अधिक होता है तो व्यय के इस आधिक्य को केंद्रीय बैंक से ऋण लेकर अथवा अतिरिक्त पत्र मुद्रा निर्गमित कर पूरा किया जाता है। यह व्यवस्था घाटे की वित्त व्यवस्था अथवा फाइनेंसिंग कहलाती है। लेकिन इसे सीमित मात्रा में ही उचित माना जाता है, क्योंकि फाइनेंसिंग को स्थायी नीति बना लेने के परिणाम किसी भी राष्ट्र के लिए अच्छे नहीं होते।

प्रश्न : ब्रिज लोन क्या है?

उत्तर : अधिकतर कंपनियाँ अपनी पूँजी का विस्तार करने के लिए नए शेयर तथा डिबेंचर्स जारी करती रहती हैं। किसी भी कंपनी को शेयर जारी करके पूँजी जुटाने में तीन माह से भी अधिक समय लगता है। इस समयावधि में अपना काम जारी रखने के लिए कंपनियाँ बैंकों से अंतरिम अवधि के लिए ऋण लेती हैं। इस प्रकार के ऋण को ब्रिज लोन कहते हैं।

प्रश्न : गरीबी का क्या तात्पर्य है?

उत्तर : गरीबी सामान्यतः न्यूनतम सामाजिक जीवन स्तर से नीचे की दशा है। योजना आयोग द्वारा न्यूनतम आवश्यकता और प्रभावी खपत की माँग पर गठित टास्क फोर्स के अनुसार, ग्रामीण क्षेत्र में 2400 कैलोरी तथा शहरी क्षेत्र में 2100 कैलोरी प्रति व्यक्ति के निर्धारित मानदंड से कम उपभोग की स्थिति गरीबी कही जाएगी।

प्रश्न : सकल घरेलू उत्पाद और सकल राष्ट्रीय उत्पाद का क्या अर्थ है?

उत्तर : एक देश की घरेलू सीमा के अंदर किसी भी दी गई समयावधि, प्रायः एक वर्ष में उत्पादित समस्त अंतिम वस्तुओं तथा सेवाओं का कुल बाजार या मौद्रिक मूल्य उस देश का सकल घरेलू उत्पाद कहा जाता है, जबकि सकल

> लोहा गरम भले हो जाए, पर हथौड़ा ठंडा रहकर ही काम कर सकता है।
>
> —*सरदार पटेल*

राष्ट्रीय उत्पाद का आशय, एक देश के सामान्य निवासियों द्वारा उत्पादित अंतिम वस्तुओं एवं सेवाओं के मौद्रिक मूल्य के योग से है।

सकल घरेलू उत्पाद के मूल्य में विदेशों से प्राप्त शुद्ध साधन आय जोड़ने पर सकल राष्ट्रीय उत्पाद का मूल्य प्राप्त होता है, जबकि सकल राष्ट्रीय उत्पाद के मूल्य में से विदेशों से प्राप्त साधन आय घटाने पर हमें सकल घरेलू उत्पाद का मूल्य प्राप्त होता है।

प्रश्न : राष्ट्रीय आय से आप क्या समझते हैं?

उत्तर : राष्ट्रीय आय से तात्पर्य किसी देश में एक वर्ष के अंतर्गत उत्पादित समस्त अंतिम वस्तुओं व सेवाओं के बाजार मूल्य के जोड़ से है। राष्ट्रीय आय के लिए राष्ट्रीय लाभांश एवं राष्ट्रीय उत्पाद का प्रयोग किया जाता है। राष्ट्रीय आय समष्टि अर्थशास्त्र का अंग है, क्योंकि इसके अंतर्गत देश की समग्र आय की माप की जाती है।

प्रश्न : मुद्रा स्फीति का अर्थ समझाएँ।

उत्तर : मुद्रा स्फीति वह अवस्था है, जिसमें वस्तुओं और सेवाओं के मूल्य में होने वाली स्थायी या अस्थायी वृद्धि से मुद्रा की क्रय शक्ति कम हो जाती है। मुद्रा स्फीति अल्प विकसित अर्थव्यवस्था हेतु लाभदायक होती है। क्योंकि इससे उत्पादन में वृद्धि को प्रोत्साहन मिलता है, किंतु एक सीमा से अधिक मुद्रा स्फीति हानिकारक है। मुद्रा स्फीति को अस्थायी तौर पर नियंत्रित करने के लिए मुद्रा आपूर्ति कमी का प्रयोग किया जा सकता है।

प्रश्न : अर्थव्यवस्था में अवमूल्यन का क्या तात्पर्य है?

उत्तर : यदि किसी मुद्रा का विनिमय मूल्य अन्य मुद्राओं की तुलना में जानबूझकर कम कर दिया जाता है तो इसे उस मुद्रा का अवमूल्यन कहते हैं। यह अवमूल्यन परिस्थितियों के अनुसार सरकार स्वयं करती है।

प्रश्न : विमुद्रीकरण का अर्थव्यवस्था पर क्या प्रभाव पड़ता है? क्या इससे देश की क्षति होती है?

उत्तर : जब काला धन बढ़ जाता है और अर्थव्यवस्था के लिए खतरा बन जाता है, तो इसे दूर करने के लिए विमुद्रीकरण की विधि अपनाई जाती है।

बिना जोश के आज तक कोई भी महान कार्य नहीं हुआ।

—नेताजी सुभाष चंद्र बोस

इसके अंतर्गत सरकार पुरानी मुद्रा का चलन समाप्त कर देती है और नई मुद्रा लागू कर देती है। इस परिस्थिति में जिनके पास काला धन होता है, वे उसके बदले में नई मुद्रा लेने का साहस नहीं जुटा पाते हैं और काला धन स्वत: ही नष्ट हो जाता है।

प्रश्न : भारत के संविधान की विशेषताएँ क्या हैं?

उत्तर : भारत का संविधान विश्व के सभी संविधानों का निचोड़ है—

1. लिखित विशाल संविधान,
2. संसदीय प्रभुता तथा न्यायिक,
3. सर्वोच्चता में समन्वय,
4. संसदीय शासन प्रणाली,
5. राज्य के नीति निदेशक तत्त्व,
6. पिछड़े वर्गों के लिए प्रावधान,
7. धर्मनिरपेक्षता।

ये सभी भारत के संविधान की प्रमुख विशेषताएँ हैं।

प्रश्न : नागरिकों के मौलिक अधिकार कौन से हैं?

उत्तर : हमारे मुख्य मौलिक अधिकार हैं—

1. समता का अधिकार,
2. शोषण के विरुद्ध अधिकार,
3. स्वतंत्रता का अधिकार,
4. सांस्कृतिक व शैक्षिक अधिकार,
5. धर्म की स्वतंत्रता का अधिकार,
6. संवैधानिक उपचार प्राप्त करने का अधिकार,
7. अभिव्यक्ति की स्वतंत्रता का अधिकार।

प्रश्न : आम चुनाव से क्या अभिप्राय है, ये कब होते हैं?

उत्तर : आम चुनाव संसद के सदस्यों के लिए कराए जाते हैं। कोई भी व्यक्ति, स्त्री या पुरुष, जो 18 वर्ष या उससे अधिक आयु का है, को मतदान का अधिकार है। मतदान के परिप्रेक्ष्य में धर्म, जाति, वंश आदि के आधार पर कोई भेदभाव नहीं किया जा सकता।

> सपने हमेशा सच नहीं होते, पर जिंदगी तो उम्मीद पर टिकी होती है।
>
> *—रविकिरण शास्त्री*

प्रश्न : भारतीय चुनाव आयोग क्या है?

उत्तर : लोकसभा के सभी चुनाव, राज्य विधायिकाओं के चुनाव, राष्ट्रपति तथा संविधान के अनुसार होनेवाले चुनाव, मतदाता सूचियाँ तैयार करना तथा चुनाव कराना—इन सब कार्यों के पर्यवेक्षण, निर्देशन व नियंत्रण का अधिकार चुनाव आयोग में निहित है।

प्रश्न : राज्यसभा और लोकसभा से क्या अभिप्राय है?

उत्तर : राज्यसभा के दो-तिहाई सदस्य प्रति दो वर्षों में सेवानिवृत्त होते हैं। राज्यसभा में ढाई सौ सदस्य होते हैं, जिनमें राज्यों व केंद्र शासित प्रदेशों के प्रतिनिधि होते हैं और दो सदस्यों को राष्ट्रपति अपने विवेक से मनोनीत करते हैं। ये व्यक्ति कला, साहित्य, संस्कृति, विज्ञान या समाज-सेवा के क्षेत्र के प्रतिष्ठित व्यक्ति होते हैं। यह भारतीय संसद का उच्च सदन है। लोकसभा संसद का निम्न सदन है, जिसमें जनता द्वारा चुने गए प्रतिनिधि होते हैं। इसमें सदस्यों की अधिकतम संख्या 545 होती है। इनमें से 525 प्रतिनिधि राज्यों से निर्वाचित होते हैं और 20 केंद्र शासित प्रदेशों से। लोकसभा की अवधि पाँच वर्ष होती है।

प्रश्न : राष्ट्रपति के अधिकार क्षेत्र क्या हैं?

उत्तर : राष्ट्रपति राज्य का कार्यकारी प्रमुख होता है और उसे कई प्रकार के अधिकार प्राप्त हैं। भारत के राष्ट्रपति को असाधारण स्थितियों से निपटने के लिए संकटकालीन व्यापक अधिकार प्राप्त हैं, जिनमें प्रमुख हैं—

1. कार्यकारी अधिकार,
2. वैधानिक अधिकार,
3. वित्तीय अधिकार,
4. न्यायिक अधिकार,
5. कूटनीतिक अधिकार,
6. आपातकालीन अधिकार।

> वृक्ष अपने सिर पर गरमी सहता है, पर अपनी छाया में दूसरों का ताप दूर करता है।
>
> *—गोस्वामी तुलसीदास*

प्रश्न : उच्च न्यायालय के विषय में आप क्या जानते हैं?

उत्तर : उच्च न्यायालय के न्यायाधीशों की नियुक्ति राष्ट्रपति द्वारा सर्वोच्च न्यायालय के मुख्य न्यायाधीश एवं राज्यपाल की सलाह से की जाती है। इनका कार्यकाल 62 वर्ष की आयु तक होता है।

प्रश्न : क्या भारतीय अर्थव्यवस्था ग्रामीण एवं कृषि पर आधारित अर्थव्यवस्था है?

उत्तर : भारतीय अर्थव्यवस्था प्राथमिक और विकासशील अर्थव्यवस्था है। यहाँ की कुल कार्यशील जनसंख्या का लगभग 58 प्रतिशत भाग आज भी कृषि कार्य में लगा हुआ है। जबकि सकल घरेलू उत्पाद में कृषि का योगदान 22 प्रतिशत है। स्वतंत्रता के 60 वर्ष बाद भी भारत की 58 प्रतिशत श्रमशक्ति कृषि क्षेत्र में लगी हुई है। इसके आधार पर कहा जा सकता है कि भारत की अर्थव्यवस्था अभी भी कृषि-प्रधान ही है।

प्रश्न : कहा जाता है कि भारत की अर्थव्यवस्था मिश्रित अर्थव्यवस्था है। आपकी क्या राय है?

उत्तर : मिश्रित अर्थव्यस्था का अर्थ निजी क्षेत्र तथा सार्वजनिक क्षेत्र के सहअस्तित्व से है। भारत ने अपने स्वातंत्र्योत्तर विकासकाल में इसी अर्थव्यवस्था को अपनाया है, ताकि इसका समाजवादी लक्ष्य पूरा हो सके। अपने संपूर्ण योजनाकाल में सरकार ने लगभग 45 प्रतिशत पूँजी सार्वजनिक क्षेत्र में निवेश की है तथा आर्थिक नियोजन के माध्यम से इसे गति दी जा रही है, परंतु उत्पादन के स्रोतों और साधनों पर आज भी निजी क्षेत्रों का ही वर्चस्व (लगभग 80 प्रतिशत) बना हुआ है। उदारीकरण के बावजूद भारतीय अर्थव्यवस्था पूँजीवादी अर्थव्यवस्था की ओर अग्रसर है।

प्रश्न : संक्षिप्त में बताएँ कि 'रेनेसां' का क्या अर्थ है?

उत्तर : इसका हिंदी रूपांतरण है—'पुनर्जागरण या पुनर्जागृति'। ऐसी कला, जिसका पुनरुत्थान हो, उसे पुनर्जागरण कहते हैं, जो कालजयी प्रतिमानों की खोज

> नेकी से विमुख हो जाना और बदी करना निस्संदेह बुरा है, मगर सामने हँसकर बोलना और पीछे चुगलखोरी करना उससे भी बुरा है।
>
> *—संत तिरुवल्लुवर*

एवं अनुकरण के परिणामस्वरूप होता है। यूरोप में यह 15वीं शताब्दी से आरंभ होकर 17वीं शताब्दी में खत्म हुआ था। यूरोप में इसे साहित्य, कला, चित्रकारी आदि के विकास का स्वर्णयुग माना जाता है।

अभ्यर्थी से अपेक्षाएँ

अब तक हमने इन बिंदुओं पर विचार किया कि साक्षात्कार की प्रक्रिया में अभ्यर्थी को किन-किन बातों को ध्यान में रखना चाहिए। अब एक अन्य पहलू पर विचार करते हैं कि साक्षात्कारकर्ता उम्मीदवार की किन-किन बातों पर विचार करता है?

अभ्यर्थी का चयन इस बिंदु पर निर्भर करता है कि साक्षात्कारकर्ता अभ्यर्थी में सामान्यत: क्या चाहता है? अभ्यर्थी के इंटरव्यू कक्ष में प्रवेश करने से लेकर बाहर निकलने तक साक्षात्कारकर्ता की नजर अभ्यर्थी पर गड़ी रहती है।

साक्षात्कारकर्ता अभ्यर्थी के चरित्र, बुद्धिमत्ता, चातुर्य, स्वभाव, सतर्कता, सूझबूझ, सहनशक्ति, धैर्य, सौम्यता, विचार करने का तरीका, व्यक्तिगत और पारिवारिक स्थिति का गहन अध्ययन करते हैं।

साक्षात्कारकर्ता अभ्यर्थी में किसी भी नई चीज को सीखने की तत्परता का परीक्षण करते हैं। साक्षात्कारकर्ताओं द्वारा समानुरूप शैक्षिक कैरियर (जिस विषय में अभ्यर्थी की योग्यता हो, उसी संकाय में कैरियर निर्माण) पर विशेष ध्यान दिया जाता है।

संवाद के दौरान साक्षात्कारकर्ता यह जानने की कोशिश करते हैं कि अभ्यर्थी किस तथ्य को छिपा रहा है। वे ईमानदार और सच्चे अभ्यर्थी को पसंद करते हैं। वे इस बात पर ध्यान देते हैं कि अभ्यर्थी की अभिव्यक्ति करने की क्षमता कैसी है और वह कैसा व्यवहार कर रहा है।

साक्षात्कारकर्ता ऐसे अभ्यर्थी को पसंद करते हैं, जो आज्ञाकारी हो, अपने दायित्व को समझनेवाला हो, कर्तव्यनिष्ठ हो और मधुर वचन बोलनेवाला हो। इन सब चीजों के अलावा अभ्यर्थी का स्वास्थ्य भी अच्छा होना चाहिए।

> प्रत्येक कार्य अपने समय से होता है, उसमें उतावली ठीक नहीं, जैसे पेड़ में कितना ही पानी डाला जाए, पर फल वह अपने समय से ही देता है।
>
> —वृंद

ऐसे अभ्यर्थी, जिनकी महत्त्वाकांक्षा उच्च पद प्राप्त करने की होती है और वे उस इच्छा को अपने कार्य के प्रति समर्पित होकर पूरा करते हैं, को साक्षात्कारकर्ता प्राथमिकता देते हैं।

जरूरत से ज्यादा चतुराई को साक्षात्कारकर्ता नापसंद करते हैं। वे निरीक्षण करते हैं कि अभ्यर्थी कितना सक्रिय है और कितना दूरदर्शी। किस प्रश्न पर अभ्यर्थी आशंकित होता है और किस प्रश्न पर उसका मस्तिष्क स्थिर रहता है, साक्षात्कारकर्ता इसका गहन निरीक्षण करते हैं।

साक्षात्कारकर्ता संकोची अभ्यर्थी को पसंद नहीं करते, वे इस बात पर गौर करते हैं कि अभ्यर्थी स्वयं को भिन्न-भिन्न हालातों में कैसे ढालता है। अभ्यर्थी की काम के प्रति गंभीरता व समर्पण को वे नोट करते हैं। वे ऐसे अभ्यर्थी को तरजीह देते हैं, जो अच्छी आदतों वाला और सफाई पसंद हो। वे उस अभ्यर्थी को नापसंद करते हैं, जो मुँहफट और ज्यादा बोलनेवाला हो।

साक्षात्कारकर्ता इस बात पर ध्यान देते हैं कि अभ्यर्थी में शब्दों को समझने की शक्ति है अथवा नहीं। साक्षात्कारकर्ता अभ्यर्थी की प्रत्युत्पन्नमति और उसके तत्काल उत्तर दे सकने की क्षमता को भी आँकते हैं। साक्षात्कारकर्ता इस बात का पूरा ध्यान रखते हैं कि अभ्यर्थी साक्षात्कार के दौरान स्वयं को सहज अनुभव करे।

साक्षात्कारकर्ता इस बात का अध्ययन करते हैं कि अभ्यर्थी में योग्यता और क्षमता है कि नहीं। अभ्यर्थी की योग्यता और क्षमता का परोक्ष निरीक्षण साक्षात्कारकर्ता द्वारा किया जाता है। साक्षात्कारकर्ता अपेक्षा करते हैं कि अभ्यर्थी को भाषाओं की अच्छी जानकारी हो।

साक्षात्कारकर्ता चयन करने से पूर्व अभ्यर्थी का निम्न बिंदुओं के अनुसार निरीक्षण करते हैं—

1. बुद्धि, समझ, 2. आत्मविश्वास, 3. विचारों की पूर्ण अभिव्यक्ति, 4. आचरण, 5. अपनी बात समझाने की क्षमता, 6. शैक्षिक जीवन, 7. पहनावा, 8. स्वास्थ्य।

> चापलूसी का जहरीला प्याला आपको तब तक नुकसान नहीं पहुँचा सकता, जब तक कि आपके कान उसे अमृत समझकर पी न जाएँ।
>
> —*प्रेमचंद*

साक्षात्कार में सफलता संबंधी टिप्स

परिश्रम ही सफलता की कुंजी है। जब आप लगन और निष्ठा से किसी काम में जुट जाते हैं तो परिणाम अच्छा ही मिलता है। पढ़ाई के बाद नौकरी करना तो सभी चाहते हैं, पर चयन कुछ ही लोगों का होता है। कुछ बातें ऐसी होती हैं कि जिन पर अमल करके हम हर क्षेत्र में सफल हो सकते है। अगर आप भी इंटरव्यू में सफल होना चाहते हैं तो इस तरह की कुछ साधारण बातों को अपना सकते हैं—

समय का ध्यान रखें

जिंदगी में समय की पाबंदी बहुत जरूरी है। समय से थोड़ा पहले पहुँचने की आदत बनाएँ। यह आदत आपको सफल बनाने में मददगार साबित होगी। इंटरव्यू के लिए समय पर पहुँचना जरूरी है। अगर आप वक्त से कुछ पहले पहुँचते हैं तो अन्य उम्मीदवारों से बातचीत करके इंटरव्यू पैनल और संभावित प्रश्नों की जानकारी लेकर खुद को मानसिक तौर पर तैयार कर सकते हैं।

पहनावे पर ध्यान दें

इंटरव्यू के लिए अपने पहनावे पर खास ध्यान दें। कपड़े साफ-सुथरे और सही ढंग से प्रेस किए हुए पहनें, जो अवसर के अनुकूल हों। आपके बाल अस्त-व्यस्त न हों। युवतियाँ अपने लंबे और खुले बालों को सही ढंग से बाँधकर जाएँ, ताकि बार-बार बाल आगे पीछे करने की जरूरत न पड़े।

अच्छी तैयारी के साथ जाएँ

इंटरव्यू में जाने से पहले संबंधित जॉब के बारे में अच्छी तरह से जान लें। अपने सारे दस्तावेज और प्रमाण-पत्रों की एक कॉपी जरूर रख लें। इंटरव्यू के समय वही प्रमाण-पत्र दें, जो माँगा गया हो, हड़बड़ाहट में कोई दूसरा ही न दे दें। इंटरव्यू से पहले इधर-उधर की बातें न सोचें। सिर्फ संभावित प्रश्नों के बारे में ही

> मानव का मानव होना ही उसकी जीत है, दानव होना हार है और महामानव होना चमत्कार।
>
> *—डॉ. एस. राधाकृष्णन*

सोचें, ताकि जब वे प्रश्न आपसे पूछे जाएँ तो आप बिना किसी हिचक के पूरे आत्मविश्वास के साथ जवाब दे सकें।

साक्षात्कारकर्ता की बात ध्यान से सुनें

इंटरव्यू के समय एकाग्रचित्त रहें। हर प्रश्न को ध्यान से सुनें, ताकि दोबारा पूछने की जरूरत न पड़े। ऐसा करने से आपका प्रभाव हलका पड़ सकता है। कई बार लोग ज्यादा उत्साह में सवाल खत्म होने से पहले ही जवाब देना शुरू कर देते हैं। इससे इंटरव्यू बोर्ड में बैठे लोगों पर बुरा प्रभाव पड़ता है, इसलिए जवाब पूरे आत्मविश्वास के साथ दें। नर्वस न हों, अगर आप अच्छी तैयारी करके जाएँगे तो सफलता जरूर हासिल होगी।

झूठ न बोलें

जिस सवाल का जवाब आपको नहीं मालूम है, उसका उत्तर देने से मना कर दें, बजाय इसके कि आप यह विश्वास दिलाते रहें कि आप उस प्रश्न के बारे में बहुत कुछ जानते हैं। ऐसी स्थिति में आपके चयन की उम्मीद बहुत कम रह जाती है।

सकारात्मक दृष्टिकोण अपनाएँ

इंटरव्यू के दौरान भूलकर भी किसी की आलोचना न करें। अपनी तारीफों के पुल न बाँधें, बल्कि इंटरव्यूकर्ता को ही परखने दें।

आपके हाव-भाव

इंटरव्यू के दौरान सहज रहें। हाथ न हिलाएँ और न ही बार-बार पसीना पोंछे। चेहरे पर हलकी-सी मुसकान काफी प्रभावशाली सिद्ध होगी।

ऊँची आवाज में न बोलें

इंटरव्यू के दौरान तेज आवाज में जवाब न दें और न ही इतना धीमा बोलें कि इंटरव्यू लेनेवाले को सुनाई ही न दे। मधुर आवाज में बड़ी सहजता के साथ

> केवल प्रकाश का अभाव ही अंधकार नहीं, प्रकाश की अति भी मनुष्य की आँखों के लिए अंधकार है।
>
> *—स्वामी रामतीर्थ*

अपना उत्तर दें। जहाँ तक हो सके, नपे-तुले शब्दों में अपनी बात कहें, साक्षात्कार लेनेवाले को भी बोलने का मौका दें, खुद ही न बोलते रहें।

सभी से मुखातिब रहें

इंटरव्यू पैनल में दो या दो से अधिक व्यक्ति होने पर कई तरह के प्रश्न सामने आएँगे। अच्छा यही होगा कि सभी की तरफ मुखातिब होकर नम्रतापूर्वक जवाब दें तथा सभी को उसमें शामिल करें।

बहस न करें

इंटरव्यू के समय बहस न करें, क्योंकि ऐसा करने से आपका आत्मविश्वास या ज्ञान सिद्ध नहीं होगा। आप साक्षात्कारकर्ता को आत्मविश्वास और विनम्रता के साथ अपनी प्रतिभा का विश्वास दिला सकते हैं, न कि बहस करके। अत: वाद-विवाद अथवा बहस से बचें।

सावधानियाँ

सिविल सेवा तथा विभिन्न राज्यों की पी.सी.एस. परीक्षाओं के अंतर्गत प्रारंभिक, मुख्य एवं साक्षात्कार तीन परीक्षाएँ होती हैं। इनमें साक्षात्कार अंतिम एवं सबसे महत्त्वपूर्ण परीक्षा होती है, इसलिए अंतिम रूप से चयन में इसका काफी योगदान होता है। साक्षात्कार के माध्यम से साक्षात्कार बोर्ड वस्तुत: अभ्यर्थी के संपूर्ण व्यक्तित्व की जाँच करता है। बोर्ड के सदस्यगण चाहते हैं कि जिस व्यक्ति के कंधों पर इतनी बड़ी जिम्मेदारी सौंपी जानी है, उसका व्यक्तित्व परिपूर्ण हो, ताकि भविष्य में किसी प्रकार की दिक्कत न आने पाए।

सिविल सेवा के साक्षात्कार में जाने से पूर्व अपनी कमजोरियों का आकलन ईमानदारीपूर्वक करना चाहिए, जैसे—घबराहट, जल्दबाजी एवं अति उत्साह तथा झूठ बोलने से बचना चाहिए। साक्षात्कार में यद्यपि साक्षात्कार मंडल के पास अभ्यर्थी का पूर्ण जीवन-वृत्त (बायोडाटा) होता है, फिर भी वह प्रश्न बोयोडाटा

> प्रलय होने पर समुद्र भी अपनी मर्यादा को छोड़ देते हैं, लेकिन सज्जन लोग महाविपत्ति में भी मर्यादा को नहीं छोड़ते।
>
> *—चाणक्य*

से संबंधित ही पूछता है। इसलिए बायोडाटा से संबंधित प्रत्येक प्रश्न की तैयारी ठीक ढंग से कर लेनी चाहिए।

साक्षात्कार में जाते समय इन सब बातों को ध्यान में रखेंगे तो आप साक्षात्कार मंडल के समक्ष अपने आपको सहज रखकर अच्छा प्रदर्शन कर सकते हैं।

अभ्यास साक्षात्कार

रुचिका : सर, क्या मैं अंदर आ सकती हूँ?

प्लीज कम इन! बैठिए।

रुचिका : धन्यवाद सर, गुड मॉर्निंग।

प्रश्न : रुचिका, आपने अपनी स्कूली एवं स्नातकीय शिक्षा दिल्ली से पूरी की। आप यहीं पली-बढ़ीं। इस प्रकार आप पूरी तरह से दिल्ली वाली हैं। कृपया बताइए आप इस शहर के बारे में क्या सोचती हैं? यहाँ कौन-सी चीज आपको अच्छी लगती है और कौन-सी खराब?

रुचिका : सर, दिल्ली भारत की राजधानी है। इसका अपना एक समृद्ध इतिहास, सामाजिक प्रभाव तथा एक गतिशील अर्थव्यवस्था है। इसके अलावा, यहाँ कई प्रसिद्ध शैक्षणिक संस्थान, मेट्रो जैसी अत्याधुनिक परिवहन प्रणाली तथा ऐतिहासिक धरोहरें हैं, ये सब मिलकर इसे एक वैश्विक शहर बनाते हैं। यहाँ दो बार एशियाई और एक बार कॉमन वेल्थ खेलों का आयोजन हो चुका है। इतनी खूबियों के बावजूद अनियंत्रित प्रदूषण, अव्यवस्थित यातायात तथा कानून एवं व्यवस्था की खराब स्थिति मुझे परेशान करती है।

प्रश्न : दिल्ली के प्रदूषण के लिए कौन-से कारक जिम्मेदार हैं? इस प्रदूषण को कैसे रोका जा सकता है?

रुचिका : दिल्ली में प्रदूषण खतरनाक स्तर तक बढ़ गया है, जिसके लिए परिवहन, औद्योगिक एवं घरेलू क्षेत्र उत्तरदायी हैं। प्रदूषण का सबसे मुख्य कारण वाहनों से होनेवाला प्रदूषण है। दिल्ली में कई लाख निजी व सरकारी वाहन हैं। यहाँ देश के तीनों महानगरों (मुंबई, कोलकाता, चेन्नई) को मिलाकर भी उनसे अधिक वाहन हैं। प्रदूषण की रोकथाम के लिए

> किताबें समय के महासागर में जलदीप की तरह रास्ता दिखाती हैं।
>
> —*अज्ञात*

पर्यावरण के अनुकूल परिवहन के आधुनिक साधन अपनाने चाहिए। इस दिशा में मेट्रो एक सही कदम है। साथ ही सरकारी परिवहन सेवा को भी दुरुस्त करने की आवश्यकता है, ताकि सड़कों से निजी वाहनों का बोझ कम हो सके। इसके अलावा, सी.एन.जी. आधारित वाहनों मोनो रेल, बिजली चालित बसों, कारपूल इत्यादि को प्रोत्साहन दिया जाना चाहिए।

प्रश्न : रुचिका, जी-77 क्या है तथा जलवायु परिवर्तन एवं ग्लोबल वार्मिंग पर इसका रवैया किस प्रकार का है? भारत का रवैया क्या है?

रुचिका : जी-77 विश्व के विकासशील देशों का एक समूह है। यह संगठन हालाँकि संयुक्त राष्ट्र के शेष समूहों की अपेक्षा कम मजबूत है, किंतु विकासशील देशों के हितों को आगे रखनेवाले संयुक्त राष्ट्र में यह सबसे बड़ा समूह है। इसके कार्यालय विश्व के कई शहरों में हैं, जिनमें जेनेवा, नैरोबी, रोम, वियना और वाशिंगटन डी.सी. प्रमुख हैं। जी-77 समूह की मूल स्थापना वर्ष 1964 में 77 देशों ने मिलकर की थी। बाद में बहुत से अन्य देश भी इसके सदस्य बनते गए और वर्तमान में इसकी कुल सदस्य संख्या 130 है, लेकिन इसकी ऐतिहासिक प्रासंगिकता को देखते हुए इसका मूल नाम अभी तक वही जी-77 समूह बनाए रखा गया है। भारत भी इसका सदस्य है। जलवायु परिवर्तन के मुद्दे पर संगठन का कहना है कि इसका भार विश्व के विकसित देशों को उठाना चाहिए तथा उत्सर्जन के मानकों को लागू कर इसमें कटौती करनी चाहिए, विकासशील देशों पर यह भार नहीं डालना चाहिए।

प्रश्न : आप हॉकी खेलती रही हैं? बताइए, भारत की महिला टीम ने अंतिम बार कोई बड़ा हॉकी टूर्नामेंट कब जीता था?

रुचिका : सर, मुझे नहीं मालूम।

प्रश्न : 'सब-प्राइम संकट' के बारे में आप क्या जानती हैं?

रुचिका : सर, अमेरिका में सब-प्राइम ऋण की एक कैटेगरी है। अमेरिका में ऋण को उन पर जोखिम के आधार पर अलग-अलग कैटेगरी में रखा

> यह सच है कि पानी में तैरनेवाले ही डूबते हैं, किनारे पर खड़े रहनेवाले नहीं, मगर किनारे पर खड़े रहनेवाले कभी तैरना भी नहीं सीख पाते।
>
> *—वल्लभभाई पटेल*

गया है। सबसे कम जोखिम वाले ऋण 'प्राइम ऋण' कहलाते हैं। इनके डूबने की संभावना बहुत कम होती है। इससे अधिक जोखिमवाले ऋण 'अल्ट ऋण' कहलाते हैं। सबसे अधिक जोखिम वाले ऋणों को 'सबप्राइम ऋण' कहा जाता है। इनकी ब्याज दरें ऊँची होती हैं। कर्जदाता इन ऋणों को देते समय ऋण क्रेताओं का ज्यादा रिकॉर्ड नहीं देखते। कोई चीज गिरवी रखकर ऋण दे देते हैं। इसके अंतर्गत ही अमेरिका के निवेशक बैंकों ने जमकर ऋण दिए। यह दौर तब शुरू हुआ जब अमेरिका में हाउसिंग बूम आया था, यानी आवास के मूल्य आसमान छू रहे थे। इस स्थिति मे घरों के मालिक अपने घरों को गिरवी रखकर ऋण ले सकते थे। चूँकि घर बनाने में मुनाफा नजर आ रहा था, इसलिए लोग ऋण लेकर घर बनाते थे और इससे अच्छा मुनाफा कमाते थे। हाउसिंग बूम की स्थिति में बैंकों का भी फायदा था। कई बार ऋण लेनेवाले ऋण नहीं भी चुका पाते थे, ऐसे में बैंक उनके गिरवी रखे घर को बेचकर अपना रुपया वसूल लेते थे। इस प्रकार, ऋण लेनेवालों की संख्या लगातार बढ़ती गई। 2005 तक बैंक 635 अरब डॉलर का ऋण दे चुके थे। 2007 तक ये 10 खरब डॉलर तक पहुँच गए। इन ऋणों की ब्याज दरें बाजार पर निर्भर थीं, अत: जैसे-जैसे ऋण लेनेवालों की संख्या में वृद्धि होती गई, ब्याज दरें भी बढ़ती गईं। लेकिन माँग एवं पूर्ति के नियमानुसार घरों के अंधाधुंध निर्माण से घरों की कीमतों में कमी आ गई। घरों की माँग कम होती गई। इस प्रकार घरों को बेचना भी कठिन होता गया या घरों के मालिक मामूली कीमतों पर घर बेचने को मजबूर होते गए। इस स्थिति में ऋण लेनेवाले ऋण चुकाने में असमर्थ हो गए। चूँकि ये ऋण घर गिरवी रखकर लिये गए थे, इसलिए वे पुराना घर भी नहीं बेच सकते थे। परिणामस्वरूप अमेरिका में बैंक डिफाल्टरों की संख्या बढ़ती गई। अंतत: इसका नुकसान बैंकों को ही हुआ। घरों की कीमत घट जाने के कारण अब बैंक घरों को बेचकर भी अपना रुपया नहीं वसूल सकते थे। इस प्रकार हाउसिंग उद्योग 4-5 वर्षों तक अमेरिकी अर्थव्यस्था का केंद्र बना रहा; 2006 से सबप्राइम संकट प्रारंभ हुआ। 100 से अधिक

> श्रद्धा और विश्वास ऐसी जड़ी बूटियाँ हैं कि जो एक बार घोलकर पी लेता है; वह चाहने पर मृत्यु को भी पीछे धकेल देता है।
>
> *—अमृतलाल नागर*

ऋणदाता संस्थानों ने अपने को दिवालिया घोषित करने की अर्जी दे डाली। अमेरिका के बुद्धिजीवियों और मीडिया के एक हिस्से ने इस संकट की ओर बार-बार संकेत किया, लेकिन सरकार ने इसे गंभीरता से नहीं लिया। ऐसे में 15 अगस्त, 2007 को सबप्राइम ऋण पूरी तरह धराशायी हो गए।

इस प्रकार रुचिका का साक्षात्कार समाप्त हुआ। रुचिका ने बहुत अच्छा साक्षात्कार दिया। उसने बोर्ड द्वारा पूछे गए लगभग सभी प्रश्नों के उत्तर अत्यंत आत्मविश्वास के साथ दिए, विशेष रूप से उन प्रश्नों के, जिनमें उनके विचार एवं विवेचन पूछे गए। उन्होंने तर्कपूर्ण उत्तर देकर बोर्ड के सदस्यों को संतुष्ट कर दिया।

सारांश

प्रायः देखा गया है कि अनुभवी व्यक्ति भी साक्षात्कार के नाम से नर्वस हो जाते हैं, फिर पहली बार साक्षात्कार का सामना करनेवाले का घबरा जाना तो स्वाभाविक ही है। किंतु यदि हम पहले से ही तैयार रहें तो किसी भी साक्षात्कार का सामना सफलतापूर्वक कर सकते हैं।

साक्षात्कार बातचीत के रूप में होता है, इसलिए जो घबराहट और अनजान भय है, उसे मन से निकालने का प्रयास करें। आत्मशक्ति उत्पन्न करें। प्रश्नों के उत्तर संयत होकर दें। संक्षिप्त में सारगर्भित उत्तर दें। उत्तरों को अनावश्यक रूप से लंबा करने से बचें। अपने उत्तरों में अपनी योग्यताओं तथा बुद्धिमत्ता को झलकाने का प्रयास करें।

कई उम्मीदवार आत्मविश्वास की कमी के कारण घबरा जाते हैं और सफलता का स्वर्णिम अवसर खो बैठते हैं। साक्षात्कार में सफलता की सबसे महत्त्वपूर्ण शर्त है—आत्मविश्वास। आत्मविश्वास की कमी के कारण मेधावी प्रत्याशी भी प्रायः अपनी योग्यता, ज्ञान व जानकारी का सही प्रदर्शन साक्षात्कार मंडल के सामने नहीं कर पाते हैं।

साक्षात्कार में असफ़लता या आत्मविश्वास की कमी का भय प्रायः उन छात्रों में ज्यादा पाया जाता है, जो पहले कभी असफल हो चुके होते हैं, पर ऐसे

> बीस वर्ष की आयु में व्यक्ति का जो चेहरा होता है, वह प्रकृति की देन है, तीस वर्ष की आयु का चेहरा जिंदगी के उतार-चढ़ाव की देन है, लेकिन पचास वर्ष की आयु का चेहरा व्यक्ति की अपनी कमाई है।
>
> —*अष्टावक्र*

छात्रों को यह बात हमेशा याद रखनी चाहिए कि इस संसार में आज तक ऐसा कोई व्यक्ति हुआ ही नहीं, जिसने कभी असफलता का सामना न किया हो, भले ही आगे चलकर उस व्यक्ति ने अपार सफलता हासिल क्यों न की हो। अतः उम्मीदवारों को चाहिए कि अपने मनोबल को कायम रखें तथा पूर्ण आत्मविश्वास के साथ साक्षात्कार में भाग लें, सफलता अवश्य ही आपके कदमों को चूमेगी। पर इतना निश्चित है कि मन की किसी भी प्रकार की कमजोरी मंजिल तक पहुँचने में बाधक बनेगी।

साक्षात्कार की तैयारी एक दिन, एक रात व एक सप्ताह में नहीं की जा सकती, जैसा कि वर्तमान में अधिकतर उम्मीदवार करते हैं। उचित तो यह होगा कि साक्षात्कार के लिए संभाव्य प्रश्नों की तैयारी करके उनके उत्तरों का मनन करें। प्रतियोगिता परीक्षा से संबंधित विभिन्न पत्र-पत्रिकाएँ हिंदी व अंग्रेजी में निकलती हैं, जिनमें नवीनतम जानकारियाँ भी होती हैं, उन्हें नियमित रूप से पढ़ें। विभिन्न सामाजिक तथा राजनीतिक पत्र-पत्रिकाओं पर भी नजर रखना आवश्यक है। इसके अलावा देश-विदेश की नवीनतम घटनाएँ, सामाजिक, राजनीतिक, वैज्ञानिक एवं आर्थिक गतिविधियों से भी अवगत रहना चाहिए।

साक्षात्कार में यह सोचकर प्रसन्न रहें कि लंबे समय से किए गए परिश्रम तथा तैयारी का प्रमाण प्रस्तुत करने का सही समय आ गया है।

अकसर पूछे जानेवाले प्रश्न

सिविल सेवा परीक्षा में सम्मिलित उम्मीदवारों से ये प्रश्न अकसर पूछे जाते हैं—

- तकनीकी पृष्ठभूमि के बावजूद वे सिविल सेवा में क्यों आना चाहते हैं?
- आपकी रुचि क्या है?
- यदि इस नौकरी के लिए आपका चयन नहीं हुआ तो आप क्या करेंगे?
- अपने किसी कमजोर पक्ष की चर्चा करें?
- पिता की आजीविका क्या है?
- अन्य भाई-बहन क्या करते हैं?

> बेहतर जिंदगी का रास्ता बेहतर किताबों से होकर जाता है।
>
> *—शिल्पायन*

- उम्मीदवार खाली समय का उपयोग कैसे करता है?
- उम्मीवार से कुछ विशेष प्रश्न भी पूछे जाते हैं, जैसे भविष्य की कल्पना क्या है।

यहाँ कुछ बातों का ध्यान अवश्य रखना चाहिए। आवेदन-पत्र में उम्मीदवार से उसकी अभिरुचि, खेलकूद में भागीदारी इत्यादि के संदर्भ में भी जानकारी माँगी जाती है। अपना रोब जमाने के लिए 'क्या शौक है?' के उत्तर में किसी ऐसे खेल का नाम कभी न बताएँ, जिसे आपने कभी खेला ही न हो या किसी ऐसी चीज को अपना शौक न बताएँ, जिसकी आपको तनिक भी जानकारी ही न हो, अन्यथा आरंभ के दो-चार प्रश्नों के उत्तर में ही आपका झूठ सामने आ जाएगा और आपकी छवि धूमिल हो जाएगी। विशेष अभिरुचि का नहीं होना अयोग्यता नहीं है। यदि जीवन परिचय में उम्मीदवार ने खेल का उल्लेख किया है तो उससे खेलों के विभिन्न प्रकार, प्राचीन पुरुष तथा महिला खिलाड़ियों के नाम, खेलों के क्षेत्र में भारत की उपलब्धियाँ, भविष्य में बेहतर उपलब्धियों के लिए सुझाव जैसे प्रश्न अपेक्षित हैं, यदि उम्मीदवार ने विशेष अभिरुचि में अध्ययन का उल्लेख किया है तो उससे पूछा जा सकता है कि उसने कौन-सी पुस्तकें पढ़ी हैं? उसके प्रिय लेखक कौन हैं? प्राचीन लेखन व आधुनिक लेखन में क्या अंतर है? इत्यादि।

समय के पाबंद रहें। साक्षात्कार की पूर्व रात्रि लगातार देर तक जागकर तैयारी करना उचित नहीं है, अतः यथासंभव समय पर सो जाएँ, ताकि साक्षात्कार के दिन स्वयं को तरोताजा महसूस कर सकें।

कभी-कभी साक्षात्कारकर्ता अजीबोगरीब प्रश्न पूछ बैठते हैं। इसमें घबराने की आवश्यकता नहीं है। कई बार ऐसा भी होता है कि सही उत्तर देने पर भी प्रश्न पुनः पूछ लिया जाता है। ऐसी हालत में अपने उत्तर के प्रति पूर्ण रूप से दृढ़ रहें।

साक्षात्कार कक्ष में धूम्रपान करना, पान मसाला खाना, सिर पर हाथ से खुजलाना, उँगलियाँ चटकाना, उबासी लेना, मूँछों पर ताव देना, नाक में उँगली देना, नाखून चबाना इत्यादि से सामनेवालों पर गलत प्रभाव पड़ता है।

अतः जितना हो सके, सामान्य ज्ञान की जानकारी प्राप्त कर लें, उसके बाद निम्न बातों को ध्यान में रखें—

> जिसे पुस्तकें पढ़ने का शौक है, वह सब जगह सुखी रह सकता है।
>
> *—महात्मा गाँधी*

1. दैनिक दिनचर्या में दो समाचार-पत्रों का विस्तृत अध्ययन।
2. मित्रों के साथ सामयिक व तत्कालीन पहलुओं व मुद्दों पर वृहद चर्चा करना। वार्तालाप के समय उच्चारण संबंधी की गई त्रुटियों को दूर करना।
3. शौक व इच्छा के संबंध में किए गए प्रश्नों का संतोषजनक उत्तर देना।
4. अपने जीवन-वृत्त से संबंधित प्रश्नों पर वृहद जानकारी व उत्तर देने का पूर्ण अभ्यास करना।
5. अपनी पृष्ठभूमि से संबंधित विभिन्न संभावित प्रश्नों की तैयारी करना।
6. सामयिक, राष्ट्रीय, अंतरराष्ट्रीय, व्यापारिक, आर्थिक घटनाओं और भारतीय अर्थव्यवस्था पर पड़नेवाले तत्संबंधी प्रभावों की विस्तृत जानकारी रखना।

साक्षात्कार के दिन के लिए कुछ आवश्यक टिप्स

- अभ्यर्थी को शारीरिक व मानसिक रूप से पूर्णतः निश्चिंत रहते हुए सकारात्मक, खुशनुमा स्वभाव व वातावरण बनाए रखना चाहिए।
- साक्षात्कार स्थल पर पहुँचकर अनुशासन का पालन अभ्यर्थी के लिए परम आवश्यक होता है।
- उस दिन का समाचार-पत्र अवश्य पढ़ लेना चाहिए, जिस दिन आप साक्षात्कार के लिए जा रहे हों। राष्ट्रीय और जिस राज्य से आप संबंध रखते हैं उन जगहों की खबरों पर भी आपकी नजर होनी चाहिए।
- बोर्ड के सदस्यों के समक्ष जाने से पहले आपको थोड़ा पानी अवश्य पी लेना चाहिए।
- जब आप साक्षात्कार वाले कमरे के अंदर प्रवेश कर रहे हों, तब सामान्य मुसकान के साथ बोर्ड के अध्यक्ष व सदस्यों का अभिवादन करना न भूलें।
- बैठने की मुद्रा आरामदायक किंतु सतर्क होनी चाहिए और तदुपरांत मुसकान के साथ सामने बैठे हुए बोर्ड सदस्यों व अध्यक्ष की ओर मुखातिब होना चाहिए।

सितारों तक हम भले ही न पहुँच सकें, लेकिन उनकी तरफ निगाह तो रहनी ही चाहिए।

—जवाहरलाल नेहरू

- कभी-कभी साक्षात्कार लेनेवाला अधिकारी ऐसे प्रश्न पूछ लेता है, जो कि अध्ययन किए गए विषयों के अंतर्गत नहीं आता। उदाहरण के लिए, आपसे पूछा जाता है कि आप ऐसे अधिकारी के नीचे काम करेंगे, जो अत्यधिक गुस्सैल और जल्दी ही धैर्य छोड़ देनेवाला व्यक्ति है, क्या आप उसके नीचे काम करना पसंद करेंगे?
- देखा जाए तो यह एक उलझाने वाला प्रश्न है। जाहिर बात है कि गुस्सैल और अधैर्यवान व्यक्ति के साथ कोई भी काम नहीं करना चाहेगा, किंतु यदि आप अपना जवाब नहीं में देते हैं, तो आप अयोग्य सिद्ध होते हैं और यदि हाँ में देते हैं तो आपको ओवर कॉन्फिडेंट समझा जा सकता है।
- साक्षात्कारकर्ता कब क्या प्रश्न पूछ लेगा, यह कहा नहीं जा सकता। कई बार तो आपके किसी जवाब से ही वे एक नया प्रश्न बना लेते हैं। जैसे अगर आपका नाम गोपाल कृष्ण अवधिया है, तो साक्षात्कारकर्ता पूछ लेता है कि 'गोपाल भी कृष्ण होता है और कृष्ण तो कृष्ण ही हैं, फिर आप दो-दो कृष्ण कैसे हुए?'
- इसका जवाब यह हो सकता है, सर, मेरे नाम में 'कृष्ण' संज्ञा अर्थात् नाम बतानेवाला शब्द है, जबकि 'गोपाल' विशेषण अर्थात् संज्ञा की विशेषता बतानेवाला शब्द है, 'गोपाल कृष्ण' का अर्थ है 'गौओं का पालन करने वाला कृष्ण'। इस प्रकार, मैं दो नहीं बल्कि एक ही कृष्ण हूँ।
- यदि पूछा जाए, बगैर गले का जिराफ या बिना सूँड़ का हाथी में से आप क्या बनना पसंद करेंगे? या एक औसत आकार के पहाड़ को एक किलोमीटर तक सरकाने में कितना समय लगेगा? ऐसे प्रश्नों का भला क्या उत्तर दिया जा सकता है।

यह सही बात है कि साक्षात्कार के दौरान कई बार ऐसे अटपटे प्रश्न भी पूछे जाते हैं, जिनका सेवा से कुछ भी लेना-देना नहीं होता। प्रश्न चाहे हमें कितने ही अटपटे से लगें, किंतु साक्षात्कारकर्ता मूर्ख नहीं होता, ऐसे प्रश्न पूछने के पीछे भी उसका कुछ-न-कुछ उद्देश्य होता है। अटपटे प्रश्न पूछकर शायद वह आपकी

> जो यह सोचकर भयभीत रहता है कि कहीं हार न जाए, वह निश्चित रूप से हारेगा।
>
> *—नेपोलियन*

मानसिकता को परखना चाहता हो या फिर आपके भीतर छुपी हुई विशेषताओं को टटोलना चाहता हो। ऐसे प्रश्नों के उत्तर आप किस प्रकार से देते हैं, यही बात साक्षात्कारकर्ता के लिए महत्त्वपूर्ण होती है, न कि प्रश्न का उत्तर, क्योंकि वह भी जानता है कि बेतुके प्रश्न का कोई सही उत्तर नहीं होता। इन प्रश्नों को सुनकर आपकी क्या प्रतिक्रिया है, बस उससे ही साक्षात्कारकर्ता आपके व्यक्तित्व का अनुमान लगा लेता है। वैसे यह भी सही है कि कई बार ऐसे प्रश्न सिर्फ साक्षात्कारदाताओं की संख्या को फिल्टर करने के लिए भी किए जाते हैं। अत: धैर्य तथा संयम के साथ किसी भी प्रश्न का विश्लेषण करने के बाद ही उसका उत्तर देना उचित है।

मूल मंत्र—साक्षात्कार के दौरान पहले 5 मिनट अत्यधिक महत्त्वपूर्ण होते हैं, अधिकतर मामलों में इसी दौरान तय हो जाता है कि आपके कितने अंक आएँगे। इसलिए, बिलकुल सरल व सहज रहें और स्वाभाविक मुसकान के साथ उत्तर दें। विनम्रता और धैर्यपूर्वक 'टू द प्वॉइंट' उत्तर देकर अच्छे अंक लाए जा सकते हैं।

□

नवयुवकों के लिए मेरा संदेश तीन शब्दों में है—परिश्रम, परिश्रम, परिश्रम।

—बिस्मार्क

9

सफलता की कहानियाँ

लक्ष्य पर एकाग्रता से ही विजयश्री मिलती है।

—स्वामी विवेकानंद

सफलता की कहानियाँ हमें अक़सर प्रेरणा देती हैं। इस अध्याय में सिविल सेवा में सफलता हासिल करनेवाले कुछ उम्मीदवारों के अनुभव दिए गए हैं, जो सिविल सेवा में तैयारी करनेवालों को अच्छा मार्गदर्शन देंगे।

संघर्ष ही सफलता

सिविल सेवा में चयनित **नवीन कुमार झा** की कहानी संघर्ष और सफलता की कहानी है। तीसरी बार में चयनित नवीन का मानना है कि यदि आप सामान्य परिवार से हैं, आपकी पृष्ठभूमि सामान्य है, आपके पास पर्याप्त संसाधन नहीं हैं तथा प्रथम प्रयास में सफलता नहीं मिली, तो भी चिंता करने और निराश होने की आवश्यकता नहीं है। संघ लोक सेवा आयोग सिविल सेवा में सफल होने का मौका जरूर देगा। हाँ, जरूरत है तो धैर्य और परिश्रम की।

संघ लोक सेवा आयोग के माध्यम से रेलवे यातायात में ऑफिसर के रूप में चयनित नवीन ने मध्यवर्गीय परिवार की सभी चुनौतियों को स्वीकार करते हुए सफलता पाई। अपनी आवश्यकताओं की पूर्ति के लिए इन्होंने बच्चों को ट्यूशन

पढ़ाया। नवीन के अनुसार, ''मेरी सफलता में मेरे परिवार का बहुत बड़ा हाथ रहा है, खासकर मेरे बड़े भाई का, जो एक प्राइवेट कंपनी में एक्सपोर्ट मैनेजर हैं। मेरी आर्थिक स्थिति बहुत अच्छी नहीं थी। मैं ग्रामीण पृष्ठभूमि से संबंध रखता हूँ, लेकिन मेरे परिवारवालों ने सहयोग में कोई कमी नहीं होने दी।'' प्रथम प्रयास में प्रारंभिक परीक्षा, द्वितीय प्रयास में साक्षात्कार तक और अंतत: तीसरे प्रयास में मेहनत रंग लाई और मैं चुन लिया गया। यद्यपि रैंक कम होने के कारण आई.ए.एस. नहीं मिला। अत: चयन के बाद भी नवीन परीक्षा की तैयारी में लगे हुए हैं। इनका मानना है कि गरीबी और अभाव हमेशा ही पीछे नहीं ले जाते, बल्कि कई बार प्रेरणादायक भी होते हैं। यानी सिविल सेवा के प्रति जज्बा हो तो कोई भी चुनौती व समस्या आड़े नहीं आ सकती और सफलता आपके कदम चूमती है।

नर्स बनी आई.ए.एस.

केरल के एक गाँव के किसान ने एक सपना देखा। सपना था कि उसकी बेटी आई.ए.एस. बने। इसी सपने के साथ उसने अपनी बेटियों को बेहतरीन शिक्षा दी और उस किसान के सपने को उसकी बेटी ने सच कर दिखाया।

जिस लड़की ने अपने पिता के सपने को सच किया, वे हैं **एनीज कनमणि जॉय**, जो कि सिविल **सेवा परीक्षा 2012 पास** करने में कामयाब रहीं। एनीज कनमणि जॉय ने न सिर्फ 2012 में परीक्षा पास की बल्कि 65वाँ रैंक भी हासिल किया।

ऐसा नहीं है कि एनीज ने यह पहली बार किया, 2011 में भी एनीज ने सिविल सेवा परीक्षा पास की थी, लेकिन तब उनका रैंक 580 था। उसी के आधार पर एनीज भारतीय अकांउट सेवा के अंतर्गत ऑफिसर ट्रेनिंग ले रही थीं।

आई.ए.एस. बनने की प्रेरणा कैसे मिली, इस सवाल के जवाब में एनीज कहती हैं, ''बचपन से ही पिताजी ने सपना दिखाया था, लेकिन मैंने बचपन से इसकी तैयारी नहीं की थी। वो तो इंटर्नशिप के बाद मैंने इस इम्तिहान की तैयारी की।''

एनीज पहली नर्स हैं, जो सिविल सेवा परीक्षा पास करने में कामयाब रहीं। क्या उन्हें पता था कि—अगर वे परीक्षा पास कर लेती हैं, तो ऐसा करनेवाली वे पहली महिला होंगी? इस सवाल के जवाब में एनीज कहती हैं, ''जब मैंने तैयारी

> संभव असंभव से पूछता है, 'तुम्हारा निवास स्थान कहाँ है?'
> 'निर्बलों के स्वप्नों में।'
>
> —*रवींद्रनाथ टैगोर*

शुरू की तो मैंने सोचा कि किसी आई.ए.एस. नर्स से सलाह लेनी चाहिए, लेकिन मैं ऐसी किसी नर्स को नहीं ढूँढ़ पाई। हालाँकि मुझे इस बारे में पक्का पता इम्तिहान पास कर लेने के बाद ही चला।''

''ग्रामीण पृष्ठभूमि खास मायने नहीं रखती। मायने रखता है कि आप में कितनी लगन है। वैसे भी मैं केरल से आती हूँ, जहाँ पढ़ाई को बहुत महत्त्व दिया जाता है। यह आपके लिए बड़ी बात हो सकती है कि एक गाँव की लड़की ने इतना बड़ा काम किया, लेकिन मुझे तो सबकुछ साधारण लगता है।''

उनके पिता ने इस खबर पर क्या कहा, इस सवाल के जवाब में एनीज कहती हैं, ''जब मैंने पिताजी को फोन पर बताया तो वे कुछ बोल ही नहीं पाए। हालाँकि मैं उनकी खुशी समझ सकती हूँ।''

एनीज एक खास बात बताना नहीं भूलीं, ''मेरे पिताजी मानते हैं कि पढ़ाई ही वह असल धन है, जो हम अपनी बेटी को दे सकते हैं, भले ही हम किसान परिवार से हैं, लेकिन उन्होंने मुझे बेहतरीन शिक्षा दिलवाई। हमारे क्षेत्र (केरल) में एक और चलन है कि हमारे यहाँ सभी माँ-बाप बच्चों को स्कूल जरूर भेजते हैं।''

एनीज स्वीकार करती हैं कि उन्होंने पिछले दो साल में नौ-नौ घंटों पढ़ाई की है। जब उनसे पूछा गया कि क्या आपको लगता है कि आपने पिछले दो साल में कुछ मिस किया है तो एनीज ने कहा, ''हो सकता है कि कुछ सामाजिक त्योहारों या मुलाकातों से वंचित रही हूँ, लेकिन ऐसा कुछ खास मिस नहीं किया।''

मजदूर से आई.ए.एस. तक

एक दिन वह बच्चा अकाल राहत कार्यस्थल पर मजदूरी कर रहा था, तभी वहाँ कुछ अधिकारी जाँच-पड़ताल करने आए। पता चला कि ये लोग अपनी रिपोर्ट सबसे बड़े अधिकारी (कलेक्टर) को देंगे, उसी दिन उसने ठान लिया कि अब कलेक्टर ही बनना है।

कहने को छोटी-सी मगर बेहद प्रेरक संघर्षगाथा है संघ लोक सेवा आयोग परीक्षा में **110वीं रैंक हासिल करनेवाले 30 वर्षीय हुक्माराम चौधरी** की। वे अपने गाँव के पहले आई.ए.एस. अफसर हैं।

> भाग्य के भरोसे बैठे रहने पर भाग्य सोया रहता है और हिम्मत बाँधकर खड़े होने पर भाग्य भी उठ खड़ा होता है।
>
> —*अज्ञात*

नागौर के छोटे से गाँव भेरुंदा में रहनेवाले हुक्माराम बताते हैं कि पिता अस्थमा के रोगी थे, इसलिए परिवार की जिम्मेदारी बचपन से उनके कंधों पर आ गई।

हुक्माराम स्कूल जाने के साथ खेत सँभालते और गरमी की छुट्टियों में मजदूरी करते थे। विपरीत परिस्थितियों में भी उन्होंने हार नहीं मानी। 12वीं पास की और कॉलेज की पढ़ाई पूरी कर गाँव के बच्चों को ट्यूशन पढ़ाने लगे। एम.एस.सी. की पढ़ाई भी पूरी कर ली।

हालाँकि स्नातक होते–होते हुक्माराम का शिक्षक भर्ती परीक्षा में चयन हो गया था, लेकिन उनका लक्ष्य आई.ए.एस. अफसर बनना था। अत: साल भर दिल्ली में रहकर परीक्षा की तैयारी की और उनकी मेहनत रंग लाई। जब गाँववालों को उनके आई.ए.एस. बनने की खबर लगी, तब पूरे गाँव ने उनके सम्मान में जुलूस निकाला।

हुक्माराम कहते हैं, "लक्ष्य को पाने के लिए ईमानदारी से मेहनत करना जरूरी है।" हुक्माराम ने युवाओं के सामने एक मिसाल कायम की है। मंजिल की राहें कितनी ही कठिन क्यों न हों, मंजिल तक पहुँचने के लिए किया गया कड़ा परिश्रम मंजिल अवश्य दिलाता है।

इरादे पक्के हों तो…

महज 18 साल की उम्र में अपने स्कूल टीचर पिता के आतंकवादियों द्वारा मारे जाने के बावजूद **शाह फैसल** ने हिम्मत नहीं हारी। सिविल सेवा प्रारंभिक परीक्षा के लिए आवेदन करनेवाले कुल 4 लाख, 93 हजार उम्मीदवारों में से अंतिम रूप से चुने जाने वाले 875 अभ्यर्थियों में पहला स्थान हासिल कर फैसल ने अपने पिता को न केवल सच्ची श्रद्धांजलि दी, बल्कि अपनी माँ, जो खुद स्कूल टीचर हैं, के सपने को सच कर दिखाया।

आई.ए.एस. में टॉप करने के अपने राज को खोलते हुए उन्होंने कहा, "मैं लंबे समय से चली आ रही इस धारणा को तोड़ना चाहता था कि कश्मीरी इस परीक्षा को क्वालीफाई नहीं कर सकते। पहली ही बारी में आई.ए.एस. के तिलिस्म को तोड़कर मैंने इस धारणा को झुठला दिया।"

> अपने जीवन का एक लक्ष्य बनाओ और इसके बाद अपना सारा शारीरिक और मानसिक बल, जो ईश्वर ने तुम्हें दिया है, उसमें लगा दो।
>
> — *कार्लाइल*

कामयाबी के मूलमंत्र के सवाल पर फैसल कहते हैं, ''एकाग्रता और समर्पण ही मेरा मूलमंत्र रहा है। भावी प्रतियोगियों को मैं पाँच महत्त्वपूर्ण सुझाव देना चाहूँगा कि भाषा पर पकड़ बनाएँ, हावभाव यानी एक्सप्रेशन संतुलित हों, रचनात्मकता का विकास करें, बहुमुखी ज्ञान का विकास करें, किसी भी मुददे पर निष्पक्ष राय रखें।''

जम्मू-कश्मीर के कुपवाड़ा में सरहद पार से आतंकवादियों की सर्वाधिक घुसपैठ होती है। इसी जिले के सोगम-लोलाब में 17 मई, 1983 को फैसल का जन्म हुआ था। आरंभ से ही होनहार छात्र रहे फैसल ने गवर्नमेंट हाईस्कूल, सोगम से विशष योग्यता के साथ 10वीं पास की। इसके बाद उनका दाखिला श्रीनगर के टाइंडेल बिस्को स्कूल में कराया गया, जहाँ से उन्होंने 12वीं में 500 में से 485 अंक हासिल किए। सरकारी स्कूल में अध्यापक उनके पिता गुलाम रसूल अपने दो होनहार बेटों और एक बेटी के साथ हँसी-खुशी जीवन बिता रहे थे कि अकस्मात् एक दिन जैसे उनके परिवार की खुशी को किसी की नजर लग गई। 3 जुलाई, 2002 की उस काली रात आतंकियों ने उनके दरवाजे पर दस्तक दी और अपने घर में पनाह देने तथा भोजन की व्यवस्था करने की माँग की। गुलाम रसूल मेडिकल एंट्रेंस की तैयारी कर रहे बेटे फैसल की दुहाई देते हुए उनके सामने गिड़गिड़ाते रहे, लेकिन उन्होंने उनकी एक न सुनी और अंततः सबके सामने उन्हें गोली मारकर मौत की नींद सुला दिया। इस हादसे से दहशत में आया उनका परिवार सोगम छोड़कर श्रीनगर आ गया।

पिता की हत्या के एक दिन बाद ही फैसल को मेडिकल एंट्रेंस में सम्मिलित होना था। इस सदमे के बीच ही उन्होंने परीक्षा दी और सभी को आश्चर्य में डालते हुए कामयाबी हासिल की। श्रीनगर के शेरे कश्मीर इंस्टीट्यूट ऑफ मेडिकल साइंसेज कॉलेज से एम.बी.बी.एस. करने के बाद फैसल ने हाउस जॉब न करने का निर्णय लिया। इस दौरान वे सूचना के अधिकार अभियान में भी खूब सक्रिय रहे।

फैसल का मानना रहा है कि अगर आप व्यवस्था में बदलाव चाहते हैं, तो आपको सिविल सेवा जरूर जॉइन करनी चाहिए। उनकी माँ जो खुद भी सरकारी स्कूल में टीचर हैं, कहती हैं, ''आई.ए.एस. के लिए उसमें गजब का जुनून रहा है। वह मुझसे पूछता था कि उसे मेडिकल कॉलेज में क्यों दाखिल कराया? जवाब में

> असफलता से वही अछूता है, जो कोई प्रयास नहीं करता।
>
> *—व्हेटली*

मैं उससे कहती थी कि मैंने ऐसा इसलिए किया, क्योंकि मैं उसका भविष्य सुरक्षित करना चाहती थी। मुझे खुशी है कि उसने अपने सपने को सच कर दिखाया।''

कश्मीर यूनिवर्सिटी द्वारा संचालित सिविल सेवा परीक्षा की कोचिंग में भी उन्होंने टॉप किया। 2009 की सिविल सेवा प्रारंभिक परीक्षा पास करने के बाद मुख्य परीक्षा की तैयारी के लिए वे दिल्ली आ गए।

यह पूछने पर कि उन्होंने आई.ए.एस. टॉप करने के लिए कौन-सी खास रणनीति अपनाई, इसके जवाब में फैसल का कहना था, ''मैं शुरू से ही यही मानकर चला कि सफलता का कोई शॉर्टकट नहीं होता। आपको अपना लक्ष्य पता होना चाहिए और उसके लिए ईमानदारी से परिश्रम करना चाहिए। मैंने यही रणनीति और ट्रिक अपनाई। मैंने ज्यादा देर तक नहीं पढ़ा, पर जो पढ़ा, मन लगाकर पढ़ा। मैं कभी भी लगातार लंबे समय तक नहीं पढ़ता था। मेरा मानना है कि मनोरंजन भी जरूरी चीज है। इसके लिए मैं कश्मीरी संगीत और नुसरत फतेह अली खान को सुनता था।''

श्रीनगर के शेरे कश्मीर इंस्टीट्यूट ऑफ मेडिकल साइंसेज से एम.बी.बी.एस. करनेवाले फैसल से जब पूछा गया कि मेडिकल क्षेत्र में कैरियर बनाने की बजाय उन्होंने प्रशासनिक सेवा में जाने का निर्णय क्यों किया? इसके जवाब में उन्होंने कहा, ''मैंने लोगों की सेवा करने के लिए ही सिविल सेवा में आने का मन बनाया। हालाँकि डॉक्टर बनकर भी मैं यह काम कर सकता था, लेकिन उसका दायरा बहुत सीमित होता। इसके अलावा सिविल सेवा में आने के बाद आप जनता की भलाई को ध्यान में रखते हुए जननीतियों को भी तैयार कर सकते हैं। इस क्षेत्र में प्रवेश करने के बाद लोगों के लिए काम करने की अपार संभावनाएँ रहती हैं।''

फैसल बताते हैं, ''प्रारंभिक परीक्षा में मेरा विषय पब्लिक एडमिनिस्ट्रेशन था, जबकि मुख्य परीक्षा में पब्लिक एडमिनिस्ट्रेशन और उर्दू साहित्य। तैयारी के दौरान मैंने कॉम्प्रिहेंसिव स्टडी पर ध्यान देते हुए भाषा, उच्चारण और कम्युनिकेशन स्किल पर पूरा ध्यान दिया। इसके अलावा जो भी पढ़ा, सभी विषयों में को-रिलेशन का ध्यान रखा।'' एम.बी.बी.एस. के विषय लेने की बजाय नए विषय लेने के बारे में उनका तर्क है कि चूँकि मेरा लक्ष्य आई.ए.एस. था, इसलिए पब्लिक एडमिनिस्ट्रेशन मुझे सही लगा। लोगों के बीच रहकर काम जो करना था,

> चापलूसी करनेवाले से सदा बचे रहो, वह बड़ा भारी चोर होता है। वह तुम्हें मूर्ख बनाकर तुम्हारा समय चुराता है और बुद्धि भी।
>
> *—चाणक्य*

इसलिए यह विषय पूरी तरह प्रासंगिक लगा। इसके अलावा उर्दू से मेरा जज्बाती रिश्ता है। फैज अहमद फैज और इकबाल की शायरी मुझे बहुत पसंद है।''

पीड़ा से मिली प्रेरणा

झुग्गी-झोंपड़ी में अभावों के बीच रहकर पहले ही प्रयास में आप सिविल सर्विसेज एग्जाम में अच्छी रैंक हासिल कर सकते हैं। इसका जीवंत उदाहरण हैं दिल्ली के **हरीश चंद्र**, जो 21 साल की उम्र में ही कॉलेज की लाइब्रेरी, पार्क और लॉन में तैयारी कर ले आए 309वीं रैंक।

''मैं बचपन से अभावों के बीच पला-बढ़ा हूँ। मेरी माँ ने दूसरों के घरों में बर्तन धोकर और मेरे पिता ने दिहाड़ी मजदूरी कर मेरी परवरिश की। जब से मैंने होश सँभाला, अपने माता-पिता और घर की हालत देख मुझे अत्यधिक पीड़ा होती रही है। हालाँकि मैंने कोई चमत्कार होने का सपना नहीं देखा था, लेकिन बारहवीं के बाद जब मैंने हिंदू कॉलेज में प्रवेश लिया, तो जैसे मेरी दुनिया ही बदल गई। एक तरह से कहा जाए, तो यह मेरी जिंदगी का टर्निंग पॉइंट था। दरअसल, हिंदू कॉलेज में शुरुआत से ही मुझे पढ़ाई का बहुत अच्छा माहौल मिला। इससे मेरा आत्मविश्वास कई गुना बढ़ गया। उसी समय से मैं आई.ए.एस. बनने के बारे में सोचने लगा।

''दसवीं तक पढ़ाई के साथ-साथ दुकान में भी काम करता था। इसलिए ठीक से पढ़ाई न हो पाने के कारण बहुत कम मार्क्स आए। बारहवीं में दुकान छोड़कर पढ़ाई के साथ-साथ ट्यूशन पढ़ाने लगा। इससे काफी फायदा पहुँचा और बारहवीं में 80 प्रतिशत अंक आए। कॉलेज में सहपाठी आशु मिश्रा ने मेरी आँखें खोल दीं। इससे पहले मैं खुद को हीन समझता था, लेकिन आशु के जज्बे ने मुझे आगे बढ़ने के लिए काफी प्रेरित किया। आशु नेत्रहीन हैं, इसके बावजूद वह पॉजिटिव अप्रोच रखते हैं और आगे बढ़ रहे हैं। उनसे प्रेरित होकर मैं खुद को आगे बढ़ाने में जुट गया। इसके अलावा रिक्शाचालक के बेटे गोविंद जायसवाल

अपने सामने एक ही साध्य रखना चाहिए। उस साध्य के सिद्ध होने तक दूसरी किसी बात की ओर ध्यान नहीं देना चाहिए। रात-दिन, सपने तक में उसी की धुन रहे, तभी सफलता मिलती है।

—स्वामी विवेकानंद

की सफलता से भी मैं काफी प्रभावित हुआ और मन में यह विश्वास हो गया कि साधनहीन व्यक्ति भी अपने प्रयास से आई.ए.एस. बन सकता है। इसके अलावा मुझे माता, पिता और टीचर का भरपूर सहयोग मिला।

''आर्थिक स्थिति अच्छी न होने की वजह से टुकड़ों में लक्ष्य निर्धारित किया और उसे प्राप्त करने में लग गया। सबसे पहले अपने विषयों पर पकड़ बनाई। इससे कॉन्फिडेंस बढ़ता गया। यूनिवर्सिटी की तरफ से स्कॉलरशिप मिलती थी। इस कारण पढ़ने में अधिक परेशानी नहीं हुई। पैरेंट्स के सहयोग से कुछ अलग करने के लिए उत्साहित हुआ। सबसे पहले बी.ए. की पढ़ाई मन लगाकर की। मुझे बी.ए. में 64 प्रतिशत अंक मिले। बी.ए. में मेरा विषय पॉलिटिकल साइंस और फिलॉसफी था। इन्हीं दो विषयों से आई.ए.एस. बनने का ख्वाब देखने लगा। परीक्षा देने के लिए उम्र कम थी। इसलिए एम.ए. किया और पहले प्रयास में ही जे.आर.एफ. मिल गया।

''आई.ए.एस. की तैयारी के लिए मैं रोज आठ से दस घंटे की पढ़ाई करता था। गंभीर तैयारी एक वर्ष पहले से शुरू कर दी। सबसे पहले पिछले वर्ष के प्रश्नों को देखा और उसी के अनुरूप तैयारी करने लगा। विषयों की तैयारी के लिए समय बाँट लिया। अखबार का रोज अध्ययन करता था। इससे करेंट अफेयर्स की तैयारी में काफी मदद मिली। मैं मानता हूँ कि सिविल सेवा परीक्षा में सफल होने के लिए कोचिंग जरूरी नहीं है। कोचिंग सिर्फ दिशा दे सकती है। सफलता खुद के प्रयास से ही मिलती है। मुझे पतंजलि आई.ए.एस. कोचिंग से दर्शनशास्त्र की तैयारी के लिए दिशा मिली, जिससे मैं बेहतर स्कोर कर सका।''

पहले प्रयास में सफलता

यह मेरा पहला प्रयास था। प्रारंभिक परीक्षा उत्तीर्ण करने के बाद मुख्य परीक्षा की तैयारी में जुट गया। अपनी पढ़ाई घर पर रहकर ही की। खुद को तरोताजा रखने के लिए वॉकिंग करता था। क्वेश्चन बैंक और टीचरों के सहयोग से तैयारी में जुट गया। प्रारंभिक परीक्षा में पॉलिटिकल साइंस और मुख्य परीक्षा में पॉलिटिकल और

> जीवन कितना ही छोटा हो, समय की बरबादी से वह और भी छोटा बन जाता है।
>
> —*जॉनसन*

फिलॉसफी विषय लिए। बी.ए. में ये दोनों विषय पढ़े थे, इसलिए मुख्य परीक्षा में विशेष परेशानी नहीं हुई। मैंने कभी भी अधिक पुस्तकों का अध्ययन नहीं किया। एन.सी.ई.आर.टी. को आधार बनाया। आर्ट्स का छात्र होने की वजह से स्टेटिस्टिक्स में कुछ परेशानियाँ आईं, लेकिन अनवरत अभ्यास से इसमें भी सफल रहा।

साक्षात्कार की बात करें, तो वह लगभग चालीस मिनट चला और काफी सौहार्दपूर्ण रहा। हिंदी माध्यम का छात्र होने की वजह से किसी तरह की परेशानी नहीं हुई। साक्षात्कार में मुझसे बहुत सारे प्रश्नों के अलावा महापुरुषों के जन्मदिन भी पूछे जा रहे थे। मुझसे पूछा गया कि 3 मई को किस महापुरुष का जन्मदिन है। मैं सोच में पड़ गया। बाद में बताया कि मैं नहीं जानता। वे फिर भी दिमाग पर जोर देने की सलाह दे रहे थे। अंत में मैंने उत्तर दिया कि इस दिन मेरा जन्म हुआ था। उत्तर सुनते ही सभी हँस पड़े। उसी समय मुझे महसूस हुआ कि मेरा सलेक्शन इस परीक्षा में हो सकता है। लेकिन 309 रैंक आएगी, यह आशा नहीं थी।

इस परीक्षा में शामिल होने वाले सभी अभ्यर्थियों से यही कहूँगा कि वे वही करें, जिसमें उनकी रुचि हो। पेरेंट्स बच्चों पर अपने विचार न थोपें, बल्कि उन्हें उनकी रुचि के अनुरूप लक्ष्य निर्धारित करने में सहयोग दें। इस मामले में 'थ्री इडियट' बेहतरीन उदाहरण है। आमिर खान ने क्लास में टॉप इसलिए किया, क्योंकि उस क्षेत्र में उनकी रुचि थी। हिंदी माध्यम के छात्र और साधनहीन छात्र भी यदि अपनी रुचि के अनुरूप आई.ए.एस. बनने का लक्ष्य निर्धारित करें, तो सफलता अवश्य मिलती है।

खुद को कर बुलंद इतना...

"कठिन परिश्रम का कोई विकल्प नहीं है। यदि आप आई.ए.एस. की परीक्षा पास करना चाहते हैं, तो आपको जुनूनी और मेहनती होना ही होगा। जिस छात्र में इस तरह के गुण हैं, वे इस परीक्षा में सफल हो सकते हैं", यह कहना है वर्ष 2012 की आई.ए.एस. टॉपर एस. दिव्यदर्शिनी का। डॉ. अंबेडकर लॉ यूनिवर्सिटी, तमिलनाडु से लॉ ग्रेजुएट **दिव्यदर्शिनी** कहती हैं कि आई.ए.एस. में पब्लिक एडमिनिस्ट्रेशन और लॉ विषय थे। दोनों विषयों की तैयारी प्लानिंग के तहत की और निरंतर अपनी कमियों

> समय की प्रतीक्षा सब करते हैं, किंतु उससे लाभ उठाना बुद्धिमानों का ही काम है।
>
> —*उमाशंकर*

को दूर करती रही। इसमें पारिवारिक सदस्यों के साथ ही मेंटर प्रभाकरण सर की अहम भूमिका रही। उन्होंने मुझे काफी सहयोग दिया।

माँ हाउस वाइफ और पिता कस्टम कंसल्टेंट हैं। ग्रेजुएशन के बाद से ही तैयारी के लिए जुट गई थी। साक्षात्कार रजनी राजदान बोर्ड में हुआ, जो काफी शानदार रहा। परीक्षा के बाद सेलेक्ट होने की आशा तो थी, लेकिन टॉप करूँगी, इसकी आशा नहीं की थी। इस परीक्षा की तैयारी कर रहे अभ्यर्थियों से यही कहना चाहती हूँ कि आप खुद को सक्षम मानें तो सफलता आपके पास खुद चलकर आएगी। असफल होने पर घबराएँ नहीं, बल्कि दोगुने प्रयास से मेहनत करें, क्योंकि हो सकता है कि आप अंतिम प्रयास में अपनी मंजिल को प्राप्त कर लें।

प्रॉपर प्लानिंग से मिली कामयाबी

''प्रॉपर प्लानिंग से किसी भी लक्ष्य को प्राप्त किया जा सकता है। यदि आपने अपना लक्ष्य सिविल सर्विसेज बनाया है और उसकी तैयारी के लिए निरंतर पढ़ाई करते हैं, तो कोई कारण नहीं कि आप सफल न हो सकें।'' यह कहना है आई.ए.एस. की परीक्षा में अपने पहले ही प्रयास में 9वीं रैंक **लानेवाले अजय प्रकाश का**। इस परीक्षा की तैयारी और सी-सैट के बारे में उनसे हुई बातचीत के अंश इस प्रकार हैं—

इसकी तैयारी के लिए आदर्श समय क्या है?

सिविल सेवा परीक्षा की तैयारी के लिए आदर्श समय ग्रेजुएशन फाइनल ईयर होता है, उस समय छात्र को वैकल्पिक विषय का चयन कर लेना चाहिए। इस समय छात्र के पास सोचने के लिए काफी वक्त होता है। अत: अपनी कमजोरी और ताकत के हिसाब से विषय का चयन करना चाहिए और हमेशा अपने मन की बात सुननी चाहिए। इससे आत्मविश्वास का स्तर हमेशा बना रहता है।

अपने शैक्षिक बैकग्राउंड के बारे में बताएँ।

मैं बिहार के समस्तीपुर जिले का हूँ। बारहवीं बोकारो से और ग्रेजुएशन डीयू से तथा एम.फिल. जेएनयू से किया। एम.फिल. में एडमिशन के बाद आई.ए.एस. की परीक्षा दी। इस परीक्षा की तैयारी कर रहे छात्र के पास कम-से-कम एक कैरियर

> यदि मन में संकल्प कर लिया जाए, वही घटित होना शुरू हो जाता है।
>
> *—आचार्य रजनीश*

विकल्प अवश्य होना चाहिए। यदि आपके पास एक विकल्प रहता है, तो तैयारी बेहतर तरीके से होती है।

इस परीक्षा की तैयारी के लिए कितने घंटे की पढ़ाई जरूरी होती है?

इसके लिए कोई नियम नहीं है। आप अपनी क्षमता के अनुरूप पढ़ाई कर सकते हैं। मेरी समझ से यदि चार से पाँच घंटे की पढ़ाई आप नियमित करते हैं, तो आप इस परीक्षा में सफल हो सकते हैं। इस परीक्षा में सफल होने के लिए पढ़ाई के घंटों की चिंता करने की अपेक्षा पाठ्यक्रम के अनुरूप पढ़ाई करनी चाहिए। मेरे अनुसार यदि चार से पाँच घंटे की पढ़ाई आप नियमित करते हैं, तो इस परीक्षा में सफल हो सकते हैं।

परीक्षा में आपके वैकल्पिक विषय क्या थे और यह कौन-सा प्रयास था? तैयारी की रणनीति क्या थी?

यह मेरा पहला प्रयास था। वैकल्पिक विषय इंग्लिश लिटरेचर और सोशियोलॉजी था। प्रारंभिक परीक्षा सोशियोलॉजी से दी। तैयारी के लिए सबसे पहले पाठ्यक्रम के अनुरूप बेहतर पुस्तक का चयन किया और उसकी तैयारी के लिए प्रॉपर प्लानिंग की। इसके लिए मैंने एक वर्ष की प्लानिंग की और उसी के अनुरूप सभी विषयों पर समय देते हुए प्रारंभिक परीक्षा, मुख्य परीक्षा और साक्षात्कार की तैयारी की। यदि आपकी प्रारंभिक परीक्षा से पहले ही मुख्य परीक्षा की तैयारी हो जाती है, तो आगे की राह आसान होती है।

सी-सैट आने के बाद अंग्रेजी प्रारंभिक परीक्षा से ही अनिवार्य हो गई है। हिंदी भाषी क्षेत्र के अभ्यर्थी इसकी तैयारी किस तरीके से करें?

अकसर इस तरह की चर्चा होती है कि आई.ए.एस. की परीक्षा में हिंदी माध्यम के अभ्यर्थी को अंग्रेजी में समस्या आती है। इस तरह की बातें सही नहीं हैं। आप साक्षात्कार में अपनी बात हिंदी में रख सकते हैं। आई.ए.एस. परीक्षा में अंग्रेजी का पाठ्यक्रम इस तरह का है कि सिर्फ आपकी अंग्रेजी समझ की जाँच हो सके। इतनी अपेक्षा तो हर सर्विसेज में की जाती है। यदि दसवीं तक की अंग्रेजी अच्छी है और आप लिखने व समझने में समर्थ हैं, तो इस परीक्षा में किसी प्रकार की दिक्कत

> सफलता मिलती है समझदारी और परिश्रम से। यदि तुम्हें आगे बढ़ना है, तो दोनों को अपना लो।
>
> *—महाकवि माघ*

नहीं आएगी। एक आई.ए.एस. से आप भी कम-से-कम इतनी अंग्रेजी की अपेक्षा तो करेंगे ही, क्योंकि उन्हें देश के किसी भी कोने में भेजा जा सकता है।

इस परीक्षा की तैयारी कर रहे अभ्यर्थियों को आप क्या सलाह देंगे?

यदि मन में विश्वास हो और कठिन परिश्रम करने का जुनून हो, तो कोई भी परीक्षा कठिन नहीं होती। आप इस परीक्षा को तभी दें, जब आपकी तैयारी पूरी हो जाए या आप अपनी तैयारी से पूरी तरह संतुष्ट हो जाएँ। यदि कुछ कमी दिखे, तो उसे दूर करने के बाद ही परीक्षा दें, वही बेहतर होगा। यदि आप इस तरह की तैयारी करके परीक्षा देते हैं और अपने पहले प्रयास में पूरी शक्ति लगा देते हैं, तो आपको सफलता अवश्य मिलती है। हालाँकि इस परीक्षा में अभ्यर्थियों को चार (वर्तमान में छह) अवसर मिलते हैं, लेकिन आप अपने पहले अवसर को ही आखिरी मानकर अपना सर्वस्व देंगे, तो आपका चयन अवश्य होगा। अंग्रेजी से भागें नहीं, उसे पढ़ने की कोशिश करें। बिना पढ़े कोई भी भाषा कठिन लगती है, लेकिन पढ़ने के बाद वह काफी आसान हो जाती है।

निरंतर पढ़ाई है सफलता का राज

सफलता राह चलती कोई वस्तु नहीं है, जिसे आसानी से पाया जा सकता है। इसके लिए स्वप्न देखने होते हैं और प्रयास करने होते हैं। यह बात ललित जैन पर सटीक बैठती है, जिन्होंने अभावों से जूझते हुए अपने चौथे प्रयास में संघ लोक सेवा आयोग की परीक्षा में 41वाँ स्थान प्राप्त कर यह साबित कर दिया कि आई.ए.एस. में सफलता कड़ी मेहनत और जुनूनी व्यक्ति को ही मिलती है।

ललित जैन की आरंभिक पढ़ाई खरड़ से चंडीगढ़ सेंट जोंस हाई स्कूल सेक्टर-26 में हुई। उन्होंने पिता के साथ अखबार बेचे व घरों में अखबार पहुँचाए। इस संबंध में ललित जैन से हुई बातचीत के प्रमुख अंश।

आपको सिविल सेवा में जाने की प्रेरणा कैसे मिली?

जहाँ तक प्रेरणा की बात है, मुझे अपनी दादी स्व. विद्यावती जैन व नाना देशराज जैन, जो पी.डब्ल्यू.डी. में अभियंता थे, से प्रेरणा मिली। अफसरी की लत वहीं से लगी। यही कारण है कि मैं बचपन से ही इसके बारे में सोचता रहा और समय आने

> उस व्यक्ति के लिए कुछ भी असंभव नहीं है, जो संकल्प कर सकता है और फिर उस पर अमल कर सकता है, सफलता का यही नियम है।
>
> *—मोराबी*

पर इसकी जमकर तैयारी की। इसके अतिरिक्त समाज सेवा की भावना ने भी प्रेरणा का काम किया।

कुछ अपने बारे में बताएँ।

डी.ए.वी. से विज्ञान में 12वीं की। इंजीनियरिंग में रुचि नहीं थी, इस कारण 75 प्रतिशत अंकों के साथ राजनीति शास्त्र में बी.ए. ऑनर्स किया। इसके बाद एलएलबी. भी की। मैं आरंभ से ही समाज सेवा करना चाहता था। इसी कारण कॉलेज में छात्र नेता भी बना। भाषण प्रतियोगिता में करीब-करीब सौ से अधिक इनाम जीते। अब आई.ए.एस. जैसा प्लेटफॉर्म मिला है। इस माध्यम से मैं बेहतर ढंग से समाज की सेवा कर सकता हूँ।

सफलता का श्रेय किसे देना पसंद करेंगे?

अपनी सफलता का श्रेय ईश्वर के साथ-साथ माता-पिता को ही देना चाहूँगा। इसके बाद मित्रगणों को देना चाहता हूँ। यदि आप मध्यवर्गीय परिवार से हैं, तो इस परीक्षा में आपके धैर्य की परीक्षा होगी। जब-जब आत्मविश्वास डगमगाया, ईश्वर ने दिशा दिखाई।

परीक्षा के लिए कितने घंटे की पढ़ाई की और यह आपका कौन-सा प्रयास था?

इस परीक्षा की तैयारी के लिए नियमित पढ़ाई जरूरी है। मैं आठ से दस घंटे की पढ़ाई करता था और सभी विषयों की तैयारी के लिए समय निर्धारित कर लिया था। आई.ए.एस. में समाजशास्त्र व लोक प्रशासन विषय थे। प्रारंभिक परीक्षा में समाजशास्त्र विषय था। यह मेरा अंतिम प्रयास था। तैयारी के लिए एन.सी.ई.आर.टी. की पुस्तकें, इग्नू के नोट्स, होरोलंबस की पुस्तक, अखबारों आदि का अध्ययन किया। लोक प्रशासन के लिए इग्नू की अध्ययन सामग्री, प्रसाद एंड प्रसाद, माहेश्वरी एंड अवस्थी आदि को खूब पढ़ा। सामान्य अध्ययन के लिए एन.सी.ई.आर.टी. की सभी विषयों की पुस्तकें (11वीं व 12वीं), अखबार, पत्रिकाएँ जैसे—योजना, एन.बी.टी. प्रकाशन की भारतीय संविधान व हमारी संसद (सुभाष कश्यप) का अध्ययन किया।

भावी प्रतियोगियों के लिए कोई संदेश?

कम पढ़ें व बार-बार पढ़ें। कड़ी मेहनत करें, अध्ययन के प्रति सजग रहें और खुद पर विश्वास रखें। अध्ययन के लिए ऐसी नीति बनाएँ, जो आपके लिए

> बच्चों को शिक्षित करना तो जरूरी है ही, उन्हें अपने आप को शिक्षित करने के लिए छोड़ देना भी उतना ही जरूरी है।
>
> *—अर्नेस्ट डिमनेट*

अनुकूल हो। जो पढ़ें, उसकी समीक्षा करें। अपनी कमियों को पहचानें और समय रहते उन्हें दूर करने का प्रयास करें। आर्थिक परेशानियों से न घबराकर उन्हें दूर करने के लिए कठिन मेहनत करें। समस्याएँ सभी के साथ होती हैं, लेकिन समस्याओं से जूझने और उससे निकलने की काबिलियत आप में है। यदि आप खुद को पहचान लेते हैं, तो कोई भी समस्या दीर्घजीवी नहीं होती है।

गुलजार अहमद वानी की कहानी

आई.ए.एस. परीक्षा में अपने पहले ही प्रयास में उत्तीर्ण होने वाले **23 वर्षीय गुलजार अहमद वानी** जम्मू-कश्मीर के बारामुला जिले के वगुरा क्षेत्र में दरवा गाँव के निवासी हैं। बारामुला जिला आतंकियों और भारतीय सुरक्षा बलों के बीच खूनी लड़ाइयों के लिए कुख्यात रहा है। बमुश्किल 100 परिवारों के दरवा गाँव में दैनिक अखबार तथा पत्रिकाएँ भी आसानी से उपलब्ध नहीं हो पाती है और तो और यहाँ शिक्षा-व्यवस्था भी अपर्याप्त है। इन मुश्किल परिस्थितियों के बावजूद गुलजार अहमद वानी ने सिविल सेवक बनने का न सिर्फ ख्वाब देखा बल्कि उस ख्वाब को अपने प्रथम प्रयास में साकार भी किया। उन्होंने संघ लोक सेवा आयोग की सिविल सेवा परीक्षा 2010 में 341वाँ स्थान प्राप्त किया।

गुलजार अहमद वानी के पिता अब्दुल हामिद वानी एक छोटे से व्यापारी हैं। गुलजार अहमद वानी की प्राथमिक शिक्षा गाँव में ही हुई और उसके आगे की पढ़ाई जवाहर नवोदय विद्यालय से की। जवाहर नवोदय विद्यालय में ही उनके भीतर सिविल सेवक बनने की इच्छा जागी।

गुलजार ने बताया कि प्राथमिक विद्यालय के उनके बहुत सारे दोस्त अपनी पढ़ाई जारी नहीं रख पाए, यहाँ तक कि कोई स्नातक तक भी न हीं पहुँच पाया। वे खुद को भाग्यशाली समझते हैं कि उनका चयन जवाहर नवोदय विद्यालय में हुआ, क्योंकि सरकारी खर्च पर वहाँ पढ़ाई के साथ-साथ छात्रावास की भी व्यवस्था थी।

गुलजार अहमद वानी का लक्ष्य शुरुआत से ही निर्धारित था। उनके शब्दों में, ''जम्मू-कश्मीर के शिक्षित लोग एम.बी.बी.एस. या इंजीनियरिंग के अलावा कुछ और नहीं सोच पाते हैं। इस कारण मुझे अपने पिता को सिविल सेवा की तैयारी के लिए काफी समझाना पड़ा था।''

> संसार में जितने प्रकार की प्राप्तियाँ हैं, शिक्षा सबसे बढ़कर है।
>
> —*सूर्यकांत त्रिपाठी निराला*

गुलजार अहमद वानी विधि स्नातक हैं। वे वर्ष 2004 में दिल्ली आए। उन्होंने बताया कि ''जामिया मिलिया इस्लामिया विश्वविद्यालय से बी.ए., एलएलबी (ऑनर्स) ने मुझे संघ लोक सेवा आयोग की परीक्षा हेतु निम्नतम योग्यता दिलाई। मुझे पूरा विश्वास था कि एक दिन मैं सिविल सेवक जरूर बनूँगा।''

गुलजार अहमद वानी ने केरल के अपने एक शिक्षक के प्रति आभार व्यक्त किया, जिन्होंने उनमें नियमित रूप से समाचार-पत्र व पत्रिकाएँ पढ़ने की इच्छा जाग्रत की थी।

आई.ए.एस. बनने की चाहत रखनेवाले युवाओं को गुलजार अहमद वानी ने सिर्फ एक ही सलाह दी, ''अपनी तैयारी को लेकर कोई शक-शंका की गुंजाइश नहीं होनी चाहिए। ध्यान हमेशा केंद्रित होना चाहिए और समाचार-पत्र, पत्रिकाओं तथा इंटरनेट के माध्यम से खुद को करेंट अफेयर्स से रुबरु होते रहना चाहिए। तार्किक क्षमता का विकास और किसी भी मुद्‍दे के बहुआयामी पहलुओं को समझने का कौशल-विकास आई.ए.एस. में सफलता की कुंजी है।''

गुलजार अहमद वानी ने आई.ए.एस. बनने की चाहत रखनेवाले युवाओं को सलाह दी, ''ऐसे मुद्‍दे जो हमारे जीवन, देश या विश्व को प्रभावित करते हैं, वह संघ लोक सेवा आयोग परीक्षा के लिए महत्त्वपूर्ण होते हैं। विज्ञान व तकनीक से संबंधित विकास कार्य भी इसी के अंतर्गत आते हैं और चिकित्सा क्षेत्र से जुड़े ऐसे प्रश्न भी पूछे जा सकते हैं, जिससे संबंधित बीमारियाँ भारत या विश्व के लिए चिंता का विषय हैं। इस कारण एक ऐसा दृष्टिकोण विकसित करें, जो संघ लोक सेवा आयोग परीक्षा की तैयारी के लिए कारगर हो।''

□

यदि हम असफलता से शिक्षा प्राप्त करते हैं, तो वह सफलता ही है।

—मैल्कम फोर्ब्स

10

आओ अभ्यास करें

निरंतर अभ्यास से पंगु भी हिमालय को लाँघ सकता है।

–वेदव्यास

प्रारंभिक परीक्षा–2022

सामान्य अध्ययन प्रश्न–पत्र–1

1. भारत में निम्नलिखित में कौन एक उन फैक्टरियों में जिनमें कामगार नियुक्त हैं, औद्योगिक विवादों, समापनों, छँटनी और कामबंदी के विषय में सूचनाओं को संकलित करता है ?

(a) केंद्रीय सांख्यिकी कार्यालय

(b) उद्योग संवर्धन और आंतरिक व्यापार विभाग

(c) श्रम ब्यूरो

(d) राष्ट्रीय तकनीकी जनशक्ति सूचना प्रणाली

2. भारत में कोयला नियंत्रक संगठन (Coal Controller's Organization (cco) की क्या भूमिका है ?

1. CCO भारत सरकार में कोयला सांख्यिकी का प्रमुख स्रोत है।

2. यह बद्ध कोयलालिग्नाइट खंड के विकास की प्रगति को मॉनीटर करता है।
3. यह कोयलायुक्त क्षेत्रों के अधिग्रहण के संबंध में सरकार की अधिसूचना के प्रति किसी आपत्ति का अनुश्रवण करता है।
4. यह सुनिश्चित करता है कि कोयला खनन कंपनियाँ विहित समय में अंतिम उपभोक्ताओं को कोयला वितरण करें।

नीचे दिए कूट का प्रयोग कर सही उत्तर चुनिए-

(a) 1, 2 और 3 (b) केवल 3 और 4

(c) केवल 1 और 2 (d) 1, 2 और 4

3. यदि किसी विशिष्ट क्षेत्र को भारत के संविधान की पाँचवीं अनुसूची के अधीन लाया जाए, तो निम्नलिखित कथनों में कौन-सा एक, इसके परिणाम को सर्वोत्तम रूप से प्रतिबिंबित करता है?

(a) इससे जनजातीय लोगों की जमीनें गैर जनजातीय लोगों को अंतरित करने पर रोक लगेगी।

(b) इससे उस क्षेत्र में एक स्थानीय स्वशासी निकाय का सृजन होगा।

(c) इससे वह क्षेत्र संघ राज्यक्षेत्र में बदल जाएगा।

(d) जिस राज्य के पास ऐसे क्षेत्र होंगे, उसे विशेष कोटि का राज्य घोषित किया जाएगा।

4. निम्नलिखित कथनों पर विचार कीजिए-
1. भारत स्वच्छता गठबंधन धारणीय स्वच्छता को संवर्धित करने वाला प्लेटफॉर्म है और भारत सरकार तथा विश्व स्वास्थ्य संगठन द्वारा इसका वित्तपोषण होता है।
2. राष्ट्रीय नगर कार्य संस्थान भारत सरकार में आवासन एवं शहरी कार्य मंत्रालय का शीर्षस्थ निकाय है और यह शहरी भारत की चुनौतियों का समाधान करने के नवप्रवर्तक हल उपलब्ध कराता है।

उपर्युक्त कथनों में कौन-सा/से सही है/हैं?

(a) केवल 1 (b) केवल 2

(c) 1 और 2 दोनों (d) न तो 1 न ही 2

5. निम्नलिखित में कौन-सा एक पर्यावरण (संरक्षण) अधिनियम, 1986 के अधीन गठित किया गया है।

(a) केंद्रीय जल आयोग
(b) केंद्रीय भूजल बोर्ड
(c) केंद्रीय भूजल प्राधिकरण
(d) राष्ट्रीय जल विकास अभिकरण

6. "संयुक्त राष्ट्र प्रत्यय समिति (यूनाइटेड नेशंस क्रेडेंशियल्स कमिटी)" के संदर्भ में निम्नलिखित कथनों पर विचार कीजिए।

1. यह संयुक्त राष्ट्र (UN) सुरक्षा परिषद् द्वारा स्थापित समिति है और इसके पर्यवेक्षण के अधीन काम करती है।

2. पारंपरिक रूप से प्रति वर्ष मार्च, जून और सितंबर में इसकी बैठक होती है।

3. यह महासभा को अनुमोदन हेतु रिपोर्ट प्रस्तुत करने से पूर्व सभी UN सदस्यों के प्रत्ययों का आकलन करती है।

उपर्युक्त कथनों में कौन-सा/से सही है/हैं ?

(a) केवल 3 (b) 1 और 3
(c) 2 और 3 (d) 1 और 2

7. निम्नलिखित में से कौन-सा एक कथन 'ध्रुवीय कोड (Polar Code) का सर्वोत्तम वर्णन करता है ?

(a) ध्रुवीय जलराशियों में परिचालन कर रहे जहाजों के लिए यह सुरक्षा का अंतरराष्ट्रीय कोड है।
(b) यह उत्तरी ध्रुव के आसपास के देशों का ध्रुवीय क्षेत्र में अपने राज्यक्षेत्रों के सीमांकन का समझौता है।
(c) यह उत्तरी ध्रुव और दक्षिणी ध्रुव में अनुसंधान करने वाले वैज्ञानिकों के देशों द्वारा अपनाए जानेवाले मानकों का समुच्चय है।
(d) यह आर्कटिक कौंसिल के सदस्य देशों का व्यापारिक और सुरक्षा समझौता है।

8. संयुक्त राष्ट्र महासभा के संदर्भ में, निम्नलिखित कथनों पर विचार कीजिए-

1. UN महासभा, गैर-सदस्य राज्यों को प्रेक्षक स्थिति प्रदान कर सकती है।

2. अंतःसरकारी संगठन UN महासभा में प्रेक्षक स्थिति पाने का प्रयत्न कर सकते हैं।

3. UN महासभा में स्थायी प्रेक्षक UN मुख्यालय में मिशन बनाए रख सकते हैं।

उपर्युक्त कथनों में कौन-से सही हैं ?

(a) केवल 1 और 2 (b) केवल 2 और 3
(c) केवल 1 और 3 (d) 1, 2 और 3

9. भारत में "चाय बोर्ड" के संदर्भ में, निम्नलिखित कथा पर विचार कीजिए-

1. चाय बोर्ड सांविधिक निकाय है।
2. यह कृषि एवं किसान कल्याण मंत्रालय से संलग्न नियामक निकाय है।
3. चाय बोर्ड का प्रधान कार्यालय बेंगलुरु में स्थित है।
4. इस बोर्ड के दुबई और मॉस्को में विदेशी कार्यालय हैं।

उपर्युक्त कथनों में कौन-से सही हैं ?

(a) 1 और 3 (b) 2 और 4
(c) 3 और 4 (d) 1 और 4

10. निम्नलिखित में कौन-सा एक, "ग्रीनवाशिंग" शब्द का सर्वोत्तम वर्णन है ?

(a) मिथ्या रूप से यह प्रभाव व्यक्त करना कि कंपनी के उत्पाद पारिस्थितिक-अनुकूलन (ईको-फ्रेंडली) और पर्यावरणीय रूप से उपयुक्त हैं।
(b) किसी देश के वार्षिक वित्तीय विवरणों में पारिस्थितिक/पर्यावरणीय लागतों को शामिल नहीं करना।
(c) आधारिक संरचना विकसित करते समय अनर्थकारी पारिस्थितिक दुष्परिणामों की उपेक्षा करना।
(d) किसी सरकारी परियोजना/कार्यक्रम में पर्यावरणीय लागतों के लिए अनिवार्य उपबंध करना।

11. निम्नलिखित कथनों पर विचार कीजिए-

1. US फेडरल रिजर्व की सख्त मुद्रा नीति पूँजी पलायन की ओर ले जा सकती है।
2. पूँजी पलायन वर्तमान विदेशी वाणिज्यिक ऋणग्रहण (External Commercial Borrowings (ECBs) वाली फर्मों की ब्याज लागत को बढ़ा सकता है।

3. घरेलू मुद्रा का अवमूल्यन, ECBs से संबद्ध मुद्रा जोखिम को घटाता है।

उपर्युक्त कथनों में कौन-से सही हैं ?

(a) केवल 1 और 2 (b) केवल 2 और 3
(c) केवल 1 और 3 (d) 1, 2 और 3

12. निम्नलिखित राज्यों पर विचार कीजिए-

1. आंध्र प्रदेश 2. केरल
3. हिमाचल प्रदेश 4. त्रिपुरा

उपर्युक्त में से कितने आम तौर पर चाय-उत्पादक राज्य के रूप में जाने जाते हैं ?

(a) केवल एक राज्य (b) केवल दो राज्य
(c) केवल तीन राज्य (d) सभी चारों राज्य

13. निम्नलिखित कथनों पर विचार कीजिए-

1. भारत में साख क्षमता-निर्धारण एजेंसियाँ (क्रेडिट रेटिंग एजेंसीज) भारतीय रिजर्व बैंक द्वारा विनियमित होती हैं।
2. ICRA नाम से जानी जाने वाली क्षमता निर्धारण एजेंसी एक पब्लिक लिमिटेड कंपनी है।
3. ब्रिकवर्क रेटिंग्स एक भारतीय साख क्षमता-निर्धारण एजेंसी है।

उपर्युक्त कथनों में कौन-से सही हैं ?

(a) केवल 1 और 2 (b) केवल 2 और 3
(c) केवल 1 और 3 (d) 1, 2 और 3

14. 'बैंक बोर्ड ब्यूरो (BBB)' के संदर्भ में, निम्नलिखित में कौन-से कथन सही हैं ?

1. RBI का गवर्नर BBB का चेयरमैन होता है।
2. BBB, सार्वजनिक क्षेत्रक बैंकों के अध्यक्षों के चयन के लिए संस्तुति करता है।
3. BBB, सार्वजनिक क्षेत्रक बैंकों को कार्यनीतियों और पूँजी-वर्धन योजनाओं को विकसित करने में मदद करता है।

नीचे दिए कूट का प्रयोग कर सही उत्तर चुनिए-

(a) केवल 1 और 2 (b) केवल 2 और 3
(c) केवल 1 और 3 (d) 1, 2 और 3

15. परिवर्तनीय बॉन्ड के संदर्भ में निम्नलिखित कथनों पर विचार कीजिए-
    1. चूँकि बॉन्ड को इक्विटी के लिए बदलने का विकल्प है। परिवर्तनीय बॉन्ड अपेक्षाकृत ब्याज दर का भुगतान करते हैं।
    2. इक्विटी के लिए बदलने का विकल्प बॉन्डधारक को बढ़ती हुई उपभोक्ता कीमतों से सहलग्नता (इंडेक्सेशन) की मात्रा प्रदान करता है।

    उपर्युक्त कथनों में कौन-सा/से सही है/हैं ?

    (a) केवल 1 (b) केवल 2
    (c) 1 और 2 दोनों (d) न तो 1 न ही 2

16. निम्नलिखित पर विचार कीजिए-
    1. एशियाई अवसंरचना निवेश बैंक (एशियन इंफ्रास्ट्रक्चर इंवेस्टमेंट बैंक)
    2. प्रक्षेपास्त्र प्रौद्योगिकी नियंत्रण व्यवस्था (मिसाइल टेक्नोलॉजी कंट्रोल रिजीम)
    3. शंघाई सहयोग संगठन (शंघाई कोऑपरेशन ऑर्गेनाइजेशन)

    भारत उपर्युक्त में से किसका/किनका सदस्य है ?

    (a) केवल 1 और 2 (b) केवल 3
    (c) केवल 2 और 3 (d) 1, 2 और 3

17. निम्नलिखित कथनों पर विचार कीजिए-
    1. हाल के वर्षों में वियतनाम विश्व में सबसे तेजी से बढ़ती हुई अर्थव्यवस्थाओं में से एक रहा है।
    2. वियतनाम का नेतृत्व बहु-दलीय राजनीतिक प्रणाली द्वारा होता है।
    3. वियतनाम का आर्थिक विकास विश्वव्यापी पूर्ति शृंखलाओं के साथ इसके एकीकरण और निर्यात पर मुख्य ध्यान होने से जुड़ा है।
    4. लंबे समय से वियतनाम की निम्न श्रम लागतों और स्थिर विनिमय दरों ने वैश्विक निर्माताओं को आकर्षित किया है।
    5. हिंद-प्रशांत क्षेत्र का सर्वाधिक उत्पादक e-सेवा सेक्टर वियतनाम में है।

    उपर्युक्त कथनों में कौन-से सही हैं ?

    (a) 2 और 4 (b) 3 और 5
    (c) 1, 3 और 4 (d) 1 और 2

18. भारत में, निम्नलिखित में कौन मुद्रास्फीति को नियंत्रित कर कीमत स्थिरता बनाए रखने के लिए उत्तरदायी है ?
   (a) उपभोक्ता मामले विभाग
   (b) व्यय प्रबंधन आयोग
   (c) वित्तीय स्थिरता और विकास परिषद्
   (d) भारतीय रिजर्व बैंक

19. नॉन-फंजिबल टोकंस [Non-Fungible Tokens (NFTs)] के संदर्भ में, निम्नलिखित कथनों पर विचार कीजिए।
   1. वे भौतिक परिसंपत्तियों के अंकीय निरूपण (डिजिटल रिप्रेजेंटेशन) को सुकर बनाते हैं।
   2. वे अनन्य क्रिप्टोग्राफिक टोकंस हैं जो किसी ब्लॉकचेन में विद्यमान हैं।
   3. उनका तुल्यता पर, व्यापार या विनिमय किया जा सकता है और इसलिए उनका वाणिज्यिक लेन-देन के माध्यम के रूप में इस्तेमाल किया जा सकता है।

   उपर्युक्त कथनों में कौन-से सही है ?
   (a) केवल 1 और 2 (b) केवल 2 और 3
   (c) केवल 1 और 3 (d) 1, 2 और 3

20. निम्नलिखित युग्मों पर विचार कीजिए-

	जलाशय	राज्य
1.	घाटप्रभा	तेलंगाना
2.	गाँधी सागर	मध्य प्रदेश
3.	इंदिरा सागर	आंध्र प्रदेश
4.	मैथोन	छत्तीसगढ़

   उपर्युक्त में से कितने युग्म सही सुमेलित नहीं हैं ?
   (a) केवल एक युग्म (b) केवल दो युग्म
   (c) केवल तीन युग्म (d) सभी चारों युग्म

21. निम्नलिखित कथनों पर विचार कीजिए-
   1. उच्च मेघ मुख्यतः सौर विकिरण को परावर्तित कर भूपृष्ठ को ठंडा करते हैं।
   2. भूपृष्ठ से उत्सर्जित होनेवाली अवरक्त विकिरणों का निम्न मेघ में उच्च अवशोषण होता है और इससे तापन प्रभाव होता है।

उपर्युक्त कथनों में कौन-सा/से सही है/हैं ?

(a) केवल 1 (b) केवल 2

(c) 1 और 2 दोनों (d) न तो 1, न ही 2

22. निम्नलिखित कथनों पर विचार कीजिए-

1. उत्तरी-पश्चिमी केन्या में बीड़ीबीड़ी एक वृहद शरणार्थी बस्ती है।
2. दक्षिण सूडान गृह युद्ध से पलायन किए हुए कुछ लोग बीड़ीबीड़ी में रहते हैं।
3. सोमालिया के गृह युद्ध से पलायन किए हुए कुछ लोग केन्या के ददाब शरणार्थी संकुल में रहते हैं।

उपर्युक्त कथनों में कौन-सा/से सही है/हैं ?

(a) 1 और 2 (b) केवल 2

(c) 2 और 3 (d) केवल 3

23. निम्नलिखित देशों पर विचार कीजिए-

1. आर्मीनिया 2. अजरबैजान
3. क्रोएशिया 4. रोमानिया
5. उज्बेकिस्तान

उपर्युक्त में कौन-से तुर्की राज्यों के संगठन के सदस्य हैं ?

(a) 1, 2 और 4 (b) 1 और 3

(c) 2 और 5 (d) 3, 4 और 5

24. निम्नलिखित कथनों पर विचार कीजिए-

1. गुजरात में भारत का विशालतम सौर पार्क है।
2. केरल में पूर्णतः सौर शक्तिकृत अंतरराष्ट्रीय हवाई अड्डा है।
3. गोवा में भारत की विशालतम तैरती हुई सौर प्रकाश-वोल्टीय परियोजना है।

उपर्युक्त कथनों में कौन-सा/से सही है/हैं ?

(a) 1 और 2 (b) .केवल 2

(c) 1 और 3 (d) केवल 3

25. समुद्री कानून पर संयुक्त राष्ट्र अभिसमय (यूनाइटेड नेशन कन्वेंशन) के संदर्भ में, निम्नलिखित कथनों पर विचार कीजिए-

1. किसी तटीय राज्य को, अपने प्रादेशिक समुद्र की चौड़ाई को, आधार-रेखा से मापित, 12 समुद्र मील से अनधिक सीमा तक अभिसमय के अनुरूप सुस्थापित करने का अधिकार है।
2. सभी राज्यों के, चाहे वे तटीय हों या भू-बद्ध भाग के हों, जहाजों को प्रादेशिक समुद्र से होकर बिना रोक-टोक यात्रा का अधिकार होता है।
3. अनन्य आर्थिक क्षेत्र का विस्तार उस आधार-रेखा से 200 समुद्री मील से अधिक नहीं होगा, जहाँ से प्रादेशिक समुद्र की चौड़ाई मापी जाती है।

उपर्युक्त कथनों में कौन-से सही हैं ?

(a) केवल 1 और 2 (b) केवल 2 और 3
(c) केवल 1 और 3 (d) 1, 2 और 3

26. निम्नलिखित कथनों में कौन-सा एक कभी-कभी समाचारों में उल्लिखित सेंकाकू द्वीप विवाद को सर्वोत्तम रूप में प्रतिबिंबित करता है ?

(a) आम तौर पर यह माना जाता है कि वे दक्षिणी चीन सागर के आसपास किसी देश द्वारा निर्मित कृत्रिम द्वीप हैं।
(b) चीन और जापान के बीच पूर्वी चीन सागर में इन द्वीपों के विषय में समुद्री विवाद होता रहता है।
(c) वहाँ ताइवान को अपनी रक्षा क्षमताओं को बढ़ाने में मदद करने के लिए एक स्थायी अमेरिकी सैन्य अड्डा स्थापित किया गया है।
(d) यद्यपि अंतरराष्ट्रीय न्यायालय ने उन्हें अस्वामिक भूमि घोषित किया है, तथापि कुछ दक्षिण-पूर्वी एशियाई देश उन पर दावा करते हैं।

27. निम्नलिखित युग्मों पर विचार कीजिए-

देश	हाल ही में समाचारों में होने का महत्त्वपूर्ण कारण
1. चाड	चीन द्वारा स्थायी सैन्य बेस की स्थापना
2. गिनी	सेना द्वारा संविधान और सरकार का निलंबन
3. लेबनान	गंभीर और लंबे समय की आर्थिक मंदी
4. ट्यूनीशिया	राष्ट्रपति द्वारा संसद का निलंबन

उपर्युक्त युग्मों में कितने सही सुमेलित हैं ?

(a) केवल एक युग्म (b) केवल दो युग्म
(c) केवल तीन युग्म (d) सभी चारों युग्म

28. निम्नलिखित युग्मों पर विचार कीजिए-

अक्सर समाचारों में उल्लिखित क्षेत्र	देश
1. अनातोलिया	तुर्की
2. आम्हारा	इथियोपिया
3. काबो डेलगादो	स्पेन
4. कातालोनिया	इटली

उपर्युक्त युग्मों में कितने सही सुमेलित हैं ?

(a) केवल एक युग्म (b) केवल दो युग्म
(c) केवल तीन युग्म (d) सभी चारों युग्म

29. वन्यजीव संरक्षण के बारे में भारतीय विधियों के संदर्भ में निम्नलिखित कथनों पर विचार कीजिए-

1. **वन्यजीव एकमात्र सरकार की संपत्ति हैं।**
2. **जब किसी वन्यजीव को संरक्षित घोषित किया जाता है, तो वह जीव चाहे संरक्षित क्षेत्र में हो या उससे बाहर, समान संरक्षण का हकदार है।**
3. **किसी संरक्षित वन्यजीव के मानव जीवन के लिए खतरा बन जाने की आशंका उस जीव को पकड़ने या मार दिए जाने का पर्याप्त आधार है।**

उपर्युक्त कथनों में कौन-सा/से सही है हैं ?

(a) 1 और 2 (b) केवल 2
(c) 1 और 3 (d) केवल 3

30. निम्नलिखित में से किस एक जीव की कुछ प्रजातियाँ कवकों के कृषकों के रूप में जानी जाती हैं ?

(a) चींटी (b) कॉक्रोच
(c) केकड़ा (d) मकड़ी

31. भारत सरकार अधिनियम 1919 में, प्रांतीय सरकार के कार्य "आरक्षित (रिजर्व्ड)" और "अंतरित (ट्रांसफर्ड)" विषयों के अंतर्गत बाँटे गए थे। निम्नलिखित में कौन-से "आरक्षित" विषय माने गए थे ?

1. न्याय प्रशासन 2. स्थानीय स्वशासन
3. भू-राजस्व 4. पुलिस

नीचे दिए कूट का प्रयोग कर सही उत्तर चुनिए-

(a) 1, 2 और 3 (b) 2, 3 और 4
(c) 1, 3 और 4 (d) 1, 2 और 4

32. मध्यकालीन भारत में शब्द "फणम" किसे निर्दिष्ट करता था?

(a) पहनावा (b) सिक्के
(c) आभूषण (d) हथियार

33. निम्नलिखित स्वतंत्रता सेनानियों पर विचार कीजिए-

1. बारींद्र कुमार घोष 2. जोगेश चंद्र चटर्जी
3. रास बिहारी बोस

उपर्युक्त में से कौन गदर पार्टी के साथ सक्रिय रूप से जुड़ा था/जुड़े थे?

(a) 1 और 2 (b) केवल 2
(c) 1 और 3 (d) केवल 3

34. क्रिप्स मिशन के प्रस्तावों के संदर्भ में निम्नलिखित कथनों पर विचार कीजिए-

1. संविधान सभा में प्रांतीय विधान सभाओं और साथ ही भारतीय रियासतों द्वारा नामित सदस्य होंगे।
2. नया संविधान स्वीकार करने के लिए जो भी प्रांत तैयार नहीं होगा, उसे यह अधिकार होगा कि अपनी भावी स्थिति के बारे में ब्रिटेन के साथ अलग संधि पर हस्ताक्षर करे।

उपर्युक्त कथनों में कौन-सा/से सही है/हैं?

(a) केवल 1 (b) केवल 2
(c) 1 और 2 दोनों (d) न तो 1 न ही 2

35. भारतीय इतिहास के संदर्भ में निम्नलिखित मूलग्रंथों पर विचार कीजिए-

1. नेत्तिपकरण
2. परिशिष्टपर्वन
3. अवदानशतक
4. त्रिशष्टिलक्षण महापुराण

उपर्युक्त में कौन-से जैन ग्रंथ हैं?

(a) 1, 2 और 3 (b) केवल 2 और 4
(c) 1,3 और 4 (d) 2, 3 और 4

36. भारतीय इतिहास के संदर्भ में निम्नलिखित युग्मों पर विचार कीजिए-

ऐतिहासिक व्यक्ति	किस रूप में जाने गए
1. आर्यदेव	जैन विद्वान
2. दिग्नाग	बौद्ध विद्वान
3. नाथमुनि	वैष्णव विद्वान

उपर्युक्त युग्मों में से कितने युग्म सही सुमेलित हैं ?

(a) कोई भी युग्म नहीं (b) केवल एक युग्म
(c) केवल दो युग्म (d) सभी तीन युग्म

37. भारतीय इतिहास के संदर्भ में निम्नलिखित कथनों पर विचार कीजिए-
1. भारत पर पहला मंगोल आक्रमण जलालुद्दीन खिलजी के राज्यकाल में हुआ।
2. अलाउद्दीन खिलजी के राज्यकाल में, एक मंगोल आक्रमणकारी दिल्ली तक आ पहुँचा और उस शहर पर घेरा डाल दिया।
3. मुहम्मद-बिन-तुगलक मंगोलों से अपने राज्य के कुछ उत्तरी-पश्चिमी भाग अस्थायी रूप से हार गया था।

उपर्युक्त कथनों में कौन-सा/से सही है/हैं ?

(a) 1 और 2 (b) केवल 2
(c) 1 और 3 (d) केवल 3

38. भारतीय इतिहास के संदर्भ में निम्नलिखित में से कौन "कुलाह-दारन" कहलाते थे ?
(a) अरब व्यापारी
(b) कलंदर
(c) फारसी खुशनवीस
(d) सैयद

39. भारतीय इतिहास के संदर्भ में, निम्नलिखित कथनों पर विचार कीजिए-
1. डच लोगों ने पूर्वी तटीय क्षेत्रों में गजपति शासकों द्वारा प्रदान की गई जमीनों पर अपनी फैक्टरियाँ/गोदाम स्थापित किए।
2. अल्फोंसो दे अलबुकर्क ने बीजापुर सल्तनत से गोआ को छीन लिया था।
3. अंग्रेजी ईस्ट इंडिया कंपनी ने मद्रास में विजयनगर साम्राज्य के एक प्रतिनिधि से पट्टे पर ली गई जमीन के एक प्लॉट पर फैक्टरी स्थापित की थी।

उपर्युक्त कथनों में कौन-से सही है ?

(a) केवल 1 और 2 (b) केवल 2 और 3

(c) केवल 1 और 3 (d) 1, 2 और 3

40. कौटिल्य अर्थशास्त्र के अनुसार निम्नलिखित में कौन-सा सही है ?

1. न्यायिक दंड के परिणामस्वरूप कोई व्यक्ति दास हो सकता था।
2. स्त्री दास अपने मालिक के संसर्ग से पुत्र जनन पर कानूनी तौर पर मुक्त हो जाती थी।
3. यदि स्त्री दास का मालिक उस स्त्री से पैदा हुए पुत्र का पिता हो, तो उस पुत्र को मालिक का पुत्र होने का कानूनी हक मिलता था।

उपर्युक्त कथनों में कौन-से सही हैं ?

(a) केवल 1 और 2 (b) केवल 2 और 3

(c) केवल 1 और 3 (d) 1, 2 और 3

41. निम्नलिखित युग्मों पर विचार कीजिए-

	(अशोक के प्रमुख शिलालेखों के स्थान)	(वह स्थान जिस राज्य में हैं)
1.	धौली	ओडिशा
2.	एर्रगुडी	आंध्र प्रदेश
3.	जौगड़	मध्य प्रदेश
4.	कालसी	कर्नाटक

उपर्युक्त युग्मों में से कितने सही सुमेलित हैं ?

(a) केवल एक युग्म (b) केवल दो युग्म

(c) केवल तीन युग्म (d) सभी चारों युग्म

42. निम्नलिखित युग्मों पर विचार कीजिए-

	(राजा)	(राजवंश)
1.	नान्नुक	चंदेल
2.	जयशक्ति	परमार
3.	नागभट्ट द्वितीय	गुर्जर-प्रतिहार
4.	भोज	राष्ट्रकूट

उपर्युक्त युग्मों में कितने सही सुमेलित हैं ?

(a) केवल एक युग्म (b) केवल दो युग्म

(c) केवल तीन युग्म (d) सभी चारों युग्म

43. प्राचीन दक्षिण भारत में संगम साहित्य के बारे में निम्नलिखित कथनों में कौन-सा एक सही है ?

(a) संगम कविताओं में भौतिक संस्कृति का कोई संदर्भ नहीं है।

(b) वर्ण का सामाजिक वर्गीकरण संगम कवियों को ज्ञात था।

(c) संगम कविताओं में समर शौर्य का कोई संदर्भ नहीं है।

(d) संगम साहित्य में जादुई ताकतों को असंगत बताया गया है।

44. किसके राज्यकाल में "योगवशिष्ठ" का निजामुद्दीन पानीपति द्वारा फारसी में अनुवाद किया गया ?

(a) अकबर (b) हुमायूँ

(c) शाहजहाँ (d) औरंगजेब

45. हाल ही में, हैदराबाद में भारत के प्रधानमंत्री द्वारा रामानुज की आसन मुद्रा में विश्व की दूसरी सबसे ऊँची मूर्ति का उद्घाटन किया गया था। निम्नलिखित कथनों में कौन-सा एक रामानुज की शिक्षाओं को सही निरूपित करता है ?

(a) मोक्ष प्राप्ति का सर्वोत्तम साधन भक्ति था।

(b) वेद शाश्वत, आत्म-प्रतिष्ठित तथा पूर्णतया प्रामाणिक हैं।

(c) तर्कसंगत युक्तियाँ सर्वोच्च आनंद के मौलिक माध्यम थे।

(d) ध्यान के माध्यम से मोक्ष पाया जा सकता था।

46. हाल ही में, प्रधानमंत्री ने वेरावल में सोमनाथ मंदिर के निकट नए सर्किट हाउस का उद्घाटन किया। सोमनाथ मंदिर के बारे में निम्नलिखित कथनों में कौन-से सही हैं ?

1. सोमनाथ मंदिर ज्योतिर्लिंग देव-मंदिरों में से एक है।

2. अल-बरूनी ने सोमनाथ मंदिर का वर्णन किया है।

3. सोमनाथ मंदिर की प्राण प्रतिष्ठा (आज के मंदिर की स्थापना) राष्ट्रपति एस. राधाकृष्णन द्वारा की गई थी।

नीचे दिए कूट का प्रयोग कर सही उत्तर चुनिए-

(a) केवल 1 और 2 (b) केवल 2 और 3

(c) केवल 1 और 3 (d) 1, 2 और 3

47. निम्नलिखित कथनों में कौन-सा एक मानव शरीर में B कोशिकाओं और T कोशिकाओं की भूमिका का सर्वोत्तम वर्णन है ?

(a) वे शरीर को पर्यावरणीय प्रर्ज्यूजकों (एलर्जनों) से संरक्षित करती हैं।

(b) वे शरीर के दर्द और सूजन का अपशमन करती हैं।

(c) वे शरीर में प्रतिरक्षा-निरोधकों की तरह काम करती हैं।
(d) वे शरीर को रोगजनकों द्वारा होने वाले रोगों से बचाती हैं।

48. निम्नलिखित कथनों पर विचार कीजिए-

1. **परासूक्ष्मकण (नैनोपार्टिकल्स), मानव-निर्मित होने के सिवाय, प्रकृति में अस्तित्व में नहीं हैं।**
2. **कुछ धात्विक ऑक्साइडों के परासूक्ष्मकण, प्रसाधन-सामग्री (कॉस्मेटिक्स) के निर्माण में काम आते हैं।**
3. **कुछ वाणिज्यिक उत्पादों के परासूक्ष्मकण, जो पर्यावरण में आ जाते हैं, मनुष्यों के लिए असुरक्षित हैं।**

उपर्युक्त कथनों में कौन-सा/से सही है/हैं ?

(a) केवल (b) केवल 3
(c) 1 और 2 (d) 2 और 3

49. निम्नलिखित कथनों पर विचार कीजिए-

DNA बारकोडिंग किसका उपसाधन हो सकता है ?

1. **किसी पादप या प्राणी की आयु का आकलन करने के लिए**
2. **समान दिखने वाली प्रजातियों के बीच भिन्नता जानने के लिए**
3. **प्रसंस्कृत खाद्य पदार्थों में अवांछित प्राणी या पादप सामग्री को पहचानने के लिए**

उपर्युक्त कथनों में कौन-सा/से सही है/हैं ?

(a) केवल 1 (b) केवल 3
(c) 1 और 2 (d) 2 और 3

50. निम्नलिखित पर विचार कीजिए-

1. **कार्बन मोनोक्साइड** 2. **नाइट्रोजन ऑक्साइड**
3. **ओजोन** 4. **सल्फर डाईऑक्साइड**

वातावरण में उपर्युक्त में से किसकी/किनकी अधिकता होने से अम्ल वर्षा होती है ?

(a) 1, 2 और 3 (b) केवल 2 और 4
(c) केवल 4 (d) 1, 3 और 4

51. "त्वरित वित्तीयन प्रपत्र (Rapid Financing Instrument)" और "त्वरित ऋण सुविधा (Rapid Credit Facility)", निम्नलिखित में किस एक के द्वारा उधार दिए जाने के उपबंधों से संबंधित हैं ?

(a) एशियाई विकास बैंक
(b) अंतरराष्ट्रीय मुद्रा कोष
(c) संयुक्त राष्ट्र पर्यावरण कार्यक्रम वित्त पहल
(d) विश्व बैंक

52. भारतीय अर्थव्यवस्था के संदर्भ में निम्नलिखित कथनों पर विचार कीजिए-

1. अंकित प्रभावी विनिमय दर [Nominal Effective Exchange Rate (NEER)] में वृद्धि रुपए की मूल्यवृद्धि को दर्शाती है।

2. वास्तविक प्रभावी विनिमय दर [Real Effective Exchange Rate (REER)] में वृद्धि व्यापार प्रतिस्पर्धात्मकता में सुधार को दर्शाती है।

3. अन्य देशों में मुद्रा स्फीति के सापेक्ष घरेलू मुद्रा स्फीति में बढ़ने की प्रवृत्ति NEER और REER के बीच में वर्धमान अपसरण उत्पन्न कर सकता है।

उपर्युक्त कथनों में कौन-से सही हैं?

(a) केवल 1 और 2 (b) केवल 2 और 3
(c) केवल 1 और 3 (d) 1, 2 और 3

53. भारतीय अर्थव्यवस्था के संदर्भ में निम्नलिखित कथनों पर विचार कीजिए-

1. यदि मुद्रा स्फीति अत्यधिक है, तो भारतीय रिजर्व बैंक (RBI) संभावित रूप से सरकारी प्रतिभूतियाँ खरीद सकता है।

2. यदि रुपए का तेजी से मूल्य ह्रास हो रहा है, तो RBI बाजार में डॉलरों का संभावित रूप से विक्रय कर सकता है।

2. यदि USA या यूरोपीय संघ में ब्याज दरें गिरती होतीं, तो इससे संभावित रूप से RBI की डॉलरों की खरीद प्रेरित हो सकती है।

उपर्युक्त कथनों में कौन-से सही हैं?

(a) केवल 1 और 2 (b) केवल 2 और 3
(c) केवल 1 और 3 (d) 1, 2 और 3

54. "G20 कॉमन फ्रेमवर्क" के संदर्भ में निम्नलिखित कथनों पर विचार कीजिए-

1. यह G20 और उसके साथ पेरिस क्लब द्वारा समर्थित पहल है।
2. यह अधारणीय ऋण वाले निम्न आय देशों को सहायता देने की पहल है।

उपर्युक्त कथनों में कौन-सा/से सही है/हैं ?

(a) केवल 1 (b) केवल 2

(c) 1 और 2 दोनों (d) न तो 1, न ही 2

55. भारतीय अर्थव्यवस्था के संदर्भ में, "मुद्रा स्फीति-सहलग्न बॉन्ड (Inflation-Indexed Bonds (IIBs)]" के क्या लाभ हैं ?

1. सरकार IIBs के रूप में अपने ऋणग्रहण पर कूपन दरों को कम कर सकती है।
2. IIBs निवेशकों को मुद्रा स्फीति के बारे में अनिश्चितता से सुरक्षा प्रदान करते हैं।
3. IIBs पर प्राप्त ब्याज और साथ ही साथ पूँजीगत लाभ कर-योग्य नहीं होते।

उपर्युक्त कथनों में कौन-से सही हैं ?

(a) केवल 1 और 2 (b) केवल 2 और 3

(c) केवल 1 और 3 (d) 1, 2 और 3

56. भारत में कार्य कर रही विदेशी स्वामित्व की e-वाणिज्य फर्मों के संदर्भ में निम्नलिखित कथनों में कौन-सा/से सही है/हैं ?

1. अपने प्लेटफॉर्मों को बाजार-स्थान के रूप में प्रस्तुत करने के अतिरिक्त वे स्वयं अपने माल का विक्रय भी कर सकते हैं।
2. वे अपने प्लेटफॉर्मों पर किस अंश तक बड़े विक्रेताओं को स्वीकार कर सकते हैं, यह सीमित है।

नीचे दिए कूट का प्रयोग कर सही उत्तर चुनिए-

(a) केवल 1 (b) केवल 2

(c) 1 और 2 दोनों (d) न तो 1, न ही 2

57. निम्नलिखित में कौन-कौन से कार्यकलाप अर्थव्यवस्था में वास्तविक क्षेत्रक (रियल सेक्टर) का निर्माण करते हैं ?

1. किसानों का अपनी फसलें काटना।
2. कपड़ा मिलों का कच्चे कपास को कपड़े में बदलना।

3. किसी वाणिज्यिक बैंक का किसी व्यापारी कंपनी को धनराशि उधार देना।
4. किसी कॉर्पोरेट निकाय का विदेश में रुपया-अंकित मूल्य के बॉन्ड जारी करना।

नीचे दिए कूट का प्रयोग कर सही उत्तर चुनिए-

(a) केवल 1 और 2 (b) केवल 2, 3 और 4
(c) केवल 1, 3 और 4 (d) 1, 2, 3 और 4

58. भारत के संदर्भ में हाल ही में जनसंचार माध्यमों में अकसर चर्चित "अप्रत्यक्ष अंतरण" को निम्नलिखित में कौन-सी एक स्थिति सर्वोत्तम रूप से प्रतिबिंबित करती है?

(a) कोई भारतीय कंपनी, जिसने किसी विदेशी उद्यम में निवेश किया हो और अपने निवेश पर मिलने वाले लाभ पर उस बाहरी देश को कर अदा करती हो।
(b) कोई विदेशी कंपनी, जिसने भारत में निवेश किया हो और अपने निवेश से मिलने वाले लाभ पर अपने आधारभूत देश को कर अदा करती हो।
(c) कोई भारतीय कंपनी, जो किसी बाहरी देश में मूर्त संपत्ति खरीदती है और उनका मूल्य बढ़ने पर उन्हें बेच देती है तथा प्राप्ति को भारत में अंतरित कर देती है।
(d) कोई विदेशी कंपनी शेयर अंतरित करती है और ऐसे शेयर भारत में स्थित परिसंपत्तियों से अपना वस्तुगत मूल्य व्युत्पन्न करते हैं।

59. किसी संगठन या कंपनी द्वारा किए गए व्यय के संदर्भ में, निम्नलिखित कथनों में कौन-सा/से सही है/हैं?

1. **नई प्रौद्योगिकी प्राप्त करना पूँजीगत व्यय है।**
2. **ऋण वित्तीयन को पूँजीगत व्यय माना जाता है, जबकि इक्विटी वित्तीयन को राजस्व व्यय माना जाता है।**

नीचे दिए कूट का प्रयोग कर सही उत्तर चुनिए-

(a) केवल 1 (b) केवल 2
(c) 1 और 2 दोनों (d) न तो 1, न ही 2

60. भारतीय अर्थव्यवस्था के संदर्भ में निम्नलिखित कथनों पर विचार कीजिए-

1. **घरेलू वित्तीय बचत का एक भाग सरकारी ऋणग्रहण के लिए जाता है।**

2. नीलामी में बाजार-संबंधित दरों पर जारी दिनांकित प्रतिभूतियाँ, आंतरिक ऋण का एक बड़ा घटक होती हैं।

उपर्युक्त कथनों में कौन-सा/से सही है/हैं?

(a) केवल 1 (b) केवल 2

(c) 1 और 2 दोनों (d) न तो 1, न ही 2

61. निम्नलिखित फसलों में कौन-सी एक मीथेन और नाइट्रस ऑक्साइड दोनों का सर्वाधिक महत्त्वपूर्ण मानवोद्भवी स्रोत है?

(a) कपास (b) धान

(c) गन्ना (d) गेहूँ

62. कृषि की "धान गहनता प्रणाली" का, जिसमें धान के खेतों का बारी-बारी से क्लेदन और शुष्कन किया जाता है, क्या परिणाम होता है?

1. बीज की कम आवश्यकता
2. मेथैन का कम उत्पादन
3. बिजली की कम खपत

नीचे दिए कूट का प्रयोग कर सही उत्तर चुनिए-

(a) केवल 1 और 2 (b) केवल 2 और 3

(c) केवल 1 और 3 (d) 1, 2 और 3

63. पश्चिम अफ्रीका की निम्नलिखित झीलों में कौन-सी एक सूखकर मरुस्थल में बदल गई है?

(a) लेक विक्टोरिया (b) लेक फागुबिन

(c) लेक ओगुटा (d) लेक वोल्टा

64. दक्षिण भारत की गंडिकोटा घाटी (कैन्यन) निम्नलिखित नदियों में से किस एक से निर्मित हुई है?

(a) कावेरी (b) मंजिरा

(c) पेन्नार (d) तुंगभद्रा

65. निम्नलिखित युग्मों पर विचार कीजिए-

	शिखर	पर्वत
1.	नामचा बरवा	गढ़वाल हिमालय
2.	नंदा देवी	कुमाऊँ हिमालय
3.	नोकरेक	सिक्किम हिमालय

उपर्युक्त युग्मों में कौन-सा/से सही सुमेलित है/हैं ?

(a) 1 और 2 (b) केवल 2

(c) 1 और 3 (d) केवल 3

66. अक्सर समाचारों में सुनाई देने वाला शब्द "लिवेंट" मोटे तौर पर निम्नलिखित में से किस क्षेत्र से संगत है ?

(a) पूर्वी भूमध्यसागरीय तट के पास का क्षेत्र

(b) उत्तरी अफ्रीकी तट के पास का मिस्र से मोरक्को तक फैला क्षेत्र

(c) फारस की खाड़ी और अफ्रीका के शृंग (हॉर्न ऑफ अफ्रीका) के पास का क्षेत्र

(d) भूमध्य सागर के संपूर्ण तटवर्ती क्षेत्र

67. निम्नलिखित देशों पर विचार कीजिए-

1. अजरबैजान **2. किर्गीस्तान**

3. ताजिकिस्तान **4. तुर्कमेनिस्तान**

5. उज्बेकिस्तान

उपर्युक्त में से किनकी सीमाएँ अफगानिस्तान के साथ लगती हैं ?

(a) केवल 1, 2 और 5

(b) केवल 1, 2, 3 और 4

(c) केवल 3, 4 और 5

(d) 1, 2, 3, 4 और 5

68. भारत के संदर्भ में निम्नलिखित कथनों पर विचार कीजिए-

1. मोनाजाइट दुर्लभ मृदाओं का स्रोत है।

2. मोनाजाइट में थोरियम होता है।

3. भारत की समस्त तटवर्ती बालुकाओं में मोनाजाइट प्राकृतिक रूप में होता है।

4. भारत में, केवल सरकारी निकाय ही मोनाजाइट संसाधित या निर्यात कर सकते हैं।

उपर्युक्त कथनों में कौन-से सही हैं ?

(a) केवल 1, 2 और 3 (b) केवल 1, 2 और 4

(c) केवल 3 और 4 (d) 1, 2, 3 और 4

69. उत्तरी गोलार्ध में, वर्ष का सबसे लंबा दिन आम तौर पर कब होता है ?
   (a) जून महीने का पहला पखवाड़ा
   (b) जून महीने का दूसरा पखवाड़ा
   (c) जुलाई महीने का पहला पखवाड़ा
   (d) जुलाई महीने का दूसरा पखवाड़ा

70. निम्नलिखित युग्मों पर विचार कीजिए-

	(आर्द्रभूमि/झील)	(अवस्थान)
1.	होकेरा आर्द्रभूमि	पंजाब
2.	रेणुका आर्द्रभूमि	हिमाचल प्रदेश
3.	रुद्रसागर झील	त्रिपुरा
4.	सस्थाम्कोत्ता झील	तमिलनाडु

   उपर्युक्त युग्मों में कितने सही सुमेलित हैं ?
   (a) केवल एक युग्म (b) केवल दो युग्म
   (c) केवल तीन युग्म (d) सभी चारों युग्म

71. निम्नलिखित कथनों पर विचार कीजिए-
   1. एच. एन. सान्याल समिति की रिपोर्ट के अनुसरण में, न्यायालय की अवमानना अधिनियम, 1971 पारित किया गया था।
   2. भारत का संविधान उच्चतम न्यायालय और उच्च न्यायालयों को, अपनी अवमानना के लिए दंड देने हेतु शक्ति प्रदान करता है।
   3. भारत का संविधान सिविल अवमानना और आपराधिक अवमानना को परिभाषित करता है।
   4. भारत में, न्यायालय की अवमानना के विषय में कानून बनाने के लिए संसद में शक्ति निहित है।

   उपर्युक्त कथनों में कौन-सा/से सही है/हैं ?
   (a) केवल 1 और 2 (b) 1, 2 और 4
   (c) केवल 3 और 4 (d) केवल 3

72. भारत के संदर्भ में निम्नलिखित कथनों पर विचार कीजिए-
   1. सरकारी विधि अधिकारी और विधिक फर्म अधिवक्ता के रूप में मान्यता प्राप्त हैं, किंतु कॉर्पोरेट वकील और पेटेंट न्यायवादी अधिवक्ता की मान्यता से बाहर रखे गए हैं।

2. विधिज्ञ परिषदों (बार कौंसिलों) को विधिक शिक्षा और विधि महाविद्यालयों की मान्यता के बारे में नियम अधिकथित करने की शक्ति है।

उपर्युक्त कथनों में कौन-सा/से सही है/हैं ?

(a) केवल 1 (b) केवल 2

(c) 1 और 2 दोनों (d) न तो 1, न ही 2

73. निम्नलिखित कथनों पर विचार कीजिए-

1. किसी संविधान संशोधन विधेयक को भारत के राष्ट्रपति की पूर्व सिफारिश की अपेक्षा होती है।
2. जब कोई संविधान संशोधन विधेयक भारत के राष्ट्रपति के समक्ष प्रस्तुत किया जाता है, तो भारत के राष्ट्रपति के लिए यह बाध्यकर है कि वे अपनी अनुमति दें।
3. संविधान संशोधन विधेयक लोक सभा और राज्य सभा दोनों द्वारा विशेष बहुमत से पारित होना ही चाहिए और इसके लिए संयुक्त बैठक का कोई उपबंध नहीं है।

उपर्युक्त कथनों में कौन-से सही हैं ?

(a) केवल 1 और 2

(b) केवल 2 और 3

(c) केवल 1 और 3

(d) 1, 2 और 3

74. निम्नलिखित कथनों पर विचार कीजिए-

1. भारत का संविधान मंत्रियों को चार श्रेणियों, अर्थात् कैबिनेट मंत्री, स्वतंत्र प्रभार वाले राज्यमंत्री, राज्यमंत्री और उपमंत्री में वर्गीकृत करता है।
2. संघ सरकार में मंत्रियों की कुल संख्या, प्रधानमंत्री को मिलाकर, लोक सभा के कुल सदस्यों के 15% से अधिक नहीं होनी चाहिए।

उपर्युक्त कथनों में कौन-सा से सही है/हैं ?

(a) केवल 1 (b) केवल 2

(c) 1 और 2 दोनों (d) न तो 1, न ही 2

75. निम्नलिखित में कौन-सी लोक सभा की अनन्य शक्ति (याँ) है/हैं ?
    1. आपात की उद्‌घोषणा का अनुसमर्थन करना
    2. मंत्रिपरिषद के विरुद्ध अविश्वास प्रस्ताव पारित करना
    3. भारत के राष्ट्रपति पर महाभियोग चलाना

    नीचे दिए कूट का प्रयोग कर सही उत्तर चुनिए-

    (a) 1 और 2 (b) केवल 2
    (c) 1 और 3 (d) केवल 3

76. भारत में दल-बदल विरोधी कानून के संदर्भ में, निम्नलिखित कथनों पर विचार कीजिए-
    1. यह कानून विनिर्दिष्ट करता है कि कोई नामनिर्दिष्ट विधायक सदन में नियुक्त होने के छह मास के अंदर किसी राजनीतिक दल में शामिल नहीं हो सकता।
    2. यह कानून कोई समयावधि नहीं देता जिसके अंदर पीठासीन अधिकारी को दल-बदल मामला विनिश्चित करना होता है।

    उपर्युक्त कथनों में कौन-सा/से सही है/हैं ?

    (a) केवल 1 (b) केवल 2
    (c) 1 और 2 दोनों (d) न तो 1, न ही 2

77. निम्नलिखित कथनों पर विचार कीजिए-
    1. भारत का महान्यायवादी और भारत का सॉलिसिटर जनरल ही सरकार के एकमात्र अधिकारी हैं जिन्हें भारत की संसद की बैठकों में भाग लेने की अनुमति है।
    2. भारत के संविधान के अनुसार, भारत का महान्यायवादी अपना त्यागपत्र दे देता है, जब वह सरकार जिसने उसको नियुक्त किया था, इस्तीफा देती है।

    उपर्युक्त कथनों में कौन-सा/से सही है/हैं ?

    (a) केवल 1 (b) केवल 2
    (c) 1 और 2 दोनों (d) न तो 1, न ही 2

78. भारत के न्यायालयों द्वारा जारी रिटों के संदर्भ में, निम्नलिखित कथनों पर विचार कीजिए-
    1. किसी प्राइवेट संगठन के विरुद्ध, जब तक कि उसको कोई सार्वजनिक कार्य नहीं सौंपा गया हो, परमादेश (मैंडेमस) नहीं होगा।

2. किसी कंपनी के विरुद्ध, भले ही वह कोई सरकारी कंपनी हो, परमादेश (मैंडेमस) नहीं होगा।
3. कोई भी लोक-प्रवण व्यक्ति (पब्लिक माइंडेड परसन) अधिकार-पृच्छा (क्वो वारंटो) रिट प्राप्त करने हेतु न्यायालय में समावेदन करने के लिए याची (पिटीशनर) हो सकता है।

उपर्युक्त कथनों में कौन-से सही हैं ?

(a) केवल 1 और 2
(b) केवल 2 और 3
(c) केवल 1 और 3
(d) 1, 2 और 3

79. आयुष्मान भारत डिजिटल मिशन के संदर्भ में, निम्नलिखित कथनों पर विचार कीजिए-

1. प्राइवेट अस्पतालों और सरकारी अस्पतालों को इसे अवश्य अपनाना चाहिए।
2. चूँकि इसका लक्ष्य स्वास्थ्य की सर्वजनीन व्याप्ति है अंततोगत्वा भारत के हर नागरिक को इसका हिस्सा हो जाना चाहिए।
3. यह पूरे देश में निर्बाध रूप से लागू किया जा सकता है।

उपर्युक्त कथनों में कौन-सा/से सही है/हैं ?

(a) केवल 1 और 2 (b) केवल 3
(c) केवल 1 और 3 (d) 1, 2 और 3

80. लोकसभा के उपाध्यक्ष के संदर्भ में निम्नलिखित कथनों पर विचार कीजिए-

1. लोकसभा के कार्य-पद्धति और कार्य संचालन नियमों के अनुसार, उपाध्यक्ष का निर्वाचन उस तारीख को होगा जो अध्यक्ष नियत करे।
2. यह आज्ञापक उपबंध है कि लोकसभा के उपाध्यक्ष के रूप में किसी प्रतियोगी का निर्वाचन या तो मुख्य विपक्षी दल से, या शासक दल से होगा।
3. सदन की बैठक की अध्यक्षता करते समय उपाध्यक्ष की शक्ति वैसी ही होती है जैसी कि अध्यक्ष की और उसके विनिर्णयों के विरुद्ध कोई अपील नहीं हो सकती।

4. **उपाध्यक्ष की नियुक्ति के बारे में सुस्थापित संसदीय पद्धति यह है कि प्रस्ताव अध्यक्ष द्वारा रखा जाता है और प्रधानमंत्री द्वारा विधिवत समर्थित होता है।**

उपर्युक्त कथनों में कौन-से सही हैं ?

(a) केवल 1 और 3 (b) 1, 2 और 3
(c) केवल 3 और 4 (d) केवल 2 और 4

81. **"जलवायु कार्रवाई ट्रैकर (क्लाइमेट ऐक्शन ट्रैकर)" जो विभिन्न देशों के उत्सर्जन अपचयन के लिए दिए गए वचनों की निगरानी करता है, क्या है ?**

(a) अनुसंधान संगठनों के गठबंधन द्वारा निर्मित डेटाबेस
(b) "जलवायु परिवर्तन के अंतरराष्ट्रीय पैनल" का स्कंध (विंग)
(c) "जलवायु परिवर्तन पर संयुक्त राष्ट्र ढाँचा अभिसमय" के अधीन समिति
(d) संयुक्त राष्ट्र पर्यावरण कार्यक्रम और विश्व बैंक द्वारा संवर्धित और वित्तपोषित एजेंसी

82. **निम्नलिखित कथनों पर विचार कीजिए-**

1. **"जलवायु समूह (दि क्लाइमेट ग्रुप)" एक अंतरराष्ट्रीय गैर-लाभकारी संगठन है जो बड़े नेटवर्क बना कर जलवायु क्रिया को प्रेरित करता है और उन्हें चलाता है।**
2. **अंतरराष्ट्रीय ऊर्जा एजेंसी ने जलवायु समूह की भागीदारी में एक वैश्विक पहल "EP100" प्रारंभ की।**
3. **EP100, ऊर्जा दक्षता में नवप्रवर्तन को प्रेरित करने एवं उत्सर्जन न्यूनीकरण लक्ष्यों को प्राप्त करते हुए प्रतिस्पर्धात्मकता बढ़ाने के लिए प्रतिबद्ध अग्रणी कंपनियों को साथ लाता है।**
4. **कुछ भारतीय कंपनियाँ EP100 की सदस्य हैं।**
5. **अंतरराष्ट्रीय ऊर्जा एजेंसी "अंडर 2 कोएलिशन" का सचिवालय है।**

उपर्युक्त कथनों में कौन-से सही हैं ?

(a) 1, 2, 4 और 5 (b) केवल 1, 3 और 4
(c) केवल 2, 3 और 5 (d) 1, 2, 3, 4 और 5

83. **"यदि वर्षावन और उष्णकटिबंधीय वन पृथ्वी के फेफड़े हैं, तो निश्चित ही आर्द्रभूमियाँ इसके गुर्दों की तरह काम करती हैं।" निम्नलिखित में से आर्द्रभूमियों का कौन-सा एक कार्य उपर्युक्त कथन को सर्वोत्तम रूप से प्रतिबिंबित करता है ?**

(a) आर्द्रभूमियों के जल चक्र में सतही अपवाह, अवमृदा अंत:स्रवण और वाष्पन शामिल होते हैं।

(b) शैवालों से वह पोषक आधार बनता है, जिस पर मत्स्य, परुषकवची (क्रस्टेशिआई), मृदुकवची (मोलस्क), पक्षी, सरीसृप और स्तनधारी फलते-फूलते हैं।

(c) आर्द्रभूमियाँ अवसाद संतुलन और मृदा स्थिरीकरण बनाए रखने में महत्त्वपूर्ण भूमिका निभाती हैं।

(d) जलीय पादप भारी धातुओं और पोषकों के आधिक्य को अवशोषित कर लेते हैं।

84. WHO के वायु गुणवत्ता दिशानिर्देशों के संदर्भ में, निम्नलिखित कथनों पर विचार कीजिए-

1. $PM_{2.5}$ का 24-घंटा माध्य 15 $\mu g/m^3$ से अधिक नहीं बढ़ना चाहिए और $PM_{2.5}$ का वार्षिक माध्य 5 $\mu g/m^3$ से अधिक नहीं बढ़ना चाहिए।

2. किसी वर्ष में, ओजोन प्रदूषण के उच्चतम स्तर प्रतिकूल मौसम के दौरान होते हैं।

3. PM_{10} फेफड़े के अवरोध का वेधन कर रक्त प्रवाह में प्रवेश कर सकता है।

4. वायु में अत्यधिक ओजोन दमा को उत्पन्न कर सकती है।

उपर्युक्त कथनों में कौन-से सही हैं ?

(a) 1, 3 और 4 (b) केवल 1 और 4

(c) 2, 3 और 4 (d) केवल 1 और 2

85. कभी-कभी समाचारों में उल्लिखित "गुच्छी" के संदर्भ में, निम्नलिखित कथनों पर विचार कीजिए-

1. यह एक कवक है।

2. यह कुछ हिमालयी वन क्षेत्रों में उगती है।

3. उत्तर-पूर्वी भारत के हिमालय की तलहटी में इसकी वाणिज्यिक रूप से खेती की जाती है।

उपर्युक्त कथनों में कौन-सा/से सही है/हैं ?

(a) केवल 1 (b) केवल 3

(c) 1 और 2 (d) 2 और 3

86. पॉलीएथिलीन टेरेफ्थलेट के संदर्भ में, जिसका हमारे दैनिक जीवन में बहुत व्यापक उपयोग है, निम्नलिखित कथनों पर विचार कीजिए-

1. इसके तंतुओं को ऊन और कपास के तंतओं के साथ, उनके गुणधर्मों को प्रबलित करने हेतु सम्मिश्रित किया जा सकता है।

2. इससे बने पात्रों को किसी भी मादक पेय को रखने के लिए उपयोग किया जा सकता है।

3. इससे बनी बोतलों का पुनर्चक्रण (रीसाइक्लिंग) कर उनसे अन्य उत्पाद बनाए जा सकते हैं।

4. इससे बनी वस्तुओं का भस्मीकरण द्वारा बिना ग्रीनहाउस गैस उत्सर्जन किए, आसानी से निपटान किया जा सकता है।

उपर्युक्त कथनों में कौन-से सही हैं ?

(a) 1 और 3 (b) 2 और 4

(c) 1 और 4 (d) 2 और 3

87. निम्नलिखित में से कौन-सा पक्षी नहीं है ?

(a) गोल्डन महासीर (b) इंडियन नाइटजार

(c) स्पूनबिल (d) व्हाईट आइबिस

88. निम्नलिखित में कौन-से नाइट्रोजन यौगिकीकरण पादप हैं ?

1. अल्फाल्फा 2. चौलाई (ऐमरंथ)

3. चना (चिक-पी) 4. तिपतिया घास (क्लोवर)

5. कुलफा (पर्सलेन) 6. पालक

नीचे दिए कूट का प्रयोग कर सही उत्तर चुनिए-

(a) केवल 1, 3 और 4 (b) केवल 1, 3, 5 और 6

(c) केवल 2, 4, 5 और 6 (d) 1, 2, 4, 5 और 6

89. निम्नलिखित स्थितियों में से किस एक में "जैवशैल प्रौद्योगिकी (बायोरॉक टेक्नोलॉजी)" की बातें होती हैं ?

(a) क्षतिग्रस्त प्रवाल भित्तियों (कोरल रीफ्स) की बहाली

(b) पादप अवशिष्टों का प्रयोग कर भवन निर्माण सामग्री का विकास

(c) शेल गैस के अन्वेषण/निष्कर्षण के लिए क्षेत्रों की पहचान करना

(d) वनों/संरक्षित क्षेत्रों में जंगली पशुओं के लिए लवण-लेहिकाएँ (सॉल्ट लिक्स) उपलब्ध कराना

90. "मियावाकी पद्धति" किसके लिए विख्यात है?

(a) शुष्क और अर्ध-शुष्क क्षेत्रों में वाणिज्यिक कृषि का संवर्धन

(b) आनुवंशिकतः रूपांतरित पुष्पों का प्रयोग कर उद्यानों का विकास

(c) शहरी क्षेत्रों में लघु वनों का सृजन

(d) तटीय क्षेत्रों और समुद्री सतहों पर पवन ऊर्जा का संग्रहण

91. निम्नलिखित पर विचार कीजिए-

1. आरोग्य सेतु **2. कोविन**

3. डिजीलॉकर **4. दीक्षा**

उपर्युक्त में से कौन-से ओपेन सोर्स डिजिटल प्लेटफॉर्म पर बनाए गए हैं?

(a) केवल 1 और 2 (b) केवल 2, 3 और 4

(c) केवल 1 3 और 4 (d) 1, 2, 3 और 4

92. वेब 3.0 के संदर्भ में निम्नलिखित कथनों पर विचार कीजिए-

1. वेब 3.0 प्रौद्योगिकी से व्यक्ति अपने स्वयं के आँकड़ों पर नियंत्रण कर सकते हैं।

2. वेब 3.0 संसार में ब्लॉकचेन आधारित सामाजिक नेटवर्क हो सकते हैं।

3. वेब 3.0 किसी निगम द्वारा परिचालित होने की बजाय प्रयोक्ताओं द्वारा सामूहिक रूप से परिचालित किया जाता है।

उपर्युक्त कथनों में कौन-से सही हैं?

(a) केवल 1 और 2 (b) केवल 2 और 3

(c) केवल 1 और 3 (d) 1, 2 और 3

93. "सॉफ्टवेयर सेवा के रूप में [Software as a Service (SaaS)]" के संदर्भ में निम्नलिखित कथनों पर विचार कीजिए-

1. SaaS क्रयकर्ता, प्रयोक्ता अंतरापृष्ठ को अपनी आवश्यकतानुसार निर्धारित कर आँकड़ों के क्षेत्र में बदलाव कर सकते हैं।

2. SaaS प्रयोक्ता, अपनी चल युक्तियों (मोबाइल डिवाइसेज) के माध्यम से अपने आँकड़ों तक पहुँच बना सकते हैं।

3. आउटलुक, हॉटमेल और याहू! मेल SaaS के रूप हैं।

उपर्युक्त कथनों में कौन-से सही हैं?

(a) केवल 1 और 2 (b) केवल 2 और 3

(c) केवल 1 और 3 (d) 1, 2 और 3

94. निम्नलिखित कथनों में कौन-सा एक जनसंचार माध्यमों में बहुचर्चित "प्रभाजी कक्षीय बमबारी प्रणाली (Fractional Orbital Bombardment System)" के आधारभूत विचार को सर्वोत्तम रूप से प्रतिबिंबित करता है।

(a) अंतरिक्ष में अतिध्वनिक मिसाइल का प्रमोचन, पृथ्वी की तरफ बढ़ते हुए क्षुद्रग्रह का सामना कर उसका अंतरिक्ष में ही विस्फोटन कराने के लिए किया जाता है।

(b) कोई अंतरिक्षयान अनेक कक्षीय गतियों के बाद किसी अन्य ग्रह पर उतरता है।

(c) कोई मिसाइल पृथ्वी के परित: किसी स्थिर कक्षा में स्थापित किया जाता है और वह पृथ्वी पर किसी लक्ष्य के ऊपर कक्षा को त्यागता है।

(d) कोई अंतरिक्षयान किसी धूमकेतु के साथ-साथ उसी चाल से चलते हुए उसके पृष्ठ पर एक संपरीक्षित्र स्थापित करता है।

95. "क्यूबिट (Qubit)" शब्द का उल्लेख निम्नलिखित में कौन-से एक प्रसंग में होता है ?

(a) क्लाउड सेवाएँ

(b) क्वांटम संगणन

(c) दृश्य प्रकाश संचार प्रौद्योगिकियाँ

(d) बेतार संचार प्रौद्योगिकियाँ

96. निम्नलिखित संचार प्रौद्योगिकियों पर विचार कीजिए-

1. निकट् परिपथ (क्लोज सर्किट) टेलीविजन

2. रेडियो आवृत्ति अभिनिर्धारण

3. बेतार स्थानीय क्षेत्र नेटवर्क

उपर्युक्त में कौन-सी लघु-परास युक्तियाँ/प्रौद्योगिकियाँ मानी जाती हैं ?

(a) केवल 1 और 2 (b) केवल 2 और 3

(c) केवल 1 और 3 (d) 1, 2 और 3

97. निम्नलिखित कथनों पर विचार कीजिए-

1. जैवपरत (बायोफिल्म) मानव ऊतकों के भीतर चिकित्सकीय अंतर्रोपों पर बन सकती हैं।

2. जैवपरत खाद्य पदार्थ और खाद्य प्रसंस्करण सतहों पर बन सकती हैं।
3. जैवपरत प्रतिजैविक प्रतिरोध दर्शा सकती हैं।

उपर्युक्त कथनों में कौन-से सही हैं?

(a) केवल 1 और 2 (b) केवल 2 और 3
(c) केवल 1 और 3 (d) 1, 2 और 3

98. प्रजैविकों (प्रोबायोटिक्स) के संदर्भ में निम्नलिखित कथनों पर विचार कीजिए-

1. प्रजैविक, जीवाणु और यीस्ट दोनों के बने होते हैं।
2. प्रजैविकों में जीव, खाए जाने वाले खाद्य में होते हैं, किंतु वे नैसर्गिक रूप से हमारी आहार नली में नहीं पाए जाते।
3. प्रजैविक दुग्ध शर्कराओं के पाचन में सहायक हैं।

उपर्युक्त कथनों में कौन-सा/से सही है/हैं?

(a) केवल 1 (b) केवल 2
(c) 1 और 3 (d) 2 और 3

99. कोविड-19 विश्वमहामारी को रोकने के लिए बनाई जा रही वैक्सीनों के प्रसंग में निम्नलिखित कथनों पर विचार कीजिए-

1. भारतीय सीरम संस्थान ने mRNA प्लेटफॉर्म का प्रयोग कर कोविशील्ड नामक कोविड-19 वैक्सीन निर्मित की।
2. स्पुतनिक V वैक्सीन रोगवाहक (वेक्टर) आधारित प्लेटफॉर्म का प्रयोग कर बनाई गई है।
3. कोवैक्सीन एक निष्कृत रोगजनक आधारित वैक्सीन है।

उपर्युक्त कथनों में कौन-से सही हैं?

(a) केवल 1 और 2
(b) केवल 2 और 3
(c) केवल 1 और 3
(d) 1, 2 और 3

100. यदि कोई मुख्य सौर तूफान (सौर प्रज्वाल) पृथ्वी पर पहुँचता है, तो पृथ्वी पर निम्नलिखित में कौन-से संभव प्रभाव होंगे?

1. GPS और दिक्संचालन (नैविगेशन) प्रणालियाँ विफल हो सकती हैं।

2. विषुवतीय क्षेत्रों में सुनामी आ सकती हैं।
3. बिजली ग्रिड क्षतिग्रस्त हो सकते हैं।
4. पृथ्वी के अधिकांश हिस्से पर तीन ध्रुवीय ज्योतियाँ घटित हो सकती हैं।
5. ग्रह के अधिकांश हिस्से पर दावाग्नियाँ घटित हो सकती हैं।
6. उपग्रहों की कक्षाएँ विक्षुब्ध हो सकती हैं।
7. ध्रुवीय क्षेत्रों के ऊपर से उड़ते हुए वायुयान का लघुतरंग रेडियो संचार बाधित हो सकता है।

नीचे दिए कूट का प्रयोग कर सही उत्तर चुनिए-

(a) केवल 1, 2, 4 और 5
(b) केवल 2, 3, 5, 6 और 7
(c) केवल 1, 3, 4, 6 और 7
(d) 1, 2, 3, 4, 5, 6 और 7

उत्तरमाला

1. (c)	**2.** (a)	**3.** (a)	**4.** (b)	**5.** (c)	**6.** (a)	**7.** (a)	**8.** (d)
9. (d)	**10.** (a)	**11.** (a)	**12.** (c)	**13.** (b)	**14.** (b)	**15.** (c)	**16.** (d)
17. (c)	**18.** (d)	**19.** (a)	**20.** (c)	**21.** (d)	**22.** (c)	**23.** (c)	**24.** (b)
25. (d)	**26.** (b)	**27.** (c)	**28.** (b)	**29.** (a)	**30.** (a)	**31.** (c)	**32.** (b)
33. (d)	**34.** (b)	**35.** (b)	**36.** (c)	**37.** (b)	**38.** (d)	**39.** (b)	**40.** (d)
41. (b)	**42.** (b)	**43.** (b)	**44.** (a)	**45.** (a)	**46.** (a)	**47.** (d)	**48.** (d)
49. (d)	**50.** (b)	**51.** (b)	**52.** (c)	**53.** (b)	**54.** (c)	**55.** (a)	**56.** (b)
57. (a)	**58.** (d)	**59.** (a)	**60.** (c)	**61.** (b)	**62.** (d)	**63.** (b)	**64.** (c)
65. (b)	**66.** (a)	**67.** (c)	**68.** (b)	**69.** (b)	**70.** (b)	**71.** (b)	**72.** (b)
73. (b)	**74.** (b)	**75.** (b)	**76.** (b)	**77.** (d)	**78.** (c)	**79.** (d)	**80.** (a)
81. (a)	**82.** (b)	**83.** (c)	**84.** (b)	**85.** (c)	**86.** (a)	**87.** (a)	**88.** (a)
89. (a)	**90.** (c)	**91.** (d)	**92.** (d)	**93.** (d)	**94.** (c)	**95.** (b)	**96.** (d)
97. (d)	**98.** (c)	**99.** (b)	**100.** (c)				

प्रारंभिक परीक्षा-2022

सामान्य अध्ययन प्रश्न-पत्र-2 (सी-सैट)

निम्नलिखित 3 (तीन) प्रश्नांशों के लिए निर्देश :

निम्नलिखित दो परिच्छेदों को पढ़िए और उनके नीचे आने वाले प्रश्नांशों के उत्तर दीजिए। इन प्रश्नांशों के लिए आपके उत्तर केवल इन परिच्छेदों पर ही आधारित होने चाहिए।

परिच्छेद-1

मानव विकास की प्रगति बनाए रखने के सामने सबसे बड़ा खतरा इस रूप में दिखाई देता है कि उत्पादन और उपभोग के स्वरूप में दिनोदिन अधारणीयता बढ़ती जा रही है। वर्तमान उत्पादन मॉडल जीवाश्म ईंधनों पर बहुत अधिक निर्भर हैं। अब हम जानते हैं कि यह स्वरूप अधारणीय है, क्योंकि ये संसाधन सीमित हैं। मानव विकास को सही अर्थों में धारणीय बनाने के लिए आर्थिक संवृद्धि और ग्रीनहाउस गैस उत्सर्जन के बीच की घनिष्ठ संबद्धता को पृथक् करने की जरूरत है। कुछ विकसित देशों ने पुनर्चक्रण (रीसाइक्लिंग) का प्रसार कर और सार्वजनिक परिवहन तथा आधारिक संरचना में निवेश कर इनके अति दुष्प्रभावों को कम करना आरंभ कर दिया है। किंतु अधिकांश विकासशील देशों को परिष्कृत ऊर्जा स्रोत की ऊँची कीमतों और अल्प उपलब्धता के कारण बाधाओं का सामना करना पड़ रहा है। विकसित देशों को चाहिए कि वे विकासशील देशों के धारणीय मानव विकास की ओर जाने में सहायक बनें।

1. निम्नलिखित में से किसके/किनके कारण उत्पादन के स्वरूप में अधारणीयता है?

1. जीवाश्म ईंधनों पर भारी निर्भरता

2. संसाधनों की सीमित उपलब्धता

3. पुनर्चक्रण का प्रसार

नीचे दिए गए कूट का प्रयोग कर सही उत्तर चुनिए।

(a) केवल 1 और 2 (b) केवल 2

(c) केवल 1 और 3 (d) 1, 2 और 3

2. निम्नलिखित कथनों पर विचार कीजिए-

विकसित देश, विकासशील देशों के धारणीय मानव विकास की ओर जाने में सहायक हो सकते हैं

1. कम लागत पर परिष्कृत ऊर्जा स्रोत उपलब्ध कराकर

2. **उनके सार्वजनिक परिवहन के सुधार के लिए नाममात्र ब्याज दरों पर ऋण उपलब्ध करा कर**
3. **उन्हें अपने उत्पादन और उपभोग के स्वरूपों को बदलने के लिए प्रोत्साहित कर**

उपर्युक्त कथनों में से कौन-सा/से सही है/हैं ?

(a) केवल 1 (b) केवल 1 और 2

(c) केवल 2 और 3 (d) 1, 2 और 3

परिच्छेद-2

जब तक उन शक्तियों और प्रवृत्तियों को, जो देश के पर्यावरण को नष्ट करने के लिए उत्तरदायी हैं, निकट भविष्य में नियंत्रित नहीं किया जाता, और अनाच्छादित क्षेत्रों में वृहद पैमाने पर वनरोपण आरंभ नहीं किया जाता, विषम जलवायु दशाएँ और पवन तथा जल के द्वारा होने वाला भू-क्षरण इस सीमा तक बढ़ जाएगा कि धीरे-धीरे कृषि, जो हमारे लोगों का मुख्य आधार है, असंभव हो जाएगी। विश्व के मरुस्थलीय देश और राजस्थान के हमारे अपने मरु प्रदेश, वृहद पैमाने पर हुए वनोन्मूलन के दुष्परिणामों की भयावह याद दिलाते हैं। मरु सदृश भू-दृश्य अब गंगा-सतलुज के मैदानों और दक्कन पठार समेत देश के अन्य भागों में अनेक स्थानों पर दिखाई देने लगे हैं। जहाँ कुछ ही दशक पूर्व बारहमासी सरिताओं और सोतों के साथ हरे-भरे वन हुआ करते थे, वहाँ अब, सिर्फ वर्षा ऋतु को छोड़कर, सूखी सरिताएँ और सूखे सोते और हरियाली से रिक्त भूरे मैदान दिखाई देते हैं।

3. उपर्युक्त परिच्छेद के अनुसार, वनोन्मूलन और अनाच्छादन के अंततोगत्वा निम्नलिखित में से क्या परिणाम होंगे ?

1. **मृदा संसाधन का क्षरण**
2. **आम आदमी के लिए जमीन की कमी**
3. **कृषि के लिए जल की कमी**

नीचे दिए गए कूट का प्रयोग कर सही उत्तर चुनिए-

(a) केवल 1 और 2 (b) केवल 2 और 3

(c) केवल 1 और 3 (d) 1, 2 और 3

4. अनुक्रम 20, 10, 10, 15, 30, 75, X में X का मान क्या है ?

(a) 105 (b) 120

(c) 150 (d) 225

5. किसी पहचान पत्र की संख्या ABCDEFG है, किंतु आवश्यक नहीं कि इसी क्रम में हो, जहाँ हर वर्ण किसी भिन्न अंक (केवल 1, 2, 4, 5, 7, 8, 9) को निरूपित करता है। यह संख्या अंक 9 से विभाज्य है। दाहिने से पहला एक अंक मिटाने पर, परिणामी संख्या अंक 6 से विभाज्य है। मूल संख्या के दाहिने से दो अंकों को मिटाने पर परिणामी संख्या अंक 5 से विभाज्य है। मूल संख्या के दाहिने से तीन अंकों को मिटाने पर परिणामी संख्या अंक 4 से विभाज्य है। मूल संख्या के दाहिने से चार अंकों को मिटाने पर परिणामी संख्या अंक 3 से विभाज्य है। मूल संख्या के दाहिने से पाँच अंकों को मिटाने पर परिणामी संख्या अंक 2 विभाज्य है। निम्नलिखित में से कौन-सा, इस संख्या के बीचोबीच तीन अंकों के योग का संभव मान है?

(a) 8 (b) 9

(c) 11 (d) 12

6. दो मित्र X और Y दौड़ना शुरू करते हैं और वे एक साथ 50m तक एक ही दिशा में दौड़कर एक बिंदु पर पहुँचते हैं। X दाहिने मुड़कर 60m दौड़ता है, जबकि Y बाएँ मुड़कर 40m दौड़ता है। इसके बाद X बाएँ मुड़कर 50m दौड़कर रुक जाता है, जबकि Y दाहिने मुड़कर 50m दौड़कर रुक जाता है। अब दोनों मित्र एक-दूसरे से कितनी दूर हैं?

(a) 100m (b) 90m

(c) 60m (d) 50m

7. निम्नलिखित में से जून 2099 के किस दिनांक को रविवार होगा?

(a) 4 (b) 5

(c) 6 (d) 7

8. ₹ 1,840 के एक बिल का ₹ 50, ₹ 20 और ₹ 10 मूल्यवर्ग के नोटों में भुगतान किया जाता है। कुल मिलाकर 50 नोट काम में आए। निम्नलिखित कथनों पर विचार कीजिए-

1. ₹ 50 वाले 25 नोट काम में आए और शेष भुगतान ₹ 20 और ₹ 10 वाले नोटों में किया गया।
2. ₹ 20 वाले 35 नोट काम में आए और शेष भुगतान ₹ 50 वाले और ₹ 10 वाले नोटों में किया गया।

3. ₹ 10 वाले 20 नोट काम में आए और शेष भुगतान ₹ 50 वाले और ₹ 20 वाले नोटों में किया गया।

उपर्युक्त कथनों में से कौन-से सही नहीं हैं ?

(a) केवल 1 और 2 (b) केवल 2 और 3

(c) केवल 1 और 3 (d) 1, 2 और 3

9. 2^{40}, 3^{21}, 4^{18} और 8^{12} में से कौन-सी संख्या लघुतम है ?

(a) 2^{40} (b) 3^{21}

(c) 4^{18} (d) 8^{12}

10. अंक 1 से 9, तीन पंक्तियों में इस प्रकार व्यवस्थित किए गए हैं कि प्रत्येक पंक्ति में तीन अंक हैं, और दूसरी पंक्ति में बनी संख्या पहली पंक्ति में बनी संख्या की दोगुनी है; और तीसरी पंक्ति में बनी संख्या पहली पंक्ति में बनी संख्या की तीन गुनी है। किसी अंक को दो बार रखने की अनुमति नहीं है। यदि चार अंकों 2, 3, 7 और 9 में से केवल तीन अंकों को पहली पंक्ति में व्यवस्थित करने की अनुमति हो, तो इन तीन पंक्तियों में व्यवस्थित करने के लिए ऐसे कितने संयोजन संभव हैं ?

(a) 4 (b) 3

(c) 2 (d) 1

निम्नलिखित 4 (चार) प्रश्नांशों के लिए निर्देश :

निम्नलिखित दो परिच्छेदों को पढ़िए और उनके नीचे आने वाले प्रश्नांशों के उत्तर दीजिए। इन प्रश्नांशों के लिए आपके उत्तर केवल इन परिच्छेदों पर ही आधारित होने चाहिए।

परिच्छेद-1

"जूते गाँठने जैसे साधारण से काम के लिए हम सोचते हैं कि कोई विशेष प्रशिक्षण प्राप्त व्यक्ति ही हमारे इस काम को कर सकेगा, लेकिन राजनीति में हम मान लेते हैं कि हर कोई जो मत (वोट) प्राप्त करना जानता है, वह राज्य का शासन करना जानता है। बीमार पड़ने पर हमें एक प्रशिक्षित चिकित्सक की आवश्यकता होती है, जिसकी डिग्री उसकी खास तैयारी और तकनीकी क्षमता की गारंटी होती है—हमारी तलाश यह नहीं होती कि चिकित्सक सबसे सुंदर हो, या सबसे अच्छा वक्ता हो: तो फिर, जब पूरा राज्य ही बीमार है, तो क्या हमें इसकी तलाश नहीं होनी चाहिए कि हमें सबसे बुद्धिमान और सबसे उत्तम व्यक्ति की सेवा और मार्गदर्शन मिले ?"

11. निम्नलिखित कथनों में से कौन-सा एक इस परिच्छेद के लेखक के संदेश को सर्वोत्तम रूप में प्रतिबिंबित करता है ?

(a) हम मान लेते हैं कि गणतंत्र में कोई भी राजनीतिज्ञ देश का शासन चलाने के योग्य है।

(b) राजनीतिज्ञों को प्रशासन में प्रशिक्षित लोगों में से चुना जाना चाहिए।

(c) हमें कोई ऐसी पद्धति सोच निकालने की जरूरत है, जिससे सार्वजनिक पद से अयोग्यता को दूर रखा जा सके।

(d) चूँकि मतदाता अपने प्रशासकों को चुनते हैं, राज्य का प्रशासन करने की राजनीतिज्ञों की योग्यता पर प्रश्न नहीं उठाया जा सकता।

परिच्छेद-2

गरीबी रेखा नितांत असंतोषजनक हो जाती है, जब यह समझने की बात आती है कि भारत में गरीबी का प्रसार कहाँ तक है। यह केवल इसलिए नहीं है कि इसकी परिभाषा बहुत ही संकीर्ण है कि 'गरीब कौन है' और गरीब की गणना करने की क्रिया-पद्धति विवादास्पद है, बल्कि यह इसके अंदर निहित अपेक्षाकृत अधिक मूलभूत धारणा के कारण है। यह गरीबी को अपर्याप्त आय या अपर्याप्त क्रयशक्ति के रूप में समझने पर अनन्य रूप से निर्भर है। इसे बेहतर रूप में आय-निर्धनता कहकर वर्गीकृत किया जा सकता है। यदि गरीबी अंततोगत्वा उन चीजों से वंचित होना है, जो मनुष्य के सुख-स्वास्थ्य को प्रभावित करती हैं, तो आय-निर्धनता इसका केवल एक पहलू है। जीवन निर्धनता, हमारे विचार में, सिर्फ वह कंगाली की दशा में नहीं है, जिसमें व्यक्ति वास्तव में रहता है, किंतु दूसरी तरह के जीवन के विकल्प चुनने के लिए वास्तविक अवसर के अभाव में भी है जो सामाजिक बाधाओं और साथ ही साथ वैयक्तिक परिस्थितियों द्वारा प्रदत्त है। निम्न आय की प्रासंगिकता, अपने पास कम चीजों का होना, और वे अन्य पहलू भी जिन्हें मानक रूप से आर्थिक निर्धनता के रूप में देखा जाता है, अंततोगत्वा सामर्थ्य को कम करने की, अर्थात् जिन चीजों के विकल्प चुनने से लोग विविधतापूर्ण और मूल्यवान जीवन जीते हैं, उन्हें अत्यधिक सीमित कर देने की उनकी भूमिका से संबंधित होते हैं।

12. भारत में अपनाई गई 'गरीब' की गणना की क्रिया-पद्धति विवादास्पद क्यों है ?

(a) इसके बारे में थोड़ी उलझन है कि कौन-सी चीजें 'गरीबी रेखा' को बनाती हैं।

(b) ग्रामीण और शहरी गरीब की दशा के बीच बहुत अधिक असमानताएँ हैं।

(c) आय-निर्धनता मापने का कोई एक समान विश्वव्यापी मानक नहीं है।

(d) यह गरीबी को अपर्याप्त आय या अपर्याप्त क्रयशक्ति के रूप में प्रस्तुत करने पर आधारित है।

13. आय-निर्धनता 'गरीब' की गणना की एकमात्र माप क्यों है ?

(a) यह अन्य सभी की उपेक्षा कर केवल एक प्रकार के वंचन की बात करती है।

(b) मानव जीवन में अन्य वंचनाओं का क्रयशक्ति की कमी से कुछ भी लेना-देना नहीं है।

(c) आय-निर्धनता कोई स्थायी दशा नहीं है, यह समय-समय पर बदलती रहती है।

(d) आय-निर्धनता मानवीय विकल्प-चयन को किसी खास समय पर आकर ही सीमित करती है।

14. 'जीवन निर्धनता' से लेखक का क्या तात्पर्य है ?

(a) मानव-जीवन में वे सभी वंचनाएँ जो केवल आय की कमी से ही नहीं, बल्कि वास्तविक अवसरों की कमी से उत्पन्न होती हैं।

(b) ग्रामीण और शहरी क्षेत्रों में गरीब लोगों की कंगाली की दशा।

(c) विविध व्यक्तिगत परिस्थितियों में छूटे हुए अवसर।

(d) मानव जीवन में वस्तुपरक, साथ ही साथ अवस्तुपरक वंचनाएँ, जो मनुष्य के विकल्प-चयन को स्थायी रूप से सीमित कर देती हैं।

15. X और Y, 300m लंबे वृत्तीय मार्ग में दौड़ते हुए 3 km की दौड़ लगाते हैं। उनकी चाल 3 : 2 के अनुपात में है। अगर उन्होंने एक साथ एक ही दिशा में दौड़ शुरू की है, तो कितनी बार पहला व्यक्ति, दूसरे व्यक्ति के पास से गुजरेगा (दौड़ शुरू करने की स्थिति को पास से गुजरने में नहीं गिना गया है) ?

(a) 2 (b) 3

(c) 4 (d) 5

16. यदि अंग्रेजी वर्णमाला के क्रम को उल्टा कर दिया जाए और नए क्रम में आया हर वर्ण उस वर्ण को निरूपित करे जिसका मूल स्थान उसने

लिया है, तो निम्नलिखित में से कौन-सा एक 'LUCKNOW' को निरूपित करता है ?

(a) OGXPMLD (b) OGXQMLE

(c) OFXPMLE (d) OFXPMLD

17. 150 प्रतियोगियों वाली किसी शतरंज टूर्नामेंट में जब-जब कोई खिलाड़ी बाजी हारता है, उसे बाहर कर दिया जाता है। यह निश्चित किया गया है कि कोई भी बाजी बराबरी (टाई/ड्रॉ) पर निर्णीत नहीं होगी। इस पूरे टूर्नामेंट में कितनी बाजियाँ खेली गईं ?

(a) 151 (b) 150

(c) 149 (d) 148

18. 3 अंक की कितनी धनपूर्ण संख्याएँ (अंकों का प्रयोग दुबारा किए बिना) इस प्रकार होंगी कि संख्या का प्रत्येक अंक विषम हो और संख्या 5 से विभाज्य हो ?

(a) 8 (b) 12

(c) 16 (d) 24

19. नीचे दिए गए प्रश्न और दो कथनों पर विचार कीजिए-

प्रश्नः क्या x पूर्णांक है ?

कथन-1: $x/3$ पूर्णांक नहीं है।

कथन-2: $3x$ पूर्णांक है।

उपर्युक्त प्रश्न और कथनों के बारे में निम्नलिखित में से कौन-सा एक सही है ?

(a) अकेला कथन-1 ही प्रश्न का उत्तर देने के लिए पर्याप्त है।

(b) अकेला कथन-2 ही प्रश्न का उत्तर देने के लिए पर्याप्त है।

(c) कथन-1 और कथन-2, दोनों, प्रश्न का उत्तर देने के लिए पर्याप्त हैं।

(d) कथन-1 और कथन-2, दोनों, प्रश्न का उत्तर देने के लिए पर्याप्त नहीं हैं।

20. एक वस्तु की कीमत में 25% वृद्धि की गई। तत्पश्चात् कीमत को 20% घटा दिया गया और फिर 10% बढ़ा दिया गया। कीमत में परिणामी वृद्धि क्या है ?

(a) 5% (b) 10%

(c) 12.5% (d) 15%

निम्नलिखित 3 (तीन) प्रश्नांशों के लिए निर्देश :

निम्नलिखित परिच्छेद को पढ़िए और उसके नीचे आने वाले प्रश्नांशों के उत्तर दीजिए। इन प्रश्नांशों के लिए आपके उत्तर केवल इस परिच्छेद पर ही आधारित होने चाहिए।

परिच्छेद

विश्व में कुछ जगहों पर चावल और गेहूँ जैसे प्रमुख खाद्यान्नों की उत्पादकता स्थिरता की सीमा तक पहुँच गई है। उपज को न तो नई किस्में और न ही अनोखे कृषि रसायन बढ़ा रहे हैं। न ही अब ऐसी काफी जमीनें बची हैं जिन पर खेती न हुई हो और उन पर कृषि करना उपयुक्त हो। यदि वैश्विक तापमान का बढ़ना जारी रहा, तो कुछ स्थान कृषि के लिए अनुपयुक्त हो जाएँगे। प्रौद्योगिकी का उपयोग इन समस्याओं को दूर करने में सहायक हो सकता है। कृषि प्रौद्योगिकी बहुत तेजी से बदल रही है। बहुत-सा यह परिवर्तन पश्चिमी जगत्/अमरीका के संपन्न किसानों द्वारा लाया जा रहा है। पश्चिम में विकसित तकनीकें कुछ स्थानों पर उष्णकटिबंधीय फसलों को अधिक उत्पादक बनाने के लिए अपनाई जा रही हैं। प्रौद्योगिकी का कोई उपयोग नहीं, अगर वह लागू न की जाए। विकासशील विश्व में यह वर्तमान कृषि तकनीकों पर उतना ही लागू है जितना यह आनुवंशिक रूपांतरण में आई नवीनतम तरक्की पर लागू है। आज की श्रेष्ठतम कृषि प्रणालियों को अफ्रीका और एशिया के कम जोत वाले और निर्वाह के लिए कृषि करने वाले कृषकों तक, ऐसे सरल मामलों में भी कि कितना और कब उर्वरक प्रयुक्त करना चाहिए, पहुँचाया जाए, तो इससे मानवता के लिए अत्यधिक खाद्यान्न उपलब्धता हो सकेगी। इसी तरह बेहतर सड़कें और भंडारण सुविधाएँ जैसी चीजें भी बढ़ें, जिससे अधिशेष खाद्यान्न की बाजारों तक ढुलाई की जा सके और उनकी बर्बादी को कम किया जा सके।

21. उपर्युक्त परिच्छेद पर आधारित, निम्नलिखित पूर्वधारणाएँ बनाई गई हैं:

1. **कृषि प्रौद्योगिकी का विकास, विकसित देशों तक सीमित है।**
2. **कृषि प्रौद्योगिकी, विकासशील देशों में नहीं अपनाई गई है।**

उपर्युक्त पूर्वधारणाओं में से कौन-सा/से वैध है/हैं ?

(a) केवल 1 (b) केवल 2

(c) 1 और 2 दोनों (d) न तो 1 और न ही 2

22. उपर्युक्त परिच्छेद पर आधारित, निम्नलिखित पूर्वधारणाएँ बनाई गई हैं:

1. **गरीब देशों को अपनी वर्तमान कृषि तकनीकों में परिवर्तन लाने की आवश्यकता है।**

2. विकसित देशों के पास बेहतर आधारिक संरचना है और वे खाद्यान्न की कम बर्बादी करते हैं।

उपर्युक्त पूर्वधारणाओं में से कौन-सा/से वैध है/हैं ?

(a) केवल 1 (b) केवल 2

(c) 1 और 2 दोनों (d) न तो 1 और न ही 2

23. उपर्युक्त परिच्छेद पर आधारित, निम्नलिखित पूर्वधारणाएँ बनाई गई हैं:

1. भावी पीढ़ियों के लिए पर्याप्त खाद्यान्न उपजाना चुनौतीपूर्ण कार्य होगा।
2. कॉर्पोरेट कृषि, गरीब देशों में खाद्यान्न सुरक्षा के लिए लाभप्रद विकल्प है।

उपर्युक्त पूर्वधारणाओं में से कौन-सा/से वैध है/हैं ?

(a) केवल 1 (b) केवल 2

(c) 1 और 2 दोनों (d) न तो 1 और न ही 2

24. वर्ण A, B, C, D और E इस तरह व्यवस्थित किए गए हैं कि A और E के बीच यथातथ्य दो वर्ण हैं। इस तरह कितनी व्यवस्थाएँ संभव हैं ?

(a) 12 (b) 18

(c) 24 (d) 36

25. नीचे दिए गए प्रश्न और दो कथनों पर विचार कीजिए-

प्रश्नः क्या Z, X का भाई है ?

कथन-1: Y का भाई X है और Z का भाई Y है।

कथन-2: X, Y और Z सहोदर भाई/बहन हैं।

उपर्युक्त प्रश्न और कथनों के बारे में निम्नलिखित में से कौन-सा एक सही है ?

(a) अकेला कथन-1 ही प्रश्न का उत्तर देने के लिए पर्याप्त है।

(b) अकेला कथन-2 ही प्रश्न का उत्तर देने के लिए पर्याप्त है।

(c) कथन-1 और कथन -2, दोनों, प्रश्न का उत्तर देने के लिए पर्याप्त हैं।

(d) कथन-1 और कथन -2, दोनों, प्रश्न का उत्तर देने के लिए पर्याप्त नहीं हैं।

26. 1.01 km लंबी सड़क के एक किनारे एक-दूसरे से समान दूरी पर 101 पौधे रोपे गए हैं। 5 क्रमागत पौधों के बीच कुल कितनी दूरी है ?

(a) 40m (b) 40.4m

(c) 50m (d) 50.5m

27. A, B और C तीन स्थान इस प्रकार हैं कि A से B के लिए तीन भिन्न रास्ते हैं, B से C के लिए चार भिन्न रास्ते हैं और A से C के लिए तीन भिन्न रास्ते हैं। इन रास्तों का प्रयोग कर कोई व्यक्ति कितने भिन्न मार्गों से A से C तक जा सकता है?

(a) 10 (b) 13
(c) 15 (d) 36

28. A के पास कुछ सिक्के हैं। वह उनमें से आधे सिक्कों में 2 और सिक्के मिलाकर B को देता है। B उनमें से आधे सिक्कों में 2 और सिक्के मिलाकर C को देता है। C उनमें से आधे सिक्कों में 2 और सिक्के मिलाकर D को देता है। D के पास अब जितने सिक्के हैं, वह दो अंकों की लघुतम संख्या है। शुरू में A के पास कितने सिक्के हैं?

(a) 76 (b) 68
(c) 60 (d) 52

29. श्रेणी AABABCABCDABCDE... में 100वें स्थान पर कौन-सा वर्ण आएगा?

(a) G (b) H
(c) I (d) J

30. तीन व्यक्ति A, B और C किसी पंक्ति (क्यू) में खड़े हैं किंतु आवश्यक नहीं कि इसी क्रम में हों। A और B के बीच 4 व्यक्ति हैं और B तथा C के बीच 7 व्यक्ति हैं। यदि C के आगे 11 व्यक्ति हैं और A के पीछे 13 व्यक्ति हैं, तो पंक्ति में खड़े व्यक्तियों की न्यूनतम संख्या क्या है?

(a) 22 (b) 28
(c) 32 (d) 38

निम्नलिखित 4 (चार) प्रश्नांशों के लिए निर्देश :

निम्नलिखित दो परिच्छेदों को पढ़िए और उनके नीचे आने वाले प्रश्नांशों के उत्तर दीजिए। इन प्रश्नांशों के लिए आपके उत्तर केवल इन परिच्छेदों पर ही आधारित होने चाहिए।

परिच्छेद-1

प्राकृतिक वरण (नैचुरल सिलेक्शन) पृथ्वी पर भावी पर्यावरणों का पूर्वानुमान नहीं कर सकता। इसलिए वर्तमान जीव-समुच्चय पर्यावरणीय महाविपत्तियों के लिए, जो जीवन की राह में खड़ी हैं, पूरी तरह कभी भी तैयार नहीं हो सकते। इसका परिणाम

यह है कि वे प्रजातियाँ विलुप्त हो जाएँगी जो पर्यावरणीय प्रतिकूलता से पार नहीं पा सकतीं। उत्तरजीविता की इस विफलता का उत्तरदायी, आधुनिक शब्दों में, उन जीनोम को कहा जा सकता है, जो भूवैज्ञानिक विक्षोभ या जैविक दुर्घटनाओं (संक्रमण, रोग आदि) को झेल पाने में असमर्थ हैं। पृथ्वी पर जीवों के विकास (इवोल्यूशन) में प्रजातियों का विलुप्त होना एक प्रमुख विशेषता रही है। वर्तमान में पृथ्वी पर एक करोड़ तक प्रजातियाँ हो सकती हैं, तथापि 90% से अधिक प्रजातियाँ, जो कभी पृथ्वी पर थीं, अब विलुप्त हो चुकी हैं। एक बार फिर, सृष्टि-शून्यवादी सिद्धांत इस बात का संतोषजनक समाधान देने में असफल हो जाते हैं कि क्यों एक दिव्य सृष्टिकर्ता पहले तो लाखों प्रजातियों का सृजन करता है और फिर उन्हें समाप्त हो जाने देता है। विलुप्त जीवन के बारे में डार्विनवादी व्याख्या एक बार फिर सरल, सुचारु और एकदम युक्तियुक्त हो जाती है—जीवों का जीवन उन पर्यावरणीय या जैविक हमलों की क्रिया के रूप में विलुप्त हो जाता है, जिनके सामने उनका वंशानुक्रम उनको पर्याप्त रूप से तैयार नहीं समझता है। इसलिए, तथाकथित डार्विनवादी विकास सिद्धांत वास्तव में सिद्धांत है ही नहीं। विकास होता है—यही सत्य है। विकास की क्रियाविधि (डार्विन ने प्राकृतिक वरण प्रस्तुत किया) का पर्याप्त समर्थन वैज्ञानिक आँकड़ों से हो जाता है। वास्तव में, अभी तक डार्विन के दो केंद्रीय विचारों में से किसी का भी किसी जंतुवैज्ञानिक, वनस्पतिवैज्ञानिक, भूवैज्ञानिक, जीवाश्मीय, आनुवंशिक या भौतिक साक्ष्यों ने खंडन नहीं किया है। यदि धर्म का विचार न करें, तो डार्विन के नियम ठीक-ठीक कॉपरनिकस, गैलीलियो, न्यूटन और आइंस्टाइन द्वारा प्रस्तावित नियमों की तरह ही स्वीकार्य है—कि ये प्राकृतिक नियम-समुच्चय हैं जो भूमंडल में प्राकृतिक घटनाओं की व्याख्या करते हैं।

31. परिच्छेद के अनुसार, प्राकृतिक वरण पृथ्वी पर भावी पर्यावरणों का पूर्वानुमान नहीं कर सकता है, क्योंकि-

1. **जो प्रजातियाँ अपनी राह में खड़े पर्यावरणीय परिवर्तनों का सामना करने के लिए पूरी तरह तैयार नहीं हैं, वे विलुप्त हो जाएँगी।**
2. **सभी वर्तमान प्रजातियाँ विलुप्त हो जाएँगी, क्योंकि उनके जीनोम जैविक दुर्घटनाओं को नहीं झेल पाएँगे।**
3. **पर्यावरणीय परिवर्तनों को झेल पाने में जीनोम की अक्षमता के परिणामस्वरूप विलोपन हो जाएगा।**
4. **प्रजातियों का विलोपन एक आम लक्षण है।**

नीचे दिए गए कूट का प्रयोग कर सही उत्तर चुनिए-

(a) 1, 2 और 3 (b) 2, 3 और 4

(c) 1, 3 और 4 (d) 1, 2 और 4

32. यह परिच्छेद यह सुझाता है कि विकास का डार्विनवादी सिद्धांत कोई सिद्धांत है ही नहीं, क्योंकि

(a) यह सृष्टि-शून्यवादी सिद्धांत को संतुष्ट नहीं करता।

(b) विलोपन, पर्यावरणीय और जैविक हमलों की क्रिया है।

(c) इसके खंडन के लिए कोई साक्ष्य नहीं हैं।

(d) जीवों के अस्तित्व का श्रेय सृष्टिकर्ता को है।

33. इस परिच्छेद के संदर्भ में, निम्नलिखित पूर्वधारणाएँ बनाई गई हैं-

1. केवल वे प्रजातियाँ जीवित और कायम रहेंगी जिनमें पर्यावरणीय महाविपत्ति से पार पाने की क्षमता होगी।

2. पर्यावरण में उग्र परिवर्तनों के कारण पृथ्वी पर 90% से अधिक प्रजातियाँ विलुप्त हो जाने के खतरे में हैं।

3. डार्विन का सिद्धांत सभी प्राकृतिक घटनाओं की व्याख्या करता है।

उपर्युक्त पूर्वधारणाओं में से कौन-सा/से वैध है/हैं ?

(a) केवल 1 (b) केवल 1 और 2

(c) केवल 3 (d) 1, 2 और 3

परिच्छेद-2

स्थिर आर्थिक संवृद्धि, उच्चतर साक्षरता और बढ़ते हुए कौशल स्तर के साथ भारतीय मध्यवर्गीय परिवारों की संख्या अत्यधिक तेजी से बढ़ी है। इस संपन्नता के सीधे परिणाम ये हुए हैं कि आहार प्रतिरूपों और ऊर्जा उपभोग स्तरों में बदलाव आए हैं। लोग दुग्ध उत्पाद, मछली और मांस जैसे उच्चतर प्रोटीन-आधारित आहार लेने लगे हैं, जिन सभी के उत्पादन में अनाज-आधारित आहार के उत्पादन की अपेक्षा कहीं अधिक मात्रा में जल की आवश्यकता होती है। इलेक्ट्रॉनिक और विद्युत मशीनों/औजारों और मोटर वाहनों के बढ़ते हुए उपयोग के लिए अधिकाधिक ऊर्जा की आवश्यकता होती है, और ऊर्जा के जनन के लिए जल की आवश्यकता होती है।

34. निम्नलिखित कथनों में से कौन-सा एक इस परिच्छेद के मर्म को सर्वोत्तम रूप से प्रतिबिंबित करता है ?

(a) लोगों को मुख्यत: भारतीय पारंपरिक अनाज-आधारित आहारों को ही लेते रहने के लिए राजी किया जाना चाहिए।

(b) आने वाले वर्षों में भारत को कृषि उत्पादकता और अधिक ऊर्जा-जनन क्षमता विकसित करने पर ध्यान केंद्रित करने की आवश्यकता है।
(c) आधुनिक प्रौद्योगिकीय विकास लोगों के सांस्कृतिक और सामाजिक व्यवहार में बदलाव लाता है।
(d) आने वाले वर्षों में भारत में जल प्रबंधन प्रणालियों में नाटकीय बदलाव लाने की आवश्यकता है।

35. x सप्ताह, x दिन, x घंटे, x मिनट और x सेकंड में कुल कितने सेकंड हैं ?

(a) $11580x$ (b) $11581x$
(c) $694860x$ (d) $694861x$

36. P, Q, R, S, T और U एक परिवार के छः सदस्य हैं। Q का/की पति/पत्नी R है। T की माता U है और U की पुत्री S है। P की पुत्री T है और R का पुत्र P है। इस परिवार में दो दंपति हैं। निम्नलिखित में से कौन-सा एक सही है ?

(a) T का दादा/नाना Q है
(b) T की दादी/नानी Q है
(c) P की माता R है
(d) Q की प्रपौत्री/दौहित्री T है

37. किसी राज्य के तीन शहरों P, Q और R के बारे में नीचे दिए गए प्रश्न और दो कथनों पर विचार कीजिए-

प्रश्नः शहर P, शहर Q से कितनी दूर है ?

कथन-1: शहर Q, शहर R से 18 km दूर है।

कथन-2: शहर P, शहर R से 43 km दूर है।

उपर्युक्त प्रश्न और कथनों के बारे में निम्नलिखित में से कौन-सा एक सही है ?

(a) अकेला कथन-1 ही प्रश्न का उत्तर देने के लिए पर्याप्त है।
(b) अकेला कथन-2 ही प्रश्न का उत्तर देने के लिए पर्याप्त है।
(c) कथन-1 और कथन-2 दोनों, प्रश्न का उत्तर देने के लिए पर्याप्त हैं।
(d) कथन-1 और कथन-2 दोनों, प्रश्न का उत्तर देने के लिए पर्याप्त नहीं हैं।

38. दो कथन और उनके बाद चार निष्कर्ष नीचे दिए गए हैं। कथन यद्यपि सामान्य ज्ञात तथ्यों से असंगत प्रतीत हों, तो भी आपको उन्हें सत्य मानना है। सभी निष्कर्षों को पढ़िए और तब निश्चय कीजिए कि दिए गए निष्कर्षों में से कौन-सा/से निष्कर्ष, सामान्य ज्ञात तथ्यों की उपेक्षा करते हुए इन कथनों से तर्कसंगत रूप से अनुगमित होता है/होते हैं-

कथन-1: सभी कलमें, किताबें हैं।

कथन-2 : कोई कुर्सी, कलम नहीं है।

निष्कर्ष - I : सभी कुर्सियाँ, किताबें हैं।

निष्कर्ष - II : कुछ कुर्सियाँ, कलमें हैं।

निष्कर्ष - III : सभी किताबें, कुर्सियाँ हैं।

निष्कर्ष - IV: कोई भी कुर्सी, किताब नहीं है।

निम्नलिखित में से कौन-सा एक सही है?

(a) केवल निष्कर्ष-I

(b) केवल निष्कर्ष-II

(c) निष्कर्ष-III और निष्कर्ष-IV दोनों

(d) इन निष्कर्षों में से कोई भी अनुगमित नहीं होता

39. तीन कथन और उनके बाद तीन निष्कर्ष नीचे दिए गए हैं। कथन यद्यपि सामान्य ज्ञात तथ्यों से असंगत प्रतीत हों, तो भी आपको उन्हें सत्य मानना है। सभी निष्कर्षों को पढ़िए और तब निश्चय कीजिए कि दिए गए निष्कर्षों में से कौन-सा/से निष्कर्ष, सामान्य ज्ञात तथ्यों की उपेक्षा करते हुए इन कथनों से तर्कसंगत रूप से अनुगमित होता है/होते हैं-

कथन-1: कुछ डॉक्टर, शिक्षक हैं।

कथन-2: सभी शिक्षक, इंजीनियर हैं।

कथन-3 : सभी इंजीनियर, वैज्ञानिक हैं।

निष्कर्ष-I : कुछ वैज्ञानिक, डॉक्टर हैं।

निष्कर्ष-II : सभी इंजीनियर, डॉक्टर हैं।

निष्कर्ष-III : कुछ इंजीनियर, डॉक्टर हैं।

निम्नलिखित में से कौन-सा एक सही है?

(a) केवल निष्कर्ष-I

(b) केवल निष्कर्ष-II

(c) निष्कर्ष-I और निष्कर्ष-III दोनों

(d) निष्कर्ष-I और निष्कर्ष-II दोनों

40. आठ विद्यार्थी A, B, C, D, E, F, G और H किसी वृत्ताकार मेज के परितः मेज के केंद्र की ओर मुख किए हुए एक-दूसरे से एक समान दूरी पर बैठे हैं, किंतु आवश्यक नहीं है कि वे इसी क्रम में हों। B और D न तो C के सन्निकट हैं, न ही C के ठीक सामने बैठे हैं। E और D के बीच में A बैठा है, और B और H के बीच में F बैठा है। निम्नलिखित में से कौन-सा एक निश्चित रूप से सही है?

(a) A और G के बीच में B बैठा है

(b) G के ठीक सामने C बैठा है

(c) F के ठीक सामने E बैठा है

(d) उपर्युक्त में से कोई नहीं

निम्नलिखित 4 (चार) प्रश्नांशों के लिए निर्देश :

निम्नलिखित दो परिच्छेदों को पढ़िए और उनके नीचे आने वाले प्रश्नांशों के उत्तर दीजिए। इन प्रश्नांशों के लिए आपके उत्तर केवल इन परिच्छेदों पर ही आधारित होने चाहिए।

परिच्छेद-1

पिछली दो या तीन पीढ़ियों से व्यक्तियों की सतत बढ़ती हुई संख्या मनुष्यों की तरह नहीं, वरन् केवल कामगारों की तरह जीवन जीती रही है। अत्यधिक मात्रा में श्रम करना आज समाज के हर क्षेत्र में एक नियम बन गया है, जिसका परिणाम यह हुआ है कि व्यक्ति में आध्यात्मिक तत्त्व की संपन्नता नहीं हो पाती है। वह अपने थोड़े से अवकाश समय को किसी गंभीर गतिविधि में लगाने में अत्यधिक कठिनाई महसूस करता है। वह मनन करना नहीं चाहता; या यदि वह चाहे तो कर भी नहीं पाता। वह तलाश करता है, पर आत्मोन्नति की नहीं बल्कि मनोरंजन की, जो उसे इस लायक बनाता है कि वह मानसिक रूप से खाली हो और अपनी सामान्य गतिविधियों को भूल जाए। इसलिए हमारे युग की तथाकथित संस्कृति, नाट्यकला की अपेक्षा चलचित्र पर, गंभीर साहित्य की अपेक्षा समाचार-पत्रों, पत्रिकाओं और अपराध-कथाओं पर अधिक आधारित है।

41. यह परिच्छेद इस विचार पर आधारित है कि-

(a) मनुष्य को कठिन श्रम नहीं करना चाहिए

(b) हमारे युग की सबसे बड़ी बुराई अत्यधिक कार्य-तनाव है

(c) मनुष्य अच्छी तरह मनन नहीं कर सकता

(d) मनुष्य अपने आध्यात्मिक कल्याण का ध्यान नहीं रख सकता

42. मनुष्य आत्मोन्नति की तलाश नहीं करता, क्योंकि-

(a) वह बौद्धिक रूप से सक्षम नहीं है

(b) उसके पास इसके लिए समय नहीं है

(c) उसे भौतिकवाद ने विभ्रमित कर दिया है

(d) उसे मनोरंजन प्रिय है और वह मानसिक रूप से खाली है

परिच्छेद-2

जनांकिकीय लाभांश का अवसर, जो भारत में शुरू हो चुका है और जिसके और कुछ दशकों तक चलने की संभावना है, एक बहुत बड़ा संभावना-समय है। जनांकिकीय लाभांश बुनियादी तौर पर कार्यकारी आयु जनसंख्या में स्फीति है, जिसका विलोमत: अर्थ है कि अति युवा और अति वृद्ध आयु का सापेक्ष अनुपात, कुछ समय के लिए, गिरावट पर रहेगा। आयरलैंड और चीन के अनुभव से हम जानते हैं कि यह ऊर्जा का स्रोत और आर्थिक संवृद्धि का इंजन हो सकता है। जनांकिकीय लाभांश की प्रवृत्ति किसी देश की बचत दर को बढ़ाने की होती है, क्योंकि किसी भी देश में कार्यकारी आयु जनसंख्या ही मुख्य बचतकर्ता होती है। और चूँकि बचत दर संवृद्धि का महत्त्वपूर्ण चालक होती है, इससे हमारी संवृद्धि दर को बढ़ाने में मदद मिलनी चाहिए। तथापि, जनांकिकीय लाभांश के लाभ कार्यकारी आयु जनसंख्या की गुणता पर निर्भर होते हैं। और इसका निहितार्थ है शिक्षा, कौशल अर्जन और मानव पूँजी की महत्ता का स्मरण दिलाना।

43. जब जनांकिकीय लाभांश शुरू हो जाता है, तब किसी देश में निम्नलिखित में से क्या अवश्य घटित होगा/होंगे?

1. निरक्षर लोगों की संख्या घटेगी।

2. अति वृद्ध और अति युवा आयु का अनुपात कुछ समय के लिए घटेगा।

3. जनसंख्या वृद्धि दर शीघ्र स्थिर हो जाएगी।

नीचे दिए गए कूट का प्रयोग कर सही उत्तर चुनिए-

(a) केवल 1 और 2 (b) केवल 2

(c) केवल 1 और 3 (d) 1, 2 और 3

44. इस परिच्छेद का संदर्भ लेते हुए निम्नलिखित में से कौन-सा/से अनुमान निकाला जा सकता है/निकाले जा सकते हैं?

1. जनांकिकीय लाभांश किसी देश के लिए तेजी से इसकी आर्थिक संवृद्धि दर बढ़ाने के लिए एक अनिवार्य दशा है।
2. उच्च शिक्षा की उन्नति किसी देश के लिए तेजी से इसकी आर्थिक संवृद्धि बढ़ाने के लिए एक अनिवार्य दशा है।

नीचे दिए गए कूट का प्रयोग कर सही उत्तर चुनिए-

(a) केवल 1 (b) केवल 2
(c) 1 और 2 दोनों (d) न तो 1 और न ही 2

45. पाँच मित्र P, Q, X, Y और Z ने कुछ नोटबुक खरीदीं। संगत सूचनाएँ नीचे दी गई हैं-
1. X ने जितनी नोटबुक खरीदीं उससे 8 अधिक नोटबुक Z ने खरीदीं।
2. P और Q ने मिलकर 21 नोटबुक खरीदीं।
3. P ने जितनी नोटबुक खरीदीं उससे 5 कम नोटबुक Q ने खरीदीं।
4. X और Y ने मिलकर 28 नोटबुक खरीदीं।
5. X ने जितनी नोटबुक खरीदीं उससे 5 अधिक नोटबुक P ने खरीदीं।
यदि प्रत्येक नोटबुक की कीमत ₹ 40 है, तो सभी नोटबुक की कुल लागत कितनी है ?

(a) ₹ 2,600 (b) ₹ 2,400
(c) ₹ 2,360 (d) ₹ 2,320

46. कोई व्यक्ति घर से 14:30 बजे निकला और यात्रा कर गाँव पहुँचा, तब गाँव की घड़ी ने 15:15 बजे का समय दिखाया। वहाँ 25 मिनट रुककर, वह पहले वाले मार्ग की अपेक्षा 1.25 गुना लंबे मार्ग से, दोगुनी चाल से यात्रा कर 16:00 बजे अपने घर पहुँचा। घर की घड़ी की तुलना में गाँव की घड़ी

(a) 10 मिनट धीमी है (b) 5 मिनट धीमी है
(c) 10 मिनट तेज है (d) 5 मिनट तेज है

47. एक व्यक्ति X, कुछ कलमें छः बच्चों A, B, C, D, E और F में बाँटना चाहता है। यदि A को मिली कलमों की संख्या B को मिली कलमों की संख्या की दोगुनी, C को मिली कलमों की संख्या की तीन गुनी, D को मिली कलमों की संख्या की चार गुनी, E को मिली कलमों की संख्या की पाँच गुनी और F को मिली कलमों की संख्या की छह गुनी हो, तो X को न्यूनतम कितनी कलम खरीदनी चाहिए कि हर एक को मिली कलमों की संख्या सम संख्या हो ?

(a) 147 (b) 150
(c) 294 (d) 300

48. छः व्यक्ति A, B, C, D, E और F किसी वृत्ताकार मेज के परितः (मेज के केंद्र की ओर मुख किए), एक-दूसरे से एक समान दूरी पर बैठे हैं।

नीचे दिए गए प्रश्न और दो कथनों पर विचार कीजिए-

प्रश्न : A के ठीक बाईं ओर कौन बैठा है ?

कथन-1: C के ठीक सामने B बैठा है और E के ठीक सामने D बैठा है।

कथन-2 : B के ठीक बाईं ओर F बैठा है।

निम्नलिखित में से कौन-सा एक उपर्युक्त प्रश्न और कथनों के बारे में सही है ?

(a) अकेला कथन-1 ही प्रश्न का उत्तर देने के लिए पर्याप्त है।
(b) अकेला कथन-2 ही प्रश्न का उत्तर देने के लिए पर्याप्त है।
(c) कथन-1 और कथन-2 दोनों, प्रश्न का उत्तर देने के लिए पर्याप्त हैं।
(d) कथन-1 और कथन-2 दोनों, प्रश्न का उत्तर देने के लिए पर्याप्त नहीं हैं।

49. नीचे दिए गए प्रश्न और दो कथनों पर विचार कीजिए-

प्रश्नः मनीषा की आयु क्या है ?

कथन-1: मनीषा अपनी माँ से 24 वर्ष छोटी है।

कथन-2: 5 वर्ष बाद, मनीषा और उसकी माँ की आयु 3 : 5 के अनुपात में होगी।

निम्नलिखित में से कौन-सा एक उपर्युक्त प्रश्न और कथनों के बारे में सही है ?

(a) अकेला कथन-1 ही प्रश्न का उत्तर देने के लिए पर्याप्त है।
(b) अकेला कथन-2 ही प्रश्न का उत्तर देने के लिए पर्याप्त है।
(c) कथन-1 और कथन -2 दोनों, प्रश्न का उत्तर देने के लिए पर्याप्त हैं।
(d) कथन-1 और कथन -2 दोनों, प्रश्न का उत्तर देने के लिए पर्याप्त नहीं हैं।

50. छह व्याख्यान A, B, C, D, E और F, जो प्रत्येक एक घंटे की अवधि के हैं, प्रातः 8:00 बजे और अपराह्न 2:00 बजे के बीच नियत किए गए हैं।

नीचे दिए गए प्रश्न और दो कथनों पर विचार कीजिए-

प्रश्न : तीसरी व्याख्यान - अवधि (पीरियड) में कौन-सा व्याख्यान है ?

कथन-1: व्याख्यान F के ठीक पहले व्याख्यान A और ठीक बाद में व्याख्यान C हुआ।

कथन-2: व्याख्यान B के बाद कोई व्याख्यान नहीं है।

निम्नलिखित में से कौन-सा एक उपर्युक्त प्रश्न और कथनों के बारे में सही है ?

(a) अकेला कथन-1 ही प्रश्न का उत्तर देने के लिए पर्याप्त है।

(b) अकेला कथन-2 ही प्रश्न का उत्तर देने के लिए पर्याप्त है।

(c) कथन-1 और कथन-2 दोनों, प्रश्न का उत्तर देने के लिए पर्याप्त हैं।

(d) कथन-1 और कथन-2 दोनों, प्रश्न का उत्तर देने के लिए पर्याप्त नहीं हैं।

निम्नलिखित 3 (तीन) प्रश्नांशों के लिए निर्देश :

निम्नलिखित दो परिच्छेदों को पढ़िए और उनके नीचे आने वाले प्रश्नांशों के उत्तर दीजिए। इन प्रश्नांशों के लिए आपके उत्तर केवल इन परिच्छेदों पर ही आधारित होने चाहिए।

परिच्छेद-1

किसी आर्थिक संगठन में, मानव को मशीनों की उत्पादकता से लाभान्वित होने का अवसर मिले, तो यह उसे फुरसत के बहुत अच्छे जीवन की ओर ले जा सकता है और बौद्धिक गतिविधियों तथा रुचियाँ रखने वाले लोगों को छोड़कर, मानव के लिए अधिक फुरसत उबाऊ हो सकती है। अगर फुरसत में जीने वाली जनसंख्या को खुश रहना है, तो इसे आवश्यक रूप से शिक्षित जनसंख्या होना चाहिए और आनंद लेने की दृष्टि से तथा साथ ही साथ तकनीकी ज्ञान की प्रत्यक्ष उपादेयता की दृष्टि से शिक्षित होना चाहिए।

51. निम्नलिखित कथनों में से कौन-सा एक इस परिच्छेद के अंतर्निहित स्वर को सर्वोत्तम रूप में प्रतिबिंबित करता है ?

(a) केवल शिक्षित जनसंख्या ही आर्थिक प्रगति के लाभों का सर्वोत्तम उपयोग कर सकती है।

(b) सभी आर्थिक विकास का लक्ष्य फुरसत का निर्माण होना चाहिए।

(c) किसी देश की शिक्षित जनसंख्या में वृद्धि इसके लोगों को उनमें खुशी की वृद्धि की ओर ले जाती है।

(d) मशीनों के उपयोग को प्रोत्साहित करना चाहिए ताकि इससे फुरसत में जीने वाली बड़ी जनसंख्या का सृजन हो।

परिच्छेद-2

अगर उपहार अब, जबकि हम बड़े हो चुके हैं, हममें कम रोमांच पैदा करते हैं, तो शायद यह इसलिए है कि हमारे पास पहले से ही बहुत कुछ है; या शायद यह इसलिए है कि हम देने के आनंद की पूर्णता को, और इसके साथ ही पाने के आनंद की पूर्णता को भी, खो चुके हैं। बच्चों के डर पैने होते हैं, उनके दु:ख तीव्र होते हैं, लेकिन वे बहुत आगे तक या बहुत पीछे तक नहीं देख पाते। उनके आनंद स्पष्ट और पूर्ण होते हैं, क्योंकि अभी उन्होंने हर विचारार्थ विषय पर हमेशा 'किंतु' जोड़ना नहीं सीखा है। संभवतः हम अत्यधिक सावधान, अत्यधिक आशंकित, अत्यधिक संशयी हैं। शायद हमारी कुछ परेशानियाँ घट जाएँ अगर हम उनके विषय में कम सोचें, और अपने मार्ग में आने वाली खुशी का आनंद अधिक एकनिष्ठ होकर उठाएँ।

52. इस परिच्छेद का संदर्भ लेते हुए निम्नलिखित कथनों में से कौन-सा एक सही है?

(a) वयस्कों के लिए उपहारों से रोमांचित महसूस करना संभव नहीं है।

(b) उपहारों से वयस्कों के कम रोमांचित महसूस करने के एक से अधिक कारण हो सकते हैं।

(c) लेखक को यह पता नहीं है कि वयस्क उपहारों से कम रोमांचित क्यों महसूस करते हैं।

(d) वयस्कों में प्रेम करने या प्रेम किए जाने के आनंद को महसूस करने की कम क्षमता होती है।

53. इस परिच्छेद का लेखक किसके विरुद्ध है?

(a) अतीत और भविष्य के बारे में अत्यधिक चिंता करना

(b) उपहारों के बारे में सोचने की आदत के वशीभूत होना

(c) नई चीजों से रोमांचित न होना

(d) केवल आंशिक रूप में आनंद देना या प्राप्त करना

54. मान लीजिए A, B और C शून्येतर हैं और भिन्न अंकों को निरूपित करते हैं। मान लीजिए A, B और C से, बिना किसी अंक को दोबारा प्रयोग किए, बनी 3 अंक की सभी संभव संख्याओं का योग x है।

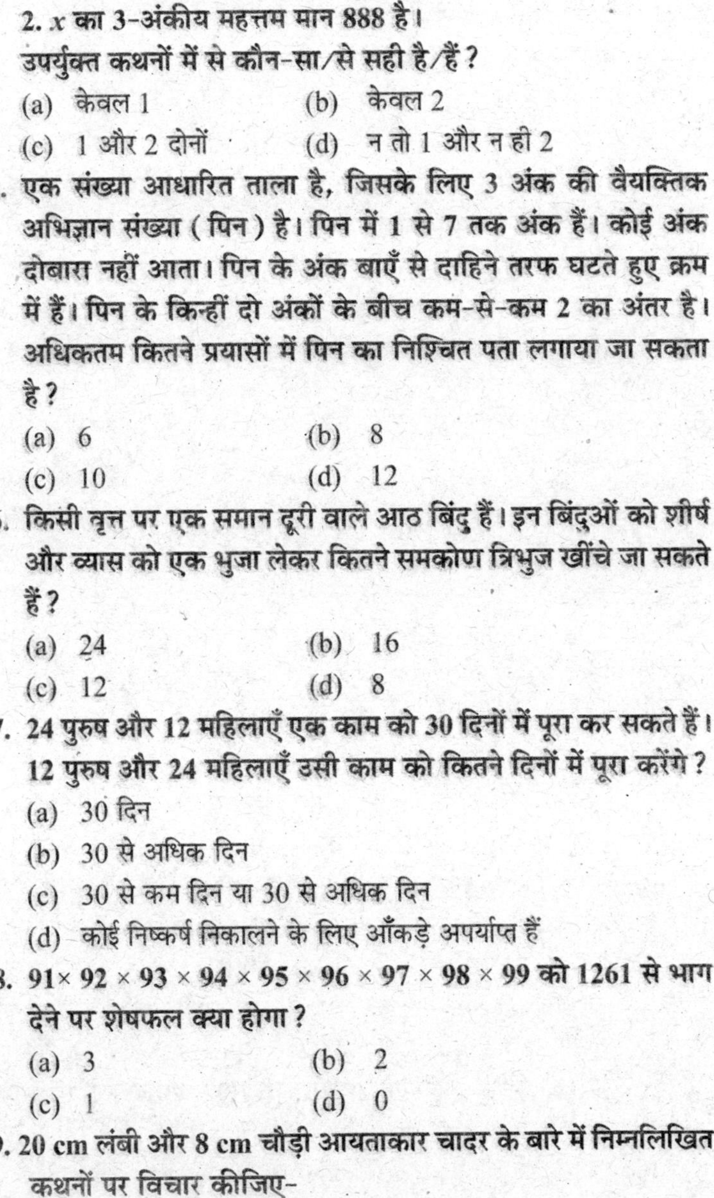

निम्नलिखित कथनों पर विचार कीजिए-

1. x का 4-अंकीय लघुतम मान 1332 है।

2. x का 3-अंकीय महत्तम मान 888 है।

उपर्युक्त कथनों में से कौन-सा/से सही है/हैं?

(a) केवल 1 (b) केवल 2

(c) 1 और 2 दोनों (d) न तो 1 और न ही 2

55. एक संख्या आधारित ताला है, जिसके लिए 3 अंक की वैयक्तिक अभिज्ञान संख्या (पिन) है। पिन में 1 से 7 तक अंक हैं। कोई अंक दोबारा नहीं आता। पिन के अंक बाएँ से दाहिने तरफ घटते हुए क्रम में हैं। पिन के किन्हीं दो अंकों के बीच कम-से-कम 2 का अंतर है। अधिकतम कितने प्रयासों में पिन का निश्चित पता लगाया जा सकता है?

(a) 6 (b) 8

(c) 10 (d) 12

56. किसी वृत्त पर एक समान दूरी वाले आठ बिंदु हैं। इन बिंदुओं को शीर्ष और व्यास को एक भुजा लेकर कितने समकोण त्रिभुज खींचे जा सकते हैं?

(a) 24 (b) 16

(c) 12 (d) 8

57. 24 पुरुष और 12 महिलाएँ एक काम को 30 दिनों में पूरा कर सकते हैं। 12 पुरुष और 24 महिलाएँ उसी काम को कितने दिनों में पूरा करेंगे?

(a) 30 दिन

(b) 30 से अधिक दिन

(c) 30 से कम दिन या 30 से अधिक दिन

(d) कोई निष्कर्ष निकालने के लिए आँकड़े अपर्याप्त हैं

58. $91 \times 92 \times 93 \times 94 \times 95 \times 96 \times 97 \times 98 \times 99$ को 1261 से भाग देने पर शेषफल क्या होगा?

(a) 3 (b) 2

(c) 1 (d) 0

59. 20 cm लंबी और 8 cm चौड़ी आयताकार चादर के बारे में निम्नलिखित कथनों पर विचार कीजिए-

1. इस चादर को ठीक-ठीक 4 वर्गाकार चादरों में काटना संभव है।
2. इस चादर को समान क्षेत्रफल वाले 10 त्रिभुजाकार चादरों में काटना संभव है।

उपर्युक्त कथनों में से कौन-सा/से सही है/हैं ?

(a) केवल 1 (b) केवल 2
(c) 1 और 2 दोनों (d) न तो 1 और न ही 2

60. जब एक संख्या x का 70% एक अन्य संख्या y में जोड़ा जाता है, तो उनका योग y के मान का 165% हो जाता है। जब संख्या x का 60% एक अन्य संख्या z में जोड़ा जाता है, तो उनका योग z के मान का 165% हो जाता है। निम्नलिखित में से कौन-सा एक सही है ?

(a) $z < x < y$ (b) $x < y < z$
(c) $y < x < z$ (d) $z < y < x$

निम्नलिखित 3 (तीन) प्रश्नांशों के लिए निर्देश :

निम्नलिखित दो परिच्छेदों को पढ़िए और उनके नीचे आने वाले प्रश्नांशों के उत्तर दीजिए। इन प्रश्नांशों के लिए आपके उत्तर केवल इन परिच्छेदों पर ही आधारित होने चाहिए।

परिच्छेद-1

अधिकांश लोग, जो अपनी जरूरतों के लिए पर्याप्त धन संचित करने में असफल रहते हैं, सामान्य तौर पर दूसरों की राय से आसानी से प्रभावित हो जाते हैं। वे अपने लिए सोचने का काम समाचार-पत्रों और गपोड़िये पड़ोसियों पर छोड़े रहते हैं। राय पृथ्वी पर सबसे सस्ती वस्तु है। हर किसी के पास, किसी के भी चाहने पर देने के लिए, जो भी उन्हें मानने को तैयार हो, राय का जखीरा तैयार रहता है। जब आप किसी निर्णय पर पहुँचते समय लोगों की राय से प्रभावित होते हैं, तो आप किसी भी उपक्रम में सफल नहीं हो सकेंगे।

61. इस परिच्छेद से निम्नलिखित में से क्या उपलक्षित है ?

(a) अधिकांश लोग अपनी जरूरतों के लिए धन संचित नहीं करते।
(b) अधिकांश लोग अपनी जरूरतों के लिए धन संचित करने में कभी असफल नहीं रहते।
(c) ऐसे लोग भी हैं जो अपनी जरूरतों के लिए धन संचित करने में असफल रह जाते हैं।
(d) धन संचित करने की कोई जरूरत नहीं है।

62. इस परिच्छेद का मुख्य विचार क्या है?

(a) लोगों को दूसरों की राय से प्रभावित नहीं होना चाहिए।

(b) लोगों को यथासंभव अधिकाधिक धन संचित करना चाहिए।

(c) लोगों को न तो राय देनी चाहिए, न ही लेनी चाहिए।

(d) लोग किसी भी उपक्रम में सफल हो जाएँगे, अगर वे कोई भी राय बिलकुल न लें।

परिच्छेद-2

"सामाजिक व्यवस्था एक पवित्र अधिकार है जो अन्य सभी अधिकारों का आधार है। तथापि, यह अधिकार प्रकृति से नहीं आता, और इसलिए इसको परिपाटियों पर आधारित होना चाहिए।"

63. उपर्युक्त परिच्छेद का संदर्भ लेते हुए निम्नलिखित कथनों में से कौन-सा/से सही है/हैं?

1. परिपाटियाँ मनुष्य के अधिकारों के स्रोत हैं।

2. मनुष्य के अधिकारों का केवल तभी प्रयोग किया जा सकता है, जब एक सामाजिक व्यवस्था हो।

नीचे दिए गए कूट का प्रयोग कर सही उत्तर चुनिए-

(a) केवल 1

(b) केवल 2

(c) 1 और 2 दोनों

(d) न तो 1 और न ही 2

64. दो उम्मीदवारों, X और Y ने एक निर्वाचन में भाग लिया। 80% लोगों ने मतदान किया और कोई अवैध मत नहीं हुआ। NOTA (उपर्युक्त में से कोई नहीं) का विकल्प नहीं था। मतदान में पड़े कुल मतों का 56% मत X को मिला और वह 1440 मतों से जीत गया। मतदाता सूची में मतदाताओं की कुल कितनी संख्या है?

(a) 15000 (b) 12000

(c) 9600 (d) 5000

65. 1000 से बड़ी वह लघुतम संख्या कौन-सी है जिसे 6, 9, 12, 15, 18 में से किसी एक से भी विभाजित करें, तो शेषफल 3 बचे?

(a) 1063 (b) 1073

(c) 1083 (d) 1183

66. मान लीजिए p दो अंकों की एक संख्या है और q उन्हीं अंकों को उलटे क्रम में लिखने से बनी संख्या है। यदि $p \times q = 2430$, तो p और q के बीच का अंतर क्या है ?

(a) 45 (b) 27

(c) 18 (d) 9

67. दो धनपूर्ण संख्याओं p और q के बारे में, जो इस प्रकार हैं कि p अभाज्य और q भाज्य संख्या है, निम्नलिखित कथनों पर विचार कीजिए-

1. $p \times q$ विषम संख्या हो सकती है।
2. q/p अभाज्य संख्या हो सकती है।
3. $p + q$ अभाज्य संख्या हो सकती है।

उपर्युक्त कथनों में से कौन-से सही है ?

(a) केवल 1 और 2

(b) केवल 2 और 3

(c) केवल 1 और 3

(d) 1, 2 और 3

68. निम्नलिखित कथनों पर विचार कीजिए-

1. अपराह्न 3:16 बजे और अपराह्न 3:17 बजे के बीच घड़ी की घंटे की सूई और मिनट की सूई एक साथ मिलती हैं।
2. अपराह्न 4:58 बजे और अपराह्न 4:59 बजे के बीच घड़ी की मिनट की सूई और सेकंड की सूई एक साथ मिलती हैं।

उपर्युक्त कथनों में से कौन-सा/से सही है/हैं ?

(a) केवल 1

(b) केवल 2

(c) 1 और 2 दोनों

(d) न तो 1 और न ही 2

69. X और Y दो पात्र हैं। X में 100ml दूध है और Y में 100ml पानी है। X में से 20ml दूध निकालकर Y में डाला जाता है। इन्हें अच्छी तरह मिलाकर, Y का 20ml मिश्रण निकालकर वापस X में मिलाया जाता

है। यदि X में दूध का अनुपात *m* से निर्दिष्ट होता है और Y में जल का अनुपात *n* से निर्दिष्ट होता है, तो निम्नलिखित में से कौन-सा एक सही है ?

(a) $m = n$

(b) $m > n$

(c) $m < n$

(d) अपर्याप्त आँकड़ों के कारण निर्धारित नहीं किया जा सकता

70. कोई वृत्तारेख किसी गृहस्थी में पाँच भिन्न मदों A, B, C, D और E पर हुआ व्यय बताता है। यदि B, C, D और E क्रमश: 90°, 50°, 45° तथा 75° के संगत हों, तो मद A पर व्यय का प्रतिशत कितना है ?

(a) $\frac{112}{9}$ (b) $\frac{125}{6}$

(c) $\frac{155}{9}$ (d) $\frac{250}{9}$

निम्नलिखित 3 (तीन) प्रश्नांशों के लिए निर्देश :

निम्नलिखित दो परिच्छेदों को पढ़िए और उनके नीचे आने वाले प्रश्नांशों के उत्तर दीजिए। इन प्रश्नांशों के लिए आपके उत्तर केवल इन परिच्छेदों पर ही आधारित होने चाहिए।

परिच्छेद-1

अनुसंधान को प्रोत्साहित करना किसी विश्वविद्यालय के कार्यों में से एक है। समकालीन विश्वविद्यालयों ने अनुसंधान को प्रोत्साहित किया है, न केवल उन मामलों में जहाँ अनुसंधान आवश्यक है, बल्कि सभी प्रकार के पूर्ण अलाभकर विषयों में भी। वैज्ञानिक अनुसंधान संभवत: कभी भी पूरी तरह मूल्यहीन नहीं होता। यह जितना भी मूर्खतापूर्ण और महत्त्वहीन लगे, अनुसंधानकर्ताओं का श्रम जितना भी यांत्रिक और अबौद्धिक हो, एक ऐसा मौका हमेशा ही रहता है कि प्रतिभा के अन्वेषक के लिए उसके परिणाम महत्त्व के हों, जो प्रेरणाहीन किंतु मेहनती अनुसंधानकर्ताओं द्वारा अपने लिए एकत्रित तथ्यों को किसी सारभूत सामान्यीकरण के आधार के रूप में इस्तेमाल कर सके। किंतु, जहाँ अनुसंधान मौलिक नहीं है, और सिर्फ विद्यमान सामग्रियों को फिर से व्यवस्थित करने के रूप में बना है, जहाँ इसका उद्देश्य

वैज्ञानिक न होकर साहित्यिक या ऐतिहासिक है, तो यह आशंका है कि यह पूरा कार्य निरर्थक बनकर रह जाए।

71. वैज्ञानिक अनुसंधान के बारे में लेखक की पूर्वधारणा यह है कि-

(a) यह कभी भी बहुत मूल्यवान नहीं होता

(b) यह कभी-कभी बहुत मूल्यवान होता है

(c) यह कभी भी कुछ-न-कुछ मूल्य के बिना नहीं होता

(d) यह हमेशा ही बहुत मूल्यवान होता है

72. लेखक के अनुसार-

(a) किसी प्रबुद्ध अन्वेषक के लिए बहुत से अनुसंधान परिणाम महत्त्व के नहीं हो सकते।

(b) किसी प्रबुद्ध अन्वेषक के लिए कोई भी अनुसंधान परिणाम हमेशा ही महत्त्व का होता है।

(c) किसी प्रबुद्ध अन्वेषक के लिए कोई भी अनुसंधान परिणाम महत्त्व का हो सकता है।

(d) किसी प्रबुद्ध अन्वेषक के लिए कोई भी अनुसंधान परिणाम हमेशा ही कुछ महत्त्व का होना चाहिए।

परिच्छेद-2

बाढ़ और सूखे की समस्याओं का सबसे अच्छा समाधान कैसे किया जा सकता है कि नुकसान कम-से-कम हों और तंत्र लचीला बन जाए? इस प्रसंग में एक महत्त्वपूर्ण बिंदु, जिस पर ध्यान दिया जाना चाहिए, वह यह है कि भारत में 120 दिनों (जून से सितंबर तक) के दौरान 'अत्यधिक' (वार्षिक वर्षा का 75%) जल प्राप्त होता है, और शेष 245 दिनों के दौरान 'अत्यल्प' जल प्राप्त होता है। जल उपलब्धता की इस विषम स्थिति को इस तरह प्रबंधित और विनियमित किया जाना है, ताकि वर्ष भर जल का उपभोग बना रहे।

73. निम्नलिखित में से कौन-सा एक व्यावहारिक, तर्कसंगत और टिकाऊ समाधान को सर्वोत्तम रूप से प्रतिबिंबित करता है?

(a) पूरे देश में कंक्रीट की विशाल भंडारण टंकियों और नहरों का निर्माण करना।

(b) फसल लेने के स्वरूपों और कृषि प्रथाओं में बदलाव लाना।

(c) पूरे देश में नदियों को आपस में जोड़ना।

(d) बाँधों और जलभरों के जरिए जल का सुरक्षित भंडार (बफर) रखना।

74. यदि $15 \times 14 \times 13 \times ... \times 3 \times 2 \times 1 = 3^m \times n$
जहाँ m और n धनात्मक पूर्णांक हैं, तो m का महत्तम मान क्या है?

(a) 7 (b) 6

(c) 5 (d) 4

75. अनुक्रम 2, 12, 36, 80, 150, X में X का मान क्या है?

(a) 248

(b) 252

(c) 258

(d) 262

76. एक शून्येतर अंक, अंग्रेजी वर्णमाला से एक स्वर और एक व्यंजन (कैपिटल में) पासवर्ड बनाने में इस तरह प्रयुक्त किए जाने हैं कि हर पासवर्ड स्वर से शुरू हो और व्यंजन पर समाप्त हो। ऐसे कितने पासवर्ड बनाए जा सकते हैं?

(a) 105

(b) 525

(c) 945

(d) 1050

77. किसी मेज पर 9 प्याले इस तरह सजाकर रखे हैं कि उनकी पंक्तियों और कॉलमों की संख्या समान है। इनमें से 6 प्यालों में कॉफी और 3 प्यालों में चाय है। इन्हें कितनी प्रकार से इस तरह रखा जा सकता है कि प्रत्येक पंक्ति में कम-से-कम एक कॉफी का प्याला हो?

(a) 18

(b) 27

(c) 54

(d) 81

78. तीन क्रमागत पूर्णांकों का योग उनके गुणनफल के बराबर हो, ऐसी कितनी संभावनाएँ हो सकती हैं?

(a) केवल एक
(b) केवल दो
(c) केवल तीन
(d) ऐसी कोई संभावना नहीं है

79. O.XY रूप की कितनी संख्याएँ हैं, जहाँ X और Y भिन्न शून्येतर अंक हैं ?

(a) 72 (b) 81
(c) 90 (d) 100

80. A, B, C का औसत भार 40 kg है; B, D, E का औसत भार 42 kg है और F का भार B के भार के बराबर है। A, B, C, D, E और F का औसत भार क्या है ?

(a) 40.5kg
(b) 40.8 kg
(c) 41 kg
(d) निर्धारित नहीं किया जा सकता क्योंकि आँकड़े अपर्याप्त हैं

उत्तरमाला

1. (a)	**2.** (d)	**3.** (c)	**4.** (d)	**5.** (a)	**6.** (a)	**7.** (d)	**8.** (d)
9. (b)	**10.** (d)	**11.** (b)	**12.** (d)	**13.** (a)	**14.** (a)	**15.** (b)	**16.** (d)
17. (c)	**18.** (b)	**19.** (d)	**20.** (b)	**21.** (c)	**22.** (a)	**23.** (a)	**24.** (c)
25. (d)	**26.** (b)	**27.** (c)	**28.** (d)	**29.** (c)	**30.** (a)	**31.** (c)	**32.** (b)
33. (a)	**34.** (d)	**35.** (d)	**36.** (d)	**37.** (d)	**38.** (d)	**39.** (c)	**40.** (d)
41. (b)	**42.** (c)	**43.** (b)	**44.** (d)	**45.** (a)	**46.** (d)	**47.** (c)	**48.** (d)
49. (c)	**50.** (d)	**51.** (c)	**52.** (b)	**53.** (a)	**54.** (a)	**55.** (c)	**56.** (a)
57. (d)	**58.** (d)	**59.** (c)	**60.** (a)	**61.** (c)	**62.** (a)	**63.** (a)	**64.** (a)
65. (c)	**66.** (d)	**67.** (d)	**68.** (c)	**69.** (a)	**70.** (d)	**71.** (c)	**72.** (c)
73. (d)	**74.** (b)	**75.** (b)	**76.** (c)	**77.** (d)	**78.** (c)	**79.** (a)	**80.** (c)

मुख्य परीक्षा-2022

हिंदी (अनिवार्य)

1. निम्नलिखित में से किसी एक विषय पर लगभग 600 शब्दों में निबंध लिखिए-

(a) नवीकरणीय ऊर्जा : संभावनाएँ और चुनौतियाँ

(b) संचार क्रांति का महत्त्व

(c) खेलों का बढ़ता व्यवसायीकरण

(d) खान-पान का स्वास्थ्य पर प्रभाव

2. निम्नलिखित गद्यांश को ध्यानपूर्वक पढ़िए और उसके आधार पर नीचे दिए गए प्रश्नों के उत्तर स्पष्ट, सही और संक्षिप्त भाषा में दीजिए-

औपनिवेशिक शासन बेहिसाब आँकड़ों और जानकारियों के संग्रह पर आधारित था। अंग्रेजों ने अपने व्यावसायिक मामलों को चलाने के लिए व्यापारिक गतिविधियों का विस्तृत ब्यौरा रखा था। बढ़ते शहरों में जीवन की गति और दिशा पर नजर रखने के लिए वे नियमित रूप से सर्वेक्षण करते थे, सांख्यिकीय आँकड़े इकट्ठा करते थे और विभिन्न प्रकार की सरकारी रिपोर्टें प्रकाशित करते थे।

प्रारंभिक वर्षों से ही औपनिवेशिक सरकार ने मानचित्र तैयार करने पर खास ध्यान दिया। सरकार का मानना था कि किसी जगह की बनावट और भूदृश्य को समझने के लिए नक्शे जरूरी होते हैं। इस जानकारी के सहारे वे इलाके पर ज्यादा बेहतर नियंत्रण कायम कर सकते थे। जब शहर बढ़ने लगे तो न केवल उनके विकास की योजना तैयार करने के लिए, बल्कि व्यवसाय को विकसित करने और अपनी सत्ता मजबूत करने के लिए भी नक्शे बनाए जाने लगे। शहरों के नक्शों से हमें उस स्थान पर पहाड़ियों, नदियों व हरियाली का पता चलता है। ये सारी चीजें रक्षा संबंधी उद्देश्यों के लिए योजना तैयार करने में बहुत काम आती हैं। इसके अलावा घाटों की जगह, मकानों की सघनता और गुणवत्ता तथा सड़कों की स्थिति आदि से इलाके की व्यावसायिक संभावनाओं का पता लगाने और कराधान (टैक्स व्यवस्था) की रणनीति बनाने में मदद मिलती है।

उन्नीसवीं सदी के आखिर से अंग्रेजों ने वार्षिक नगरपालिका कर वसूली के जरिए शहरों के रखरखाव के वास्ते पैसा इकट्ठा करने की कोशिशें शुरू कर

दी थीं। टकरावों से बचने के लिए उन्होंने कुछ जिम्मेदारियाँ निर्वाचित भारतीय प्रतिनिधियों को भी सौंपी हुई थीं। आंशिक लोक प्रतिनिधित्व से लैस नगर निगम जैसे संस्थानों का उद्देश्य शहरों में जलापूर्ति, निकासी, सड़क निर्माण और स्वास्थ्य व्यवस्था जैसी अत्यावश्यक सेवाएँ उपलब्ध कराना था। दूसरी तरफ, नगर निगमों की गतिविधियों से नए तरह के रिकॉर्ड्स पैदा हुए जिन्हें नगरपालिका रिकॉर्ड रूम में सँभालकर रखा जाने लगा।

शहरों के फैलाव पर नजर रखने के लिए नियमित रूप से लोगों की गिनती की जाती थी। उन्नीसवीं सदी के मध्य तक विभिन्न क्षेत्रों में कई जगह स्थानीय स्तर पर जनगणना की जा चुकी थी। अखिल भारतीय जनगणना का पहला प्रयास 1872 में किया गया। इसके बाद, 1881 से दशकीय (हर 10 साल में होने वाली) जनगणना एक नियमित व्यवस्था बन गई। भारत में शहरीकरण का अध्ययन करने के लिए जनगणना से निकले आँकड़े एक बहुमूल्य स्रोत हैं। जब हम इन रिपोर्टों को देखते हैं तो ऐसा लगता है कि हमारे पास ऐतिहासिक परिवर्तन को मापने के लिए ठोस जानकारी उपलब्ध हैं। बीमारियों से होने वाली मौतों की सारणियों का अंतहीन सिलसिला या उम्र, लिंग, जाति एवं व्यवसाय के अनुसार लोगों को गिनने की व्यवस्था से संख्याओं का एक विशाल भंडार मिलता है जिससे सटीकता का भ्रम पैदा हो जाता है। लेकिन इतिहासकारों ने पाया है कि ये आँकड़े भ्रामक भी हो सकते हैं। इन आँकड़ों का इस्तेमाल करने से पहले हमें इस बात को अच्छी तरह समझ लेना चाहिए कि आँकड़े किसने इकट्ठा किए हैं और उन्हें क्यों तथा कैसे इकट्ठा किया गया था। हमें यह भी मालूम होना चाहिए कि किस चीज को मापा गया था और किस चीज को नहीं मापा गया था।

(a) औपनिवेशिक शासन चलाने में आँकड़ों का क्या महत्त्व था?
(b) औपनिवेशिक शासकों के लिए मानचित्र क्यों महत्त्वपूर्ण थे?
(c) औपनिवेशिक अभिलेखों के माध्यम से शहरीकरण का अध्ययन किस प्रकार किया जा सकता है?
(d) इतिहासकार आँकड़ों को सदैव अहानिकर क्यों नहीं मानते?
(e) औपनिवेशिक शासकों की करों से संबंधित नीति क्या थी?

3. **निम्नलिखित अनुच्छेद का संक्षेपण लगभग एक-तिहाई शब्दों में लिखिए। इसका शीर्षक लिखने की आवश्यकता नहीं है। संक्षेपण अपने शब्दों में ही लिखिए–**

साधारणतया 'विकास' शब्द से अभिप्राय समाज विशेष की स्थिति और उसके द्वारा अनुभव किए गए परिवर्तन की प्रक्रिया से होता है। मानव इतिहास के लंबे अंतराल में समाज और उसके जैव-भौतिक पर्यावरण की निरंतर अंतः क्रियाएँ समाज की स्थिति का निर्धारण करती हैं। मानव और पर्यावरण अंतः क्रिया की प्रक्रियाएँ इस बात पर निर्भर करती हैं कि समाज ने किस प्रकार की प्रौद्योगिकी विकसित की है और किस प्रकार की संस्थाओं का पोषण किया है। प्रौद्योगिकी और संस्थाओं ने मानव-पर्यावरण अंतःक्रिया को गति प्रदान की है तो इससे पैदा हुए संवेग ने प्रौद्योगिकी का स्तर ऊँचा उठाया है और अनेक संस्थाओं का निर्माण और रूपांतरण किया है। अतः विकास एक बहु-आयामी संकल्पना है और अर्थव्यवस्था, समाज तथा पर्यावरण में सकारात्मक व अनुत्क्रमणीय परिवर्तन का द्योतक है।

विकास की संकल्पना गतिक है और इस संकल्पना का प्रादुर्भाव 20वीं शताब्दी के उत्तरार्ध में हुआ है। द्वितीय विश्व युद्ध के उपरांत विकास की संकल्पना आर्थिक वृद्धि की पर्याय थी जिसे सकल राष्ट्रीय उत्पाद, प्रति व्यक्ति आय और प्रति व्यक्ति उपभोग में समय के साथ बढ़ोतरी के रूप में मापा जाता है। परंतु अधिक आर्थिक वृद्धि वाले देशों में भी असमान वितरण के कारण गरीबी का स्तर बहुत तेजी से बढ़ा। अतः 1970 के दशक में 'पुनर्वितरण के साथ वृद्धि' तथा 'वृद्धि और समानता' जैसे वाक्यांश विकास की परिभाषा में शामिल किए गए। पुनर्वितरण और समानता के प्रश्नों से निपटते हुए यह अनुभव हुआ कि विकास की संकल्पना को मात्र आर्थिक प्रक्षेत्र तक ही सीमित नहीं रखा जा सकता। इसमें लोगों के कल्याण और रहने के स्तर, जन स्वास्थ्य, शिक्षा, समान अवसर और राजनीतिक तथा नागरिक अधिकारों से संबंधित मुद्दे भी सम्मिलित हैं। 1980 के दशक तक विकास एक बहु-आयामी संकल्पना के रूप में उभरा जिसमें समाज के सभी लोगों के लिए वृहद स्तर पर सामाजिक एवं भौतिक कल्याण का समावेश है।

1960 के दशक के अंत में पश्चिमी दुनिया में पर्यावरण संबंधी मुद्दों पर बढ़ती जागरूकता की सामान्य वृद्धि के कारण सतत पोषणीय धारणा का विकास हुआ। इससे पर्यावरण पर औद्योगिक विकास के अनापेक्षित प्रभावों के विषय में लोगों की चिंता प्रकट होती थी।

पर्यावरणीय मुद्दों पर विश्व समुदाय की बढ़ती चिंता को ध्यान में रखकर संयुक्त राष्ट्र संघ ने 'विश्व पर्यावरण और विकास आयोग (WCED)' की

स्थापना की जिसकी प्रमुख नार्वे की प्रधानमंत्री ग्रो हरलेम ब्रेटलैंड थीं। इस आयोग ने अपनी रिपोर्ट 'अवर कॉमन फ्यूचर' (जिसे ब्रंटलैंड रिपोर्ट भी कहते हैं) 1987 में प्रस्तुत की। WCED ने सतत पोषणीय विकास की सीधी-सरल और वृहद स्तर पर प्रयुक्त परिभाषा प्रस्तुत की। इस रिपोर्ट के अनुसार सतत पोषणीय विकास का अर्थ है- "एक ऐसा विकास जिसमें भविष्य में आने वाली पीढ़ियों की आवश्यकता पूर्ति को प्रभावित किए बिना वर्तमान पीढ़ी द्वारा अपनी आवश्यकता की पूर्ति करना।"

4. निम्नलिखित गद्यांश का अंग्रेजी में अनुवाद कीजिए-

प्रेमचंद ने कहा था कि कहानियाँ तो चारों तरफ हवा में बिखरी पड़ी हैं, सवाल उन्हें पकड़ने का है। ऐसा इसलिए है कि हर व्यक्ति और हर वस्तु का अपना-अपना जीवन होता है, बाकी सबसे अलग। उसका एक आरंभ, विकास और फिर अंत भी होता है। सबकी कोई-न-कोई कहानी होती है। जिस तरह एक व्यक्ति दूसरे से हू-ब-हू नहीं मिलता, वैसे ही उसकी अपनी जीवन-कथा भी दूसरे से नहीं मिलती।

ऐसा कोई व्यक्ति नहीं है जो अपनी कथा न लिख सके। मेरी आत्मकथा मेरे जीवन की कथा है। यह केवल मेरी कथा है। और जहाँ तक मेरा जीवन दूसरों के जीवन को छूता है, वहाँ तक यह दूसरों की भी कथा है। और जहाँ तक मेरा जीवन एक समय, समाज या समूह का प्रतिनिधि जीवन होता है, वहाँ तक वह सबकी कथा बन जाती है। प्रत्येक व्यक्ति का जीवन कथा में बदलने के योग्य है।

आप कलम हाथ में लेते हैं और कागज पर कुछ लिखने लगते हैं। सबसे अच्छा है अपने ही जीवन से शुरू किया जाए। अपने बारे में, बचपन से लेकर अब तक जो-जो हुआ, वह सब। यही तो आत्मकथा है। आत्मकथा की पहली शर्त है साफ-साफ, सच-सच कहना।

इसके लिए भी अभ्यास जरूरी है। नैतिक साहस जरूरी है। अगर पूरी आत्मकथा न भी लिखी जाए तो संस्मरण या डायरी लिखी जा सकती है। कई दिनों वर्षों की डायरी आत्मकथा बन जाती है।

5. निम्नलिखित गद्यांश का हिंदी में अनुवाद कीजिए-

Socrates was one of the celebrated Greek thinkers who became very influential in the development of Greek philosophy in particular and Western philosophy in general.

Socrates tried to bring radical changes in the society. But his attempts in the social field were not accepted and appreciated by the authorities. But convinced of his principles Socrates continued his efforts. The authorities considered him as a threat to their existence and as a result he was arrested and sent to prison. Later, he was given capital punishment because he was frank and outspoken. When he received the news of the death penalty he was not at all shaken.

It confused all the officials and even Socrates' own disciples because they had never seen a person accepting the news of his death penalty with a smiling face. When asked why so, he replied, "I have been preparing for death all my life. I have never done anything wrong to any man. That is why I am able to accept even death with a smiling face."

In his use of critical reasoning, by his unwavering commitment to truth and through the vivid cxample of his own life, Socrates set the standard for all subsequent Western philosophy.

6. **(a) निम्नलिखित मुहावरों का अर्थ स्पष्ट करते हुए उनका वाक्यों में प्रयोग कीजिए-**

(i) नाक पर मक्खी न बैठने देना

(ii) छाती पर साँप लोटना

(iii) बंदर घुड़की देना

(iv) गिन-गिनकर पैर रखना

(v) मिट्टी में मिलना

(b) निम्नलिखित वाक्यों के शुद्ध रूप लिखिए-

(i) कई रेलवे के कर्मचारियों ने अवकाश लिया।

(ii) साहित्य और समाज का घोर संबंध है।

(iii) तब शायद यह काम जरूर हो जाएगा।

(iv) लड़का मिठाई लेकर भागता हुआ घर आया।

(v) हमारे यहाँ तरुण नवयुवकों की शिक्षा का अच्छा प्रबंध है।

(c) निम्नलिखित शब्दों के दो-दो पर्यायवाची लिखिए-

(i) स्वर्ण

(ii) सूर्य

(iii) हिमालय

(iv) हाथी

(v) अमृत

(d) निम्नलिखित युग्मों को इस तरह से वाक्य में प्रयुक्त कीजिए कि उनका अर्थ एवं अंतर स्पष्ट हो जाए-

(i) आदि-आदी

(ii) क्रांति—क्लांति

(iii) नियत — नियति

(iv) प्रणय-परिणय

(v) वित्त वृत्त

Main Exam-2022
English (Compulsory)

1. Write an essay in about 600 words on any one of the following topics:

(a) Mathematics: A mirror of modern civilization.

(b) New frontiers of science need to be explored in the current times.

(c) Education is a means of shaping character and of social change.

(d) The role of literature in a common man's life.

2. Read carefully the passage given below and write your answers to the questions that follow in clear, correct and concise language:

Not so long ago a book on human origins would have devoted a substantial number of pages to descriptions of the fossil evidence for primate evolution. This was in part because it was assumed that at each stage of primate evolution one of the fossil primates would have been recognizable as the direct ancestor of modern humans. However, we now know that for various reasons many of these tax a are highly unlikely to be ancestral to living higher primates. Instead, this account will concentrate on what we know of the evolution and relationships of the great apes. It will review how long Western scientists have known about the great apes, and it will show how ideas about their relationships to each other, and to modern humans, have changed. It will also explore which of the living apes is most closely related to modern humans.

Among the tales of exotic animals brought home by explorers and traders were descriptions of what we now know as the great apes, that is, chimpanzees and gorillas from Africa, and orangutans from Asia. Aristotle referred to 'apes' as well as to 'monkeys' and 'baboons' in his *Historia animalium* (literally the 'History of Animals'), but his 'apes' were the same as the 'apes' dissected by the early anatomists, which were short-tailed macaque monkeys from North Africa. One of the first people to undertake a systematic review of the differences between modern humans and the chimpanzee and gorilla was Thomas Henry Huxley. In an essay entitled 'On the relations of Man to the Lower Animals' that formed the central section of his 1863 book called *Evidence as to Man's Place in Nature*, he concluded the anatomical differences between modern humans and the chimpanzee and gorilla were less marked than the differences between the two African apes and the orangutan. Darwin used this evidence in his *The Descent of Man* published in 1871 to suggest that, because the African apes were morphologically closer to modern humans than to the only great ape known from Asia, the ancestors of modern humans were more likely to be found in Africa than elsewhere. This deduction played a critical role in pointing most researchers towards Africa as a likely place to find human ancestors. As we will see in the next chapter, those who considered the orangutan our closest relative looked to South-East Asia as the most likely place to find modern human ancestors.

Developments in biochemistry and immunology during the first half of the 20th century allowed the search for evidence about the nature of the relationships between modern humans and the apes to be shifted from traditional morphology to the morphology of molecules. The earliest attempts to use proteins to determine primate relationships were made just after the turn of the century, but the first results of a new generation of analyses were reported in the early 1960s. The famous US biochemist Linus Pauling coined the name 'molecular anthropology' for this area of research. Two reports, both published in 1963, provided crucial evidence. Emile Zuckerkandl, another pioneer molecular anthropologist, described how he used enzymes to break up the protein haemoglobin from blood red cells into its peptide components, and that when he separated them using a small electric current, the patterns made by the peptides from a modern human, a chimpanzee, and a gorilla were indistinguishable. The second contribution was by Morris Goodman, who has spent his life working on molecular anthropology, who used techniques borrowed from immunology to study samples of a serum (serum is what is left after blood has clotted) protein called albumin taken from modern humans, apes and monkeys. He came to the conclusion that the albumins of modern humans and chimpanzees were so alike in their structure that you cannot tell them apart.

Proteins are made up of a string of amino acids. In many instances one amino acid may be substituted for another without changing the function of the protein. In the 1960s and 1970s Vince Sarich and Allan Wilson, two Berkeley biochemists interested in primate and human evolution, exploited these minor variations in protein structure in order to determine the evolutionary history of the molecules, and therefore, presumably, the evolutionary history of the taxa being sampled. They, too, concluded that modern humans and the African apes were very closely related.

(a) What does the author say about earlier assumptions regarding evolution?

(b) According to the author, how are modern humans and apes related?

(c) What later developments took place in the twentieth century in investigating the relationship of apes and humans?

(d) What were the attempts made to use proteins to determine primate relationships?

(e) In what way does the latest research prove the relationship between apes and humans?

3. Make a précis of the following passage in about one-third of its length. Do not give a title to it. The précis should be written in your own language:

Everyone must have had at least one personal experience with a computer error by this time. Bank balances are suddenly reported to have jumped into the millions, appeals for charitable contributions are mailed over and over to people with crazy-sounding names at your address, department stores send the wrong bills, utility companies write that they're turning everything off, that sort of thing. If you manage to get in touch with someone and complain, you then get instantaneously typed, guilty letters from the same computer, saying, 'Our computer was in error, and an adjustment is being made in your account.'

These are supposed to be the sheerest and blindest accidents. Mistakes are not believed to be part of the normal behavior of a good machine. If things go wrong, it must be a personal, human error, the result of fingering, tampering, a button getting stuck, someone hitting the wrong key. The computer, at its normal best, is infallible.

I wonder whether this can be true. After all, the whole point of computers is that they represent an extension of the human brain, vastly improved upon but nonetheless human, super-human maybe. A good computer can think clearly and quickly enough to beat you at chess, and some of them have even been programmed to write obscure verse. They can do anything we can do, and more besides.

It is not yet known whether a computer has its own consciousness, and it would be hard to find out about this. When you walk into one of those great halls now built for the huge machines, and stand listening, it is easy to imagine that the faint, distant noises are the sound of thinking, and the turning of the spools gives them the look of wild creatures rolling their eyes in the effort to concentrate, choking with information. But real thinking, and dreaming, are other matters.

On the other hand, the evidences of something like an unconscious, equivalent to ours, are all around, in every mail. As extensions of the human brain, they have been constructed with the same property of error, spontaneous, uncontrolled, and rich in possibilities.

Mistakes are at the very base of human thought, embedded there, feeding the structure like root nodules. If we were not provided with the knack of being wrong, we could never get anything useful done. We think our way along by choosing between right and wrong alternatives, and the wrong choices have to be made as frequently as the right ones. We get along in life this way. We are built to make mistakes, coded for error. We learn, as we say, by 'trial and error'. Why do we always say that? Why not 'trial and rightness' or 'trial and triumph' ? The old phrase puts it that way because that is, in real life, the way it is done.

A good laboratory, like a good bank or a corporation or government, has to run like a computer. Almost everything is done flawlessly, by the book, and all the numbers add up to the predicted sums. The days go by. And then, if it is a lucky day, and a lucky laboratory, somebody makes a mistake: the wrong buffer, something in one of the blanks, a decimal misplaced in reading counts, the warm room off by a degree and a half, a mouse out of his box, or just a misreading of the day's protocol. Whatever, when the results come in, something is obviously screwed up, and then the action can begin.

The misreading is not the important error; it opens the way. The next step is the crucial one. If the investigator can bring himself to say, 'But even so, look at that!' then the new finding, whatever it is, is ready for snatching. What is needed, for progress to be made, is the move based on the error.

Whenever new kinds of thinking are about to be accomplished, or new varieties of music, there has to be an argument beforehand. With two sides debating in the same mind, haranguing, there is an amiable understanding that one is right and the other wrong. Sooner or later the thing is settled, but there can be no action at all if there are not the two sides, and the argument. The hope is in the faculty of wrongness, the tendency toward error. The capacity to leap across mountains of information to land lightly on the wrong side represents the highest of human endowments.

4. (a) Rewrite the following sentences after making necessary corrections. Do not make unnecessary changes in the original sentence:

(i) Every man, woman and child were rescued.

(ii) No sooner I am out, than the students make a noise.

(iii) Walk carefully lest you may not fall.

(iv) The patient died before the doctor arrived.

(v) Time and tide waits for none.

(vi) Into what kind of mess have you got me into?

(vii) I learned the answer would come sooner than I expected.

(viii) Hardly he had stepped out than it began to rain.

(ix) Either of the five dancers will dance tonight.

(x) My client was neither aware nor party to the plot.

4. (b) Supply the missing words:

(i) She started the work .... a few days.

(ii) There is no exception .... this rule.

(iii) We are accountable to God .... our actions

(iv) The police is entrusted .... the enforcement of law and order.

(v) The girl was hit with a stone .... her brother.

4. (c) Use the correct forms of the verbs given in brackets:

(i) After she .... (take) her lunch, she went to the theatre.

(ii) The doctor ....(examine) the patients every evening.

(iii) They .... (build) that bridge since 2003.

(iv) He .... (play) cards, when I saw him.

(v) If she works hard, she .... (get) a first class.

4. (d) Write the antonyms of the following:

(i) Ecstasy (ii) Advocate

(iii) Anaemic (iv) Allow

(v) Hyperbole

5. (a) Rewrite the following sentences as directed without changing the meaning:

(i) He is a learned man. He cannot make that mistake. (Combine the sentence by using 'too' - 'to')

(ii) Brutus was not without love for Caesar ....? (Add a question tag)

(iii) As soon as he went there, the uproar commenced. (Remove 'as soon as' and put 'no sooner than')

(iv) Either the father or the son has not taken it. (Use 'neither-nor')

(v) You tell me the truth. I shall not punish you. (Rewrite the sentence beginning with 'unless'.)

(vi) The Prince said, "It gives me great pleasure to be here this evening". (Change into Indirect Speech)

(vii) The minister was spoken to by them. (Change into active voice)

(viii) Not only Rama but also Gopal did it. (Remove 'not only' - 'but also' and put 'as well as')

(ix) The farmer worked so hard, that he might not starve. (Remove 'so' and 'that' and put 'lest')

(x) Hardly had I arrived at the gate, when my servant brought the horse. (Remove 'hardly' and put 'scarcely')

5. (b) Use the following words to make sentences that bring out their meaning clearly. Do not change the form of the words. (No marks will be given for vague and ambiguous sentences):

(i) Misogynist (ii) Unprecedented

(iii) Orchard (iv) Morale

(v) Volunteer

5. (c) Choose the appropriate word to fill in the blanks:

(i) Modern youth is fond of .... life. (ostentatious / ostensible)

(ii) The poetry of Keats has a .... beauty. (sensational / sensuous)

(iii) King Ashoka did not approve of the .... (barbarous / barbaric) sport of hunting behaviour. (obnoxious / noxious)

(iv) Everyone despised him for his .... party was attacked by militants. (petrol / patrol)

(v) The .... party was attacked by militants. (pertol/ patrol)

5. (d) Use the following idioms/phrases in sentences of your own to bring out their meaning clearly:

(i) back seat driver

(ii) call it a day

(iii) wet behind the ears

(iv) set off

(v) run out of

मुख्य परीक्षा-2022

निबंध

खंड A और B प्रत्येक से एक-एक विषय चुनकर दो निबंध लिखिए, जो प्रत्येक लगभग 1000-1200 शब्दों में हो-

खंड-A

1. आर्थिक समृद्धि हासिल करने के मामले में वन सर्वोत्तम प्रतिमान होते हैं।
2. कवि संसार के अनधिकृत रूप से मान्य विधायक होते हैं।
3. इतिहास वैज्ञानिक मनुष्य के रूमानी मनुष्य पर विजय हासिल करने का एक सिलसिला है।
4. जहाज बंदरगाह के भीतर सुरक्षित होता है, परंतु इसके लिए तो वह होता नहीं है।

खंड-B

5. छप्पर मरम्मत करने का समय तभी होता है, जब धूप खिली हुई हो।
6. आप उसी नदी में दोबारा नहीं उतर सकते।
7. हर असमंजस के लिए मुस्कुराहट ही चुनिंदा साधन है।
8. केवल इसलिए कि आपके पास विकल्प हैं, इसका यह अर्थ कदापि नहीं है कि उनमें से किसी को भी ठीक होना ही होगा।

मुख्य परीक्षा-2022

सामान्य अध्ययन प्रश्न-पत्र-1

(भारतीय विरासत और संस्कृति, विश्व का इतिहास एवं भूगोल तथा समाज)

1. स्पष्ट करें कि मध्यकालीन भारतीय मंदिर की मूर्तिकला उस समय के सामाजिक जीवन का प्रतिनिधित्व करती है ? (उत्तर 150 शब्दों में दें)
2. अधिकांश भारतीय सिपाहियों वाली ब्रिटिश ईस्ट इंडिया कंपनी की सेना क्यों तत्कालीन भारतीय शासकों की अधिक संख्या बल में अधिक और बेहतर सुसज्जित सेनाओं से लगातार जीतती रही ? (उत्तर 150 शब्दों में दें)
3. औपनिवेशिक भारत की अठारहवीं शताब्दी के मध्य से अकाल पड़ने में अचानक वृद्धि देखने को मिलती है ? कारण दें। (उत्तर 150 शब्दों में दें)
4. प्राथमिक चट्टानों की विशेषताओं और प्रकारों का वर्णन करें। (उत्तर 150 शब्दों में दें)

5. भारत मौसम विज्ञान विभाग द्वारा चक्रवात प्रवण क्षेत्रों के लिए मौसम संबंधी चेतावनियों के लिए निर्धारित रंग संकेत के अर्थ पर चर्चा करें। (जवाब 150 शब्दों में दें)
6. "दक्कन ट्रैप" की प्राकृतिक संसाधनों की संभावनाओं पर चर्चा करें। (उत्तर 150 शब्दों में दें)
7. भारत में पवन ऊर्जा की क्षमता का परीक्षण कीजिए एवं उनके सीमित क्षेत्र विस्तार के कारणों को समझाएँ। (उत्तर 150 शब्दों में दें)
8. पारिवारिक संबंधों पर "वर्क फ्रॉम होम" के असर का छानबीन तथा मूल्यांकन करें। (उत्तर 150 शब्दों में दें)
9. उपभोगता संस्कृति के विशेष परिपेक्ष्य में नव मध्यम वर्ग के उभार से टियर-02 शहरों का विकास किस तरह संबंधित है? (उत्तर 150 शब्दों में दें)
10. भारत के जनजातीय समुदायों की विविधता को देखते हुए, किस विशिष्ट संदर्भ के अंतर्गत उन्हें किस एकल श्रेणी के रूप में माना जाना चाहिए? (उत्तर 150 शब्दों में दें)
11. राज्यों और प्रदेशों का राजनीतिक और प्रशासनिक पुनर्गठन उन्नीसवीं सदी के मध्य से निरंतर चल रही एक प्रक्रिया है। उदाहरण सहित विचार कीजिए (उत्तर 250 शब्दों में दें)
12. भारतीय परंपरा और संस्कृति में गुप्त काल और चोल काल के योगदान की चर्चा कीजिए। (उत्तर 250 शब्दों में दें)
13. भारतीय मिथक, कला और वास्तुकला में सिंह और वृषभ की आकृतियों के महत्त्व पर चर्चा करें। (उत्तर 250 शब्दों में दें)
14. समुद्री धाराओं को प्रभावित करनेवाली शक्तियां कौन-सी हैं? विश्व के मत्स्य उद्योग में उनके योगदान का वर्णन कीजिए। (उत्तर 250 शब्दों में दें)
15. रबर उत्पादक देशों के वितरण का वर्णन करते हुए, उनके सामने आनेवाले प्रमुख पर्यावरणीय मुद्दों को इंगित कीजिए। (उत्तर 250 शब्दों में दें)
16. अंतरराष्ट्रीय व्यापार में जलसंधि और स्थल संधि के महत्त्व का उल्लेख कीजिए। (उत्तर 250 शब्दों में दें)
17. क्षोभमंडल वायुमंडल की एक बहुत ही महत्त्वपूर्ण परत है जो मौसम की प्रक्रिया को निर्धारित करती है। कैसे? (उत्तर 250 शब्दों में दें)

18. भारतीय समाज में जाति, क्षेत्र और धर्म के सामानांतर "पंथ" की विशेषता की विवेचना करें। (उत्तर 250 शब्दों में दें)
19. क्या सहिष्णुता, समिल्लन एवं बहुलता मुख्य तत्त्व हैं जो धर्म निरपेक्षता के भारतीय रूप का निर्माण करतें हैं? तर्कसंगत उत्तर दें। (उत्तर 250 शब्दों में दें)
20. अपर्याप्त संसाधनों की तुलना में भूमंडलीकरण और नई तकनीक के रिश्तें को भारत के विशेष संदर्भ में स्पष्ट करें।

मुख्य परीक्षा-2022

सामान्य अध्ययन प्रश्न-पत्र-2

(शासन व्यवस्था, संविधान, राजव्यवस्था, सामाजिक न्याय तथा अंतरराष्ट्रीय संबंध)

1. "भारत में आधुनिक कानून की सर्वाधिक महत्त्वपूर्ण उपलब्धि सर्वोच्च न्यायालय द्वारा पर्यावरणीय समस्याओं का संविधानीकरण है।" सुसंगतवाद विधियों की सहायता से इस कथन की विवेचना कीजिए। (150 शब्दों में उत्तर दीजिए)
2. "भारत के संपूर्ण क्षेत्र में निवास करने और विचरण करने का अधिकार स्वतंत्र रूप से सभी भारतीय नागरिकों को उपलब्ध है, किंतु ये अधिकार असीम नहीं हैं।" टिप्पणी कीजिए (150 शब्दों में उत्तर दीजिए)
3. आपकी राय में, भारत में शक्ति के विकेंद्रीकरण ने जमीनी स्तर पर शासन परिदृश्य को किस सीमा तक परिवर्तित किया है? (150 शब्दों में उत्तर दीजिए)
4. राज्य सभा के सभापति के रूप में भारत के उप-राष्ट्रपति की भूमिका की विवेचना कीजिए. (150 शब्दों में उत्तर दीजिए)
5. राष्ट्रीय पिछड़ा वर्ग आयोग के सांविधिक निकाय से संवैधानिक निकाय में रूपांतरण को ध्यान में रखते हुए इसकी भूमिका की विवेचना कीजिए। (150 शब्दों में उत्तर दीजिए)
6. गति-शक्ति योजना को संयोजकता के लक्ष्य को प्राप्त करने के लिए सरकार और निजी क्षेत्र के मध्य सतर्क समन्वय की आवश्यकता है। विवेचना कीजिए। (150 शब्दों में उत्तर दीजिए)
7. दिव्यांगता के संदर्भ में सरकारी पदाधिकारियों और नागरिकों की गहन संवेदनशीलता के बिना दिव्यांगजन अधिकार अधिनियम, 2016 केवल विधिक दस्तावेज बनकर रह जाता है। टिप्पणी कीजिए। (150 शब्दों में उत्तर दीजिए)

8. प्रत्यक्ष लाभ अंतरण योजना के माध्यम से सरकारी प्रदेय व्यवस्था में सुधार एक प्रगतिशील कदम है, किंतु इसकी अपनी सीमाएँ भी हैं। टिप्पणी कीजिए। (150 शब्दों में उत्तर दीजिए)
9. 'भारत श्रीलंका का बरसों पुराना मित्र है।' पूर्ववर्ती कथन के आलोक में श्रीलंका के वर्तमान संकट में भारत की भूमिका की विवेचना कीजिए। (150 शब्दों में उत्तर दीजिए)
10. आपके विचार में क्या बिमस्टेक (BIMSTEC) सार्क (SAARC) की तरह एक समानांतर संगठन है? इन दोनों के बीच क्या समानताएँ और असमानताएँ हैं? इस नए संगठन के बनाए जाने से भारतीय विदेश नीति के उद्‌देश्य कैसे प्राप्त हुए हैं? (150 शब्दों में उत्तर दीजिए)
11. लोक प्रतिनिधित्व अधिनियम, 1951 के अंतर्गत संसद अथवा राज्य विधायिका के सदस्यों के चुनाव से उभरे विवादों के निर्णय की प्रक्रिया का विवेचन कीजिए। किन आधारों पर किसी निर्वाचित घोषित प्रत्याशी के निर्वाचन को शून्य घोषित किया जा सकता है? इस निर्णय के विरुद्ध पीड़ित पक्ष को कौन-सा उपचार उपलब्ध है? वाद विधियों का संदर्भ दीजिए। (250 शब्दों में उत्तर दीजिए)
12. राज्यपाल द्वारा विधायी शक्तियों के प्रयोग की आवश्यक शर्तों का विवेचन कीजिए। विधायिका के समक्ष रखे बिना राज्यपाल द्वारा अध्यादेशों के पुनः प्रख्यापन की वैधता की विवेचना कीजिए। (250 शब्दों में उत्तर दीजिए)
13. "भारत में राष्ट्रीय राजनैतिक दल केंद्रीयकरण के पक्ष में है, जबकि क्षेत्रीय दल राज्य स्वायत्तता के पक्ष में।" टिप्पणी कीजिए। (250 शब्दों में उत्तर दीजिए)
14. भारत और फ्रांस के राष्ट्रपति के निर्वाचित होने की प्रक्रिया का आलोचनात्मक परीक्षण कीजिए।
15. आदर्श आचार-संहिता के उद्‌भव के आलोक में, भारत के निर्वाचन आयोग की भूमिका का विवेचन कीजिए। (250 शब्दों में उत्तर दीजिए)
16. कल्याणकारी योजनाओं के अतिरिक्त भारत को समाज के वंचित वर्गों और गरीबों की सेवा के लिए मुद्रास्फीति और बेरोजगारी के कुशल प्रबंधन की आवश्यकता है। चर्चा कीजिए। (250 शब्दों में उत्तर दीजिए)
17. क्या आप इस मत से सहमत हैं कि विकास हेतु दाता अभिकरणों पर बढ़ती निर्भरता विकास प्रक्रिया में सामुदायिक भागीदारी के महत्त्व को घटाती है? अपने उत्तर के औचित्य को सिद्ध कीजिए। (250 शब्दों में उत्तर दीजिए)
18. स्कूली शिक्षा के महत्त्व के बारे में जागरूकता उत्पन्न किए बिना, बच्चों की शिक्षा में प्रेरणा-आधारित पद्धति के संवर्धन में निःशुल्क और अनिवार्य बाल

शिक्षा का अधिकार अधिनियम, 2009 अपर्याप्त है। विश्लेषण कीजिए। (250 शब्दों में उत्तर दीजिए)

19. 12U2 (भारत, इजरायल, संयुक्त अरब अमीरात और संयुक्त राज्य अमेरिका) समूहन वैश्विक राजनीति में भारत की स्थिति को किस प्रकार रूपांतरित करेगा? (250 शब्दों में उत्तर दीजिए)

20. "स्वच्छ ऊर्जा आज की जरूरत है।' भू-राजनीति के संदर्भ में, विभिन्न अंतरराष्ट्रीय मंचों में जलवायु परिवर्तन की दिशा में भारत की बदलती नीति का संक्षिप्त वर्णन कीजिए। 250 शब्दों में उत्तर दीजिए)

मुख्य परीक्षा-2022

सामान्य अध्ययन प्रश्न-पत्र-3

(प्रौद्योगिकी, आर्थिक विकास, जैव विविधता, पर्यावरण, सुरक्षा तथा आपदा-प्रबंधन)

1. बुनियादी ढाँचागत परियोजनाओं में सार्वजनिक निजी साझेदारी (पी.पी.पी.) की आवश्यकता क्यों है? भारत में रेलवे स्टेशनों के पुनर्विकास में पी.पी.पी. मॉडल की भूमिका का परीक्षण कीजिए। (150 शब्दों में उत्तर दीजिए)

2. क्या बाजार अर्थव्यवस्था के अंतर्गत समावेशी विकास संभव है? भारत में आर्थिक विकास की प्राप्ति के लिए वित्तीय समावेश के महत्त्व का उल्लेख कीजिए। (150 शब्दों में उत्तर दीजिए)

3. भारत में सार्वजनिक वितरण प्रणाली (पी.डी.एस.) की प्रमुख चुनौतियाँ क्या हैं? इसे किस प्रकार प्रभावी तथा पारदर्शी बनाया जा सकता है? (150 शब्दों में उत्तर दीजिए)

4. भारत में खाद्य प्रसंस्करण उद्योग के कार्यक्षेत्र और महत्त्व का सविस्तार वर्णन कीजिए। (150 शब्दों में उत्तर दीजिए)

5. देश में आयु संभाविता में आई वृद्धि से समाज में नई स्वास्थ्य चुनौतियाँ खड़ी हो गई हैं, यह नई चुनौतियाँ कौन-कौन-सी हैं और उनके समाधान हेतु क्या-क्या कदम उठाए जाने आवश्यक हैं? (150 शब्दों में उत्तर दीजिए)

6. पृथ्वी की सतह पर प्रति वर्ष बड़ी मात्रा में वनस्पति पदार्थ, सेलुलोस, जमा हो जाता है। यह सेलुलोज किन प्राकृतिक प्रक्रियाओं से गुजरता है जिससे कि वह कार्बन डाईऑक्साइड, जल तथा अन्य अंत्य उत्पादों में परिवर्तित हो जाता है? (150 शब्दों में उत्तर दीजिए)

7. इसके निर्माण, प्रभाव और शमन को महत्त्व देते हुए फोटोकेमिकल स्मॉग की विस्तारपूर्वक चर्चा कीजिए। 1999 के गोथेनबर्ग प्रोटोकॉल को समझाइए। (150 शब्दों में उत्तर दीजिए)
8. भारतीय उपमहाद्वीप के संदर्भ में बादल फटने की क्रियाविधि और घटना को समझाइए। हाल के दो उदाहरणों की चर्चा कीजिए। (150 शब्दों में उत्तर दीजिए)
9. संगठित अपराधों के प्रकारों की चर्चा कीजिए। राष्ट्रीय और अंतरराष्ट्रीय स्तर पर मौजूद संगठित अपराध और आतंकवादियों के बीच संबंधों का वर्णन कीजिए। (150 शब्दों में उत्तर दीजिए)
10. भारत में समुद्री सुरक्षा चुनौतियाँ क्या हैं? समुद्री सुरक्षा में सुधार के लिए की गई संगठनात्मक, तकनीकी और प्रक्रियात्मक पहलों की विवेचना कीजिए। (150 शब्दों में उत्तर दीजिए)
11. "हाल के दिनों का आर्थिक विकास श्रम उत्पादकता में वृद्धि के कारण संभव हुआ है।" इस कथन् को समझाइए। ऐसे संवृद्धि प्रतिरूप को प्रस्तावित कीजिए जो श्रम उत्पादकता से समझौता किए बिना अधिक रोजगार उत्पत्ति में सहायक हो। (250 शब्दों में उत्तर दीजिए)
12. क्या आपके विचार में भारत अपनी ऊर्जा आवश्यकता का 50 प्रतिशत भाग, वर्ष 2030 तक नवीकरणीय ऊर्जा से प्राप्त कर लेगा? अपने उत्तर के औचित्य को सिद्ध कीजिए। जीवाश्म ईंधनों से सब्सिडी हटाकर उसे नवीकरणीय ऊर्जा स्रोतों में लगाना उपर्युक्त उद्देश्य पूर्ति में किस प्रकार सहायक होगा? समझाइए (250 शब्दों में उत्तर दीजिए)
13. भारत में कृषि उत्पादों के विपणन की ऊर्ध्वमुखी और अधोमुखी प्रक्रिया में मुख्य बाधाएँ क्या हैं? (250 शब्दों में उत्तर दीजिए)
14. समेकित कृषि प्रणाली क्या है? भारत में छोटे और सीमांत किसानों के लिए यह कैसे लाभदायक हो सकती है? (250 शब्दों में उत्तर दीजिए)
15. 25 दिसंबर, 2021 को छोड़ा गया जेम्स वेब अंतरिक्ष टेलिस्कोप तभी से समाचारों में बना हुआ है। उसमें ऐसी कौन-कौन-सी अनन्य विशेषताएँ हैं जो उसे इससे पहले के अंतरिक्ष टेलिस्कोपों से श्रेष्ठ बनाती है? इस मिशन के मुख्य ध्येय क्या हैं? मानव जाति के लिए इसके क्या संभावित लाभ हो सकते हैं? (250 शब्दों में उत्तर दीजिए)

16. वैक्सीन विकास का आधारभूत सिद्धांत क्या है? वैक्सीन कैसे कार्य करती हैं? कोविड-19 टीकों के निर्माण हेतु भारतीय वैक्सीन निर्माताओं ने क्या-क्या पद्धतियाँ अपनाई हैं?

17. ग्लोबल वार्मिंग (वैश्विक तापन) की चर्चा कीजिए और वैश्विक जलवायु पर इसके प्रभावों का उल्लेख कीजिए। क्योटो प्रोटोकॉल, 1997 के आलोक में ग्लोबल वार्मिंग का कारण बनने वाली ग्रीनहाउस गैसों के स्तर को कम करने के लिए नियंत्रण उपायों को समझाइए (250 शब्दों में उत्तर दीजिए)

18. भारत में तटीय अपरदन के कारणों एवं प्रभावों को समझाइए। खतरे का मुकाबला करने के लिए उपलब्ध तटीय प्रबंधन तकनीकें क्या हैं? (250 शब्दों में उत्तर दीजिए)

19. साइबर सुरक्षा के विभिन्न तत्त्व क्या हैं? साइबर सुरक्षा की चुनौतियों को ध्यान में रखते हुए समीक्षा कीजिए कि भारत ने किस हद तक एक व्यापक राष्ट्रीय साइबर सुरक्षा रणनीति सफलतापूर्वक विकसित की है। (250 शब्दों में उत्तर दीजिए)

20. नक्सलवाद एक सामाजिक, आर्थिक और विकासात्मक मुद्दा है जो एक हिंसक आंतरिक सुरक्षा खतरे के रूप में प्रकट होता है। इस संदर्भ में उभरते हुए मुद्दों की चर्चा कीजिए और नक्सलवाद के खतरे से निपटने की बहुस्तरीय रणनीति का सुझाव दीजिए। (250 शब्दों में उत्तर दीजिए)

मुख्य परीक्षा-2022

सामान्य अध्ययन प्रश्न-पत्र-4

(नीतिशास्त्र, सत्यनिष्ठा और अभिवृत्ति)

Section-A

1. (a) बुद्धिमानी में निहित है कि किसका ध्यान रखा जाए और क्या अनदेखा किया जाए। नौकरशाही में अपने सामने के मुख्य मुद्दों को अनदेखा करते हुए परिधि में लीन रहने वाले अधिकारी दुर्लभ नहीं हैं। क्या आप इस बात से सहमत हैं कि प्रशासक की इस तरह की व्यस्तता प्रभावी सेवा वितरण और सुशासन की लक्ष्य प्राप्ति की प्रक्रिया में न्याय की विडंबना है? विश्लेषणात्मक मूल्यांकन कीजिए। (उत्तर 150 शब्दों में दीजिए)

1. (b) बौद्धिक दक्षता और नैतिक गुणों के अलावा सहानुभूति और करुणा कुछ अन्य महत्त्वपूर्ण वैशिष्ट्य हैं, जो सिविल सेवकों को निर्णायक मामलों

को सुलझाने अथवा महत्त्वपूर्ण निर्णय लेने में अधिक सक्षम बनाते हैं। उपयुक्त उदाहरणों के साथ व्याख्या कीजिए। (उत्तर 150 शब्दों में दीजिए)

2. (a) सभी सिविल सेवकों को प्रदान किए गए नियम और विनियम समान हैं, फिर भी प्रदर्शन में अंतर है। सकारात्मक सोच वाले अधिकारी नियमों और विनियमों के मामले के पक्ष में व्याख्या करने और सफलता प्राप्त करने में समर्थ होते हैं, जबकि नकारात्मक सोच वाले अधिकारी मामले के खिलाफ समान नियमों और विनियमों की व्याख्या करके लक्ष्य प्राप्त करने में असमर्थ होते हैं। सोदाहरण विवेचन कीजिए। (उत्तर 150 शब्दों में दीजिए)

2. (b) यह माना जाता है कि मानवीय कार्यों में नैतिकता का पालन किसी संगठन/व्यवस्था के सुचारु कामकाज को सुनिश्चित करेगा। यदि हाँ, तो नैतिकता मानव जीवन में किसे बढ़ावा देना चाहती है ? दिन-प्रतिदिन के कामकाज में उसके सामने आने वाले संघर्षों के समाधान में नैतिक मूल्य किस प्रकार सहायता करते हैं ? (उत्तर 150 शब्दों में दीजिए)

3. (a) "आपको क्या करने का अधिकार है और आपको क्या करना उचित है के बीच के अंतर को जानना नैतिकता है।" – पॉटर स्टीवर्ट (उत्तर 150 शब्दों में दीजिए)

3. (b) "अगर किसी देश को भ्रष्टाचारमुक्त होना है और खूबसूरत दिमागों का देश बनना है, तो मैं दृढ़ता से मानता हूँ कि तीन प्रमुख सामाजिक सदस्य हैं, जो बदलाव ला सकते हैं। वे हैं पिता, माता और शिक्षक।" ए. पी. जे. अब्दुल कलाम (उत्तर 150 शब्दों में दीजिए)

3. (c) "आपकी सफलता का आकलन इस बात से हो कि इसे पाने के लिए आपको क्या छोड़ना पड़ा।" – दलाई लामा (उत्तर 150 शब्दों में दीजिए)

4. (a) 'सुशासन' से आप क्या समझते हैं ? राज्य द्वारा ई-शासन के मामले में उठाई गई हालिया पहलों ने लाभार्थियों को कहाँ तक सहायता पहुँचाई है ? उपयुक्त उदाहरणों के साथ विवेचन कीजिए। (उत्तर 150 शब्दों में दीजिए)

4. (b) ऑनलाइन पद्धति का उपयोग दिन-प्रतिदिन प्रशासन की बैठकों, सांस्थानिक अनुमोदन और शिक्षा क्षेत्र में शिक्षण तथा अधिगम से लेकर स्वास्थ्य क्षेत्र में सक्षम अधिकारी के अनुमोदन से टेलीमेडिसिन तक लोकप्रिय हो रहा है। इसमें कोई संदेह नहीं है कि लाभार्थियों और व्यवस्था दोनों के लिए बड़े पैमाने पर इसके लाभ और हानियाँ हैं। विशेषतः समाज

के कमजोर समुदाय के लिए ऑनलाइन पद्धति के उपयोग में शामिल नैतिक मामलों का वर्णन तथा विवेचन कीजिए। (उत्तर 150 शब्दों में दीजिए)

5. (a) पिछले सात महीनों से रूस और यूक्रेन के बीच युद्ध जारी है। विभिन्न देशों ने अपने राष्ट्रीय हितों को ध्यान में रखते हुए स्वतंत्र स्टैंड लिया है और कार्यवाही की है। हम सभी जानते हैं कि मानव त्रासदी समेत समाज के विभिन्न पहलुओं पर युद्ध का अपना असर रहता है। वे कौन-से नैतिक मुद्दे हैं, जिन पर युद्ध शुरू करते समय और अब तक इसकी निरंतरता पर विचार करना महत्त्वपूर्ण है? इस मामले में दी गई स्थिति में शामिल नैतिक मुद्दों का औचित्यपूर्ण वर्णन कीजिए। (उत्तर 150 शब्दों में दीजिए)

5. (b) निम्नलिखित में से प्रत्येक पर 30 शब्दों में संक्षिप्त टिप्पणी लिखिए-

(i) सांविधानिक नैतिकता

(ii) हितों का संघर्ष

(iii) सार्वजनिक जीवन में सत्यनिष्ठा

(iv) डिजिटिकरण की चुनौतियाँ

(v) कर्त्तव्यनिष्ठा

6. (a) भ्रष्टाचार - सूचक (व्हिसल ब्लोअर) संबंधित अधिकारियों को भ्रष्टाचार और अवैध गतिविधियों, गलत काम और दुराचार की रिपोर्ट करता है। वह निहित स्वार्थी, आरोपी व्यक्तियों तथा उनकी टीम द्वारा गंभीर खतरे, शारीरिक नुकसान और उत्पीड़न की चपेट में आने का जोखिम उठाता है। आप भ्रष्टाचार सूचक (हिसल ब्लोअर) की सुरक्षा के लिए मजबूत सुरक्षा व्यवस्था हेतु किन नीतिगत उपायों का सुझाव देंगे? (उत्तर 150 शब्दों में दीजिए)

6. (b) समकालीन दुनिया में धन और रोजगार उत्पन्न करने में कॉर्पोरेट क्षेत्र का योगदान बढ़ रहा है। ऐसा करने में वे जलवायु, पर्यावरणीय संधारणीयता और मानव की जीवन-स्थितियों पर अप्रत्याशित हमले कर रहे हैं। इस पृष्ठभूमि में, क्या आप पाते हैं कि कॉर्पोरेट सामाजिक जिम्मेदारी (सी. एस. आर.) कॉर्पोरेट जगत् में आवश्यक सामाजिक भूमिकाओं और जिम्मेदारियों को पूरा करने में सक्षम और पर्याप्त है जिसके लिए सी. एस. आर. अनिवार्य है? विश्लेषणात्मक परीक्षण कीजिए। (उत्तर 150 शब्दों में दीजिए)

SECTION-B

7. प्रभात एक प्रतिष्ठित बहुराष्ट्रीय कंपनी स्टर्लिंग इलेक्ट्रिक लिमिटेड में उपाध्यक्ष (विपणन) के रूप में कार्यरत था। लेकिन फिलहाल कंपनी मुश्किल दौर से गुजर रही थी, क्योंकि पिछली दो तिमाहियों से बिक्री में लगातार गिरावट का रुख दिखाई पड़ रहा था। उसका डिवीजन, जो अब तक कंपनी के वित्तीय स्वास्थ्य में एक प्रमुख राजस्व अंशदाता था, अब उनके लिए कुछ बड़े सरकारी ऑर्डर प्राप्त करने के लिए भरसक प्रयास कर रहा था। लेकिन उनके सर्वोत्तम प्रयासों को कोई सकारात्मक सफलता नहीं मिली।

उसकी कंपनी पेशेवर थी और उसके स्थानीय मालिकों पर उनके लंदन स्थित मुख्यालय की ओर से कुछ सकारात्मक परिणाम प्रदर्शित करने का दबाव था। कार्यकारी निदेशक (भारतीय प्रमुख) द्वारा की गई पिछली कार्य-समीक्षा बैठक में उसे उसके खराब प्रदर्शन के लिए फटकार लगाई गई थी। उसने उन्हें आश्वासन दिया कि उसका डिवीजन ग्वालियर के पास एक गुप्त संस्थापन के लिए रक्षा मंत्रालय से एक विशेष अनुबंध पर काम कर रहा है और जल्द ही निविदा जमा की जा रही है।

वह अत्यधिक दबाव में था और बहुत परेशान था। जिस बात ने हालात को और बदतर बना दिया, वह थी, ऊपर से एक चेतावनी कि यदि कंपनी के पक्ष में सौदा नहीं हुआ तो उसका डिवीजन बंद करना पड़ सकता है और उसे अपनी लाभप्रद नौकरी छोड़नी पड़ सकती है।

एक और आयाम था जो उसे गहरी मानसिक यातना और पीड़ा पहुँचा रहा था। यह उसके व्यक्तिगत अनिश्चित वित्तीय स्वास्थ्य से संबंधित था। वह दो स्कूल-कॉलेज जानेवाले बच्चों और अपनी बीमार बूढ़ी माँ वाले परिवार में अकेला कमाने वाला था। शिक्षा व चिकित्सा पर भारी खर्च के कारण उसके मासिक वेतन वाले पैकेट पर भारी दबाव पड़ रहा था। बैंक से लिए गए गृह ऋण के लिए नियमित ई. एम. आइ. अपरिहार्य थी और चूक करने पर उसे गंभीर कानूनी कार्रवाई के लिए उत्तरदायी होना होगा।

उपर्युक्त पृष्ठभूमि में वह किसी चमत्कार के घटित होने की उम्मीद कर रहा था। अचानक घटनाक्रम में बदलाव आ गया। उसके सचिव ने बताया कि एक सज्जन, सुभाष वर्मा उनसे मिलना चाहते हैं, क्योंकि उन्हें कंपनी में प्रबंधक के पद में दिलचस्पी है जिसे कंपनी को भरना है। पुनः उसने उनके संज्ञान में लाया

कि उसका आत्मवृत्त रक्षामंत्री के कार्यालय के माध्यम से प्राप्त हुआ है। उसने उम्मीदवार, सुभाष वर्मा के साक्षात्कार के दौरान उसे तकनीकी रूप से मजबूत, साधन-संपन्न और अनुभवी विक्रेता महसूस किया। ऐसा प्रतीत होता था कि वह निविदा प्रक्रिया से भली-भाँति परिचित है और इस संबंध में अनुवर्ती कार्रवाई व अंतर्संबंध में निपुण है। प्रभात को लगा कि उसकी उम्मीदवारी अन्य उम्मीदवारों की तुलना में बेहतर है, जिनका साक्षात्कार हाल में, पिछले कुछ दिनों में उसने लिया था।

सुभाष वर्मा ने यह भी संकेत किया कि उसके पास बोली दस्तावेजों की प्रतियाँ हैं जिन्हें यूनीक इलेक्ट्रॉनिक्स लिमिटेड अगले दिन रक्षा मंत्रालय को उसकी निविदा के लिए प्रस्तुत करेगा। उसने उन दस्तावेजों को सौंपने की पेशकश की। बशर्ते उसे कंपनी में उपयुक्त नियमों और शर्तों पर रोजगार दिया जाए। उसने स्पष्ट किया कि इस प्रक्रिया में स्टर्लिंग इलेक्ट्रिक लिमिटेड अपनी प्रतिद्वंदी कंपनी को पछाड़ सकती है और बोली प्राप्त कर सकती है तथा रक्षा मंत्रालय का भारी-भरकम ऑर्डर प्राप्त कर सकती है। उसने संकेत दिया कि यह उसकी तथा कंपनी दोनों के लिए जीत ही जीत होगी।

प्रभात बिलकुल स्तब्ध था। यह सदमा और रोमांच की मिली-जुली अनुभूति थी। वह असहज होकर पसीना-पसीना हो गया। यदि प्रस्ताव स्वीकार कर लिया जाता है, तो उसकी सभी समस्याएँ तुरंत गायब हो जाएँगी और उसे बहुप्रतीक्षित निविदा हासिल करने और कंपनी की बिक्री और वित्तीय स्वास्थ्य को बढ़ावा देने के लिए पुरस्कृत किया जा सकता है। वह भविष्य की कार्रवाई को लेकर असमंजस में था। वह अपनी खुद की कंपनी के कागजात को चोरी-छिपे हटाने और नौकरी के लिए प्रतिद्वंदी कंपनी को पेशकश करने में सुभाष वर्मा की हिम्मत पर आश्चर्यचकित था। एक अनुभवी व्यक्ति होने के नाते, वह इस प्रस्ताव/स्थिति के पक्ष-विपक्ष की जाँच कर रहा था और उसने उसे अगले दिन आने के लिए कहा।

(1) इस मामले से संबंधित नैतिक मुद्दों पर चर्चा कीजिए।

(2) उपर्युक्त मामले में प्रभात के लिए उपलब्ध विकल्पों का आलोचनात्मक परीक्षण कीजिए।

(3) उपर्युक्त में से कौन-सा विकल्प प्रभात के लिए सर्वाधिक उपयुक्त होगा और क्यों? (उत्तर 250 शब्दों में दीजिए)

8. रमेश राज्य सिविल सेवा में अधिकारी है, जिन्हें 20 साल की सेवा के बाद सीमावर्ती राज्य की राजधानी में तैनात होने का अवसर मिला है। रमेश की माँ को हाल ही में कैंसर का पता चला है और उन्हें शहर के प्रमुख कैंसर अस्पताल में भर्ती कराया गया है। उनके किशोरवय: दो बच्चों को भी शहर के सबसे अच्छे पब्लिक स्कूलों में से एक में प्रवेश मिला है। राज्य के गृह विभाग में निदेशक के रूप में अपनी नियुक्ति में व्यवस्थित हो जाने के बाद, रमेश को खुफिया सूत्रों के माध्यम से गोपनीय रिपोर्ट मिली कि अवैध प्रवासी पड़ोसी देश राज्य में घुसपैठ कर रहे हैं। उन्होंने तय किया कि वे व्यक्तिगत उनके आधार रूप में अपने गृह विभाग की टीम के साथ सीमावर्ती चौकियों की आकस्मिक जाँच करेंगे। उनके लिए आश्चर्य था कि उन्होंने सीमा चौकियों पर सुरक्षाकर्मियों की मिलीभगत से घुसपैठ करनेवाले दो परिवारों के 12 सदस्यों को रंगे हाथों पकड़ा। आगे की पूछताछ और जाँच में यह पाया गया कि पड़ोसी देश के प्रवासियों की घुसपैठ के बाद, कार्ड, राशन कार्ड और वोटर कार्ड जैसे जाली दस्तावेज बनाकर उन्हें राज्य के एक विशेष क्षेत्र में बसाया जाता है। रमेश ने विस्तृत और व्यापक रिपोर्ट तैयार कर राज्य के अतिरिक्त सचिव को सौंप दी। हालाँकि, एक सप्ताह के बाद अतिरिक्त गृह सचिव ने उन्हें तलब किया और रिपोर्ट वापस लेने का निर्देश दिया। अतिरिक्त गृह सचिव ने रमेश को बताया कि उच्च अधिकारियों ने उनकी सौंपी गई रिपोर्ट की सराहना नहीं की है। उन्होंने पुन: उन्हें सावधान किया कि यदि वह गोपनीय रिपोर्ट वापस नहीं लेते हैं, तो उन्हें न केवल राज्य की राजधानी की प्रतिष्ठित नियुक्ति से बाहर तैनात कर दिया जाएगा, बल्कि उनकी निकट भविष्य में होनेवाली अगली पदोन्नति खतरे में पड़ जाएगी।

(a) सीमावर्ती राज्य के गृह विभाग के निदेशक के रूप में रमेश के पास कौन-से विकल्प उपलब्ध हैं?

(b) रमेश को कौन-सा विकल्प अपनाना चाहिए और क्यों?

(c) प्रत्येक विकल्प का आलोचनात्मक मूल्यांकन कीजिए।

(d) रमेश के सामने कौन-सी नैतिक दुविधाएँ हैं?

(e) पड़ोसी देश से अवैध प्रवासियों की घुसपैठ के खतरे से निपटने के लिए आप किन नीतिगत उपायों का सुझाव देंगे? (उत्तर 250 शब्दों में दीजिए)

9. उच्चतम न्यायालय ने वन आवरण के क्षरण को रोकने और पारिस्थितिक संतुलन बनाए रखने के लिए अरावली पहाड़ियों में खनन पर प्रतिबंध लगा दिया है। हालाँकि, कुछ भ्रष्ट वन अधिकारियों और राजनेताओं की मिलीभगत से प्रभावित राज्य के सीमावर्ती जिले में पत्थर खनन फिर भी प्रचलित था। हाल ही में प्रभावित जिले में तैनात युवा और सक्रिय एस. पी. ने इस खतरे को रोकने के लिए खुद से वादा किया था। अपनी टीम के साथ अचानक जाँच में, उन्होंने खनन क्षेत्र से बचने की कोशिश कर रहा पत्थर से भरा ट्रक पाया। उसने इस ट्रक को रोकने की कोशिश की, लेकिन ट्रक चालक ने पुलिस अधिकारी को कुचल दिया, जिससे उसकी मौके पर ही मौत हो गई और वह इसके बाद वहाँ से भागने में सफल रहा। पुलिस ने प्रथम सूचना रिपोर्ट (एफ. आइ. आर.) दर्ज की, लेकिन करीब तीन महीने तक मामले में कोई सफलता हासिल नहीं हुई। अशोक, जो प्रमुख टी. वी. चैनल के साथ काम कर रहे खोजी पत्रकार थे, ने स्वतः संज्ञान से मामले की जाँच शुरू की। एक महीने में ही अशोक को स्थानीय लोगों, पत्थर खनन माफिया और सरकारी अधिकारियों से बातचीत कर सफलता मिली। उन्होंने अपनी खोजी रिपोर्ट तैयार की और टी. वी. चैनल के सी. एम. डी. के सामने पेश की। उन्होंने अपनी जाँच रिपोर्ट में भ्रष्ट पुलिस और सिविल अधिकारियों तथा राजनेताओं के आशीर्वाद से काम करनेवाले पत्थर माफिया की पूरी गठजोड़ का खुलासा किया। माफिया में शामिल राजनेता कोई और नहीं, बल्कि स्थानीय विधायक थे जो मुख्यमंत्री के बेहद करीबी माने जाते हैं। जाँच रिपोर्ट देखने के बाद सी. एम. डी. ने अशोक को सलाह दी कि वह इलेक्ट्रॉनिक मीडिया के माध्यम से रिपोर्ट को सार्वजनिक करने का विचार छोड़ दे। उन्होंने सूचित किया कि स्थानीय विधायक न केवल टी. वी. चैनल के मालिक के रिश्तेदार थे, बल्कि अनौपचारिक रूप से चैनल के साथ 20 प्रतिशत के हिस्सेदार भी हैं। सी. एम. डी. ने अशोक को आगे बताया कि अगर वह जाँच रिपोर्ट उन्हें सौंप दें, तो उनके बेटे की पुरानी बीमारी के लिए टी. वी. चैनल से उधार लिए गए 10 लाख रुपये के सॉफ्ट लोन के अलावा उनकी आगे की पदोन्नति और वेतन में बढ़ोतरी का ध्यान रखा जाएगा।

(a) इस स्थिति से निपटने के लिए अशोक के पास क्या विकल्प उपलब्ध है ?

(b) अशोक द्वारा चिह्नित किए गए प्रत्येक विकल्प का समालोचनात्मक मूल्यांकन/परीक्षण कीजिए।

(c) अशोक को किन नैतिक दुविधाओं का सामना करना पड़ रहा है ?

(d) आपको क्या लगता है कि अशोक के लिए किस विकल्प को अपनाना सबसे उपयुक्त होगा और क्यों?

(e) उपर्युक्त परिदृश्य में, आप ऐसे जिलों में तैनात पुलिस अधिकारियों के लिए किस प्रकार के प्रशिक्षण का सुझाव दें, जहाँ पत्थर खनन की अवैध गतिविधियाँ प्रचलित हैं? (उत्तर 250 शब्दों में दीजिए)

10. आपने तीन साल पहले एक प्रतिष्ठित संस्थान से एम. बी. ए. किया है, लेकिन कोविड-19 से उत्पन्न मंदी के कारण कैंपस प्लेसमेंट नहीं मिल सका। मगर, बहुत अनुनय तथा लिखित और साक्षात्कार सहित बहुत सारी प्रतियोगी परीक्षाओं की श्रृंखला के बाद, आप एक अग्रणी जूता कंपनी में नौकरी पाने में सफल रहे। आपके वृद्ध माता-पिता हैं, जो आश्रित हैं और आपके साथ रह रहे हैं। आपने भी हाल ही में यह शालीन नौकरी पाकर शादी की है। आपको निरीक्षण अनुभाग में नियुक्त किया गया था, जो अंतिम उत्पाद को मंजूरी देने के लिए जवाबदेह है। पहले एक वर्ष में, आपने अपना काम अच्छी तरह से सीखा और प्रबंधन द्वारा आपके प्रदर्शन की सराहना की गई। कंपनी पिछले पाँच साल से घरेलू बाजार में अच्छा कारोबार कर रही है और इस साल यूरोप और खाड़ी देशों को निर्यात करने का भी फैसला किया गया है। हालाँकि, यूरोप के लिए एक बड़ी खेप को उनके निरीक्षण दल द्वारा कुछ खराब गुणवत्ता के कारण अस्वीकार कर दिया गया और वापस भेज दिया गया था। शीर्ष प्रबंधन ने आदेश दिया कि घरेलू बाजार के लिए पूर्वोक्त खेप की मंजूरी दी जाए। निरीक्षण दल के एक अंग के रूप में आपने स्पष्ट खराब गुणवत्ता को देखा और टीम कमांडर के संज्ञान में लाया। हालाँकि, शीर्ष प्रबंधन ने टीम के सभी सदस्यों को इन कमियों को नजरअंदाज करने की सलाह दी, क्योंकि इतना बड़ा नुकसान प्रबंधन नहीं सह सकता। आपके अलावा टीम के बाकी सदस्यों ने स्पष्ट दोषों को नजरअंदाज करते हुए तुरंत हस्ताक्षर कर दिए और घरेलू बाजार के लिए खेप को मंजूरी दे दी। आपने फिर से टीम कमांडर के संज्ञान में लाया कि इस तरह की खेप की अगर घरेलू बाजार के लिए भी मंजूरी दे दी जाती है, तो कंपनी की छवि और प्रतिष्ठा को धक्का लगेगा तथा लंबे समय में प्रतिकूल असर होगा। हालाँकि, आपके शीर्ष प्रबंधन द्वारा आगे सलाह दी गई थी कि यदि आप खेप को मंजूरी नहीं देते हैं, तो कंपनी कुछ अहानिकर कारणों का हवाला देते हुए आपकी सेवा को समाप्त करने में संकोच नहीं करेगी।

(1) दी गई शर्तों के तहत, निरीक्षण दल के सदस्य के रूप में आपके लिए कौन-से विकल्प उपलब्ध हैं?

(2) आपके द्वारा सूचीबद्ध प्रत्येक विकल्प का समालोचनात्मक मूल्यांकन कीजिए।

(3) आप कौन-सा विकल्प अपनाएँगे और क्यों?

(4) आप किन नैतिक दुविधाओं का सामना कर रहे हैं?

(5) निरीक्षण दल द्वारा उठाई गई टिप्पणियों की अनदेखी के क्या परिणाम हो सकते हैं? (उत्तर 250 शब्दों में दीजिए)

11. राकेश एक शहर के परिवहन विभाग में संयुक्त आयुक्त के पद पर कार्यरत थे। उनकी नौकरी प्रोफाइल के एक हिस्से के रूप में उन्हें नगर परिवहन विभाग के नियंत्रण और कामकाज की देख-रेख का काम सौंपा गया था। नगर परिवहन विभाग के चालक संघ द्वारा, बस चलाते समय ड्यूटी पर मारे गए एक चालक को मुआवजे के मुद्दे पर हड़ताल का मामला उनके "सामने निर्णय के लिए आया था।

उसने देखा कि मृत चालक बस संख्या 528 चला रहा था, जो शहर की व्यस्त और भीड़-भाड़ वाली सड़कों पर गुजरती थी। हुआ यूँ कि रास्ते में एक चौराहे के पास एक अधेड़ उम्र के व्यक्ति द्वारा चलाई जा रही कार और बस की टक्कर में एक हादसा हो गया। पता चला कि बस और कार चालक के बीच कहा-सुनी हुई थी। दोनों के बीच तीखी नोंकझोंक हुई और चालक ने उसे धक्का मार दिया। बहुत-से राहगीर इकट्ठे हो गए और उन्होंने हस्तक्षेप करने की कोशिश की, लेकिन सफलता नहीं मिली। आखिरकार वे दोनों बुरी तरह घायल हो गए और बहुत खून बह रहा था तथा उन्हें पास के अस्पताल में ले जाया गया। हादसे में चालक ने दम तोड़ दिया और उसे बचाया नहीं जा सका। अधेड़ उम्र के चालक की भी हालत नाजुक थी, लेकिन एक दिन के बाद वह संभल गया और उसे छुट्टी दे दी गई। घटना की सूचना मिलते ही पुलिस मौके पर पहुँच गई और प्रथम सूचना रिपोर्ट दर्ज कर ली गई। पुलिस जाँच में सामने आया कि विवाद की शुरुआत बस चालक ने की थी और उसने शारीरिक हिंसा की थी। उनके बीच मारपीट हुई थी।

नगर परिवहन विभाग प्रबंधन मृत चालक के परिवार को कोई अतिरिक्त मुआवजा नहीं देने पर विचार कर रहा है। नगर परिवहन विभाग प्रबंधन के भेदभाव और गैर-सहानुभूतिपूर्ण रवैये से परिवार बहुत व्यथित, उदास और आंदोलित है। मृत बस चालक की उम्र 52 वर्ष थी, उसके परिवार में पत्नी और स्कूल-कॉलेज जाने वाली दो बेटियाँ हैं। वह परिवार का इकलौता कमाने वाला था। नगर परिवहन विभाग वर्कर्स यूनियन ने इस मामले को उठाया और जब प्रबंधन से कोई अनुकूल प्रतिक्रिया नहीं मिली, तो उसने हड़ताल पर जाने का फैसला किया। यूनियन की माँग दोहरी थी। पहली, ड्यूटी के दौरान मरने वाले अन्य चालकों को दिया जाने वाला पूरा अतिरिक्त मुआवजा और दूसरी, परिवार के एक सदस्य को रोजगार दिया जाए। 10 दिनों से हड़ताल जारी है और गतिरोध बना हुआ है।

(1) उपर्युक्त स्थिति से निपटने के लिए राकेश के पास कौन-से विकल्प उपलब्ध हैं?

(2) राकेश द्वारा चिह्नित किए गए प्रत्येक विकल्प का समालोचनात्मक परीक्षण कीजिए।

(3) वे कौन-सी नैतिक दुविधाएँ हैं, जिनका राकेश को सामना करना पड़ रहा है?

(4) उपर्युक्त स्थिति को दूर करने के लिए राकेश क्या कार्यवाही करेंगे? (उत्तर 250 शब्दों में दीजिए)

12. आपको पर्यावरण प्रदूषण नियंत्रण बोर्ड में अनुभाग का शीर्ष अधिकारी नियुक्त किया जाता है, ताकि अनुपालन सुनिश्चित हो और इसकी अनुवर्ती का पालन हो सके। उस क्षेत्र में बड़ी संख्या में लघु और मध्यम उद्योग थे जिन्हें अनापत्ति दी जा चुकी थी। आपको पता चला कि ये उद्योग अनेक प्रवासी कामगारों को रोजगार मुहैया कराते हैं। अधिकांश औद्योगिक इकाइयों के पास पर्यावरणीय अनापत्ति प्रमाण-पत्र हैं। पर्यावरणीय अनापत्ति प्रमाण-पत्र उन उद्योगों और परियोजनाओं पर अंकुश लगाने के लिए हैं जो इस क्षेत्र में पर्यावरण और जीवित प्रजातियों को कथित रूप से बाधित करती हैं, लेकिन व्यवहार में इनमें से अधिकांश इकाइयाँ वायु, जल और मृदा प्रदूषित इकाइयाँ बनी हुई हैं। ऐसे में स्थानीय लोगों को लगातार श्वास समस्याओं का सामना करना पड़ रहा है।

यह पुष्टि की गई कि अधिकांश उद्योग पर्यावरणीय अनुपालन का उल्लंघन कर रहे थे। आपने नया पर्यावरणीय अनापत्ति प्रमाण-पत्र आवेदन करने और सक्षम अधिकारी से प्राप्त करने के लिए सभी औद्योगिक इकाइयों के लिए नोटिस जारी कर दिए। हालाँकि, औद्योगिक इकाइयों के एक वर्ग, अन्य न्यस्तस्वार्थी लोगों और स्थानीय राजनेताओं के एक समूह से आपकी कार्यवाही को विरोध प्रतिक्रिया का सामना करना पड़ा। आपके प्रति कामगारों ने भी अत्यंत शत्रुतापूर्ण व्यवहार करने की कोशिश की, क्योंकि उन्होंने सोचा कि आपकी कार्यवाही इन औद्योगिक इकाइयों को तालाबंदी की ओर ले जाएगी और इसके परिणामस्वरूप बेरोजगारी के कारण उनकी आजीविका असुरक्षित और अनिश्चित हो जाएगी। कई उद्योग-मालिकों ने दलील के साथ आपके पास पहुँचकर प्रस्तावित किया कि आपको सख्त कार्यवाही शुरू नहीं करनी चाहिए, क्योंकि यह उन्हें अपनी इकाइयाँ बंद करने के लिए मजबूर करेगी और भारी वित्तीय हानि तथा बाजार में उनके उत्पादों की कमी का कारण होगा। जाहिर है कि इससे मजदूरों और उपभोक्ताओं की परेशानी ज्यादा होगी। श्रमिक संघ ने भी आपको इकाइयों को बंद करने के खिलाफ प्रतिनिधित्व भेजा। आपको एक साथ अज्ञात कोणों से धमकियाँ मिलने लगी। हालाँकि, आपको कुछ सहकर्मियों का समर्थन मिला जिन्होंने आपको सलाह दी कि आप पर्यावरणीय अनुपालन को सुनिश्चित करने के लिए स्वतंत्र रूप से काम करें। स्थानीय गैर-सरकारी संगठनों ने भी आपका साथ दिया और उन्होंने प्रदूषणकारी इकाइयों को तत्काल बंद करने की माँग पेश की।

(1) प्रदत्त स्थिति में आपके पास कौन-से विकल्प उपलब्ध हैं ?

(2) आपके द्वारा सूचीबद्ध किए गए विकल्पों का आलोचनात्मक परीक्षण कीजिए।

(3) पर्यावरणीय अनुपालन सुनिश्चित करने के लिए आप किस प्रकार की क्रियाविधि का सुझाव देंगे ?

(4) अपने विकल्पों का उपयोग करने में आपको किन नैतिक दुविधाओं का सामना करना पड़ा ? (उत्तर 250 शब्दों में दीजिए)

❑